另一种造屋

曹文轩 著

陕西新华出版
陕西人民教育出版社
·西安·

图书在版编目(CIP)数据

另一种造屋 / 曹文轩著. -- 西安：陕西人民教育出版社, 2025.7. --（大作家的小作文 / 王久辛主编）. ISBN 978-7-5757-0770-1

Ⅰ.I267

中国国家版本馆CIP数据核字第20250DU462号

大作家的小作文

另一种造屋

LING YIZHONG ZAOWU

曹文轩　著

总 策 划	周维军
出 品 人	李晓明　叶　峰
策　　划	叶　峰
项目协调	张志方
项目统筹	郑丹阳　田子晖
责任编辑	叶　峰　王　剑　郑丹阳
封面设计	王左左
出版发行	陕西人民教育出版社
地　　址	西安市丈八五路58号
经　　销	各地新华书店
印　　刷	西安五星印刷有限公司
开　　本	787毫米×1092毫米　1/16
印　　张	18.25
字　　数	240千
版　　次	2025年7月第1版
印　　次	2025年7月第1次印刷
书　　号	ISBN 978-7-5757-0770-1
定　　价	49.00元

版权所有·未经许可不得采用任何方式擅自复制或使用本产品任何部分·违者必究
如发现内容质量、印装质量问题，请与本社联系。
联系电话：029-88167836
声明：书中部分与未成年人的合影为活动现场随机拍摄，若相关权利人对图片使用有异议，请及时与本社联系。

大作家的小作文

莫言题

前言

王久辛

固然，古今中外的大文豪、大作家之所以能够流芳百世，是因为他们都有鸿篇巨制的经典，不然就不可能赢得世人的赞同与首肯。大文豪、大作家都有大作品，这毫无疑问。然而，大作家的大作品是怎么来的呢？没有一位大作家不是日复一日、年复一年持之以恒地写出卷帙浩繁的扛鼎之作；也没有一位大作家不是一个字一个字地垒起伟岸高峰的。换句话说，他们也是人，是常人、凡人，只不过是靠了自己的一颗耐烦、耐久、坚韧不拔的心，字无巨细，一视同仁，以不间断的思考和不间断的写作，成就了超凡创造。这样说来，所有超拔的大作家，都有一个踏踏实实、一步一个脚印、积少成多的写作历程与创作品格。

不过，我这里马上要说到的"大作家的小作文"，指的当然不是大作家的大作品，而是大作家写的小品文、小散文、小杂文、小随笔、小特写、小体会一类的"小作文"。说到"小",我就会想到"大",我觉得"大"就是"小","小"有时候又是"大"。一位作家作品的质地如何,其实很多时候并不需要从头看到尾,读上几章就足够了。为什么?因为那几章文字的成色、叙述的含量、结构的布设,就暴露了一位作家的全部。就像拿着放大镜看小腻虫,须尾全活着的,当然是好文字;若是一塌糊涂,没有动静,不见条纹,那还有什么读头呢?大作家是不一样的,他们遇到报刊的约稿,沉心一思,计上心来,信笔涂写,千八百字、两三千字,完全是信手拈来。谁敢说这样写出来的文字,不是大作家日有所想、夜有所梦的精神闪耀呢?表面上看去,好像与其写的大部头没有关系,然而那情思的寄寓与思想的寄托,谁敢肯定不是其大作品中人物之一斑呢?"小"不"小",那要看寄寓寄托的是什么。大作家的小作文,没准儿里面有大思想、大情怀、大志向、大魂灵呢?

大作家在写大部头的间隙,在应付、应酬日常生活与俗事、俗物、俗人之际,难免会有一些杂思杂感,难免会信手写些七零八碎的小文字,随手记一点儿小杂感、小念头,铢积寸累,堆土成山,少的攒上十几万字,多的积上几十万、上百万字,也是大有可能的吧?少年时代,我读钱松嵒(1899—1985)先生的《砚边点滴》,就觉得非常简约精妙,字少意多,没有废话,全是干货。他谈国画创作,没有要作文章的架势,都是切身体会,信笔记之。为便于阅读,他分成条块,归类排列,心上点滴,录以自娱,取名《砚边点滴》,我猜也是无以名状的结果，然这"无以名状"的文字，后来竟成了画家们的经典。

作家都是有心人，我私下忖度：百分之七八十的作家、诗人、艺术家，都有可能记下一些这样的"小作文"。大先生孙犁有过一册《尺泽集》，里面全是几百字的小文章。散文家秦牧出过一本《艺海拾贝》，也都是千八百字的小文章。街头巷尾的闲杂事儿、日常生活的针头线脑儿，全让他用一颗艺心串了起来，像在海边捡拾贝壳那样，盛到了他的著述中。孙犁、秦牧都是散文大家，他们不嫌小、不怕短的用心之处，给我留下了难忘的印象。

后来孙犁先生出了文集，我立刻买来研读，发现有三分之一以上都是小文章，长的也不过几千字，然篇篇见精神，都是至情至性至真的好文章。孙先生独孤求短，字字珠玑，一生言之有物，不说废话，他的那些小短文汇成的文集，在我看来，每一本都不比他的长篇小说弱，一如他的短篇小说集《白洋淀纪事》，内里最短的小说仅三五百字，但其美学价值，堪比先生的长篇小说《风云初记》。可以说，在孙犁先生的文学观里，从来就没有长长短短的分别。我的好友伍立杨曾写文章说，他"决计一生要住在一流的文字里"，那是一个多么高洁雅致的理想啊！令我心向往之。

于读者和作者来说，短文章的好处太明显了。短，读得快，作家们写得也快，一句话——节省时间，节约精力。但我还有一个想法，恐怕不说，还真不一定人人都明白。作为读者，如果你喜欢阅读文学作品，而你又没有大块时间，怎么办呢？我的经验就是去读作家的"小作文"。因为是"小作文"，作家的思想境界、情感疏密、语言韵致，写出来的多半是精华；况且篇幅小，可以回过头来反复看看，琢磨琢磨，理解起来就容易多了。无论是大中小学生，还是乡镇企业的工作人员，乃至国家机关国企单位的公职人员，有时间嘛，就买上几本这样的小作文，坐下来多看几篇；没时间呢，十来分钟的零碎空闲，也能偷空儿看上一两篇。咱先别说要立志终身学习，能把散失在犄角旮旯儿的这些五彩贝壳捡起来，不也一样是珍惜了光阴，爱惜了生命？而且还长了见识，健康了精神，这不又是一个美哉？

正是基于如上的认识，2024年12月的一次聚会，在好友张志方的引介下，我与陕西新华出版传媒集团总编辑周维军先生、陕西人民教育出版社总编辑叶峰先生一拍即合，策划了《大作家的小作文》丛书。所请作家，或是世界文学奖，如"国际安徒生奖"，或是中国文学奖，如"茅盾文学奖""鲁迅文学奖"的获奖者。现在，丛书的第一辑，由"诺贝尔文学奖"获得者莫言先生题写了丛书书名，收入了曹文轩《另一种造屋》、陈彦《我的西安》、周大新《曹操的头颅》、徐则臣《风吹一生》、徐刚《当时人物在》、阿成《海岛上的夜雨》、何向阳《读行记》、李骏虎《在晋南的旷野上》、谢有顺《想象力比我们想象的更重要》、吴克敬《像孩子一样努力》、王久辛《从小看大》共11部作品。这11部著名作家的"小作文"，经过陕西人民教育出版社编辑们紧锣密鼓、高度认真的编校，即将出版面世啦。作为这套丛书的主编，我的内心充满了蓬勃的期待！我期待着这套丛书能尽快来到读者的眼前，来到读者的心里，让读者检验一下这11位作家的"小作文"，是不是11个文学世界、11片文学海洋，是不是可以构成我们这个时代的另一片星辰大海？

最后，请允许我代表著名作家曹文轩、陈彦、周大新、徐则臣、徐刚、阿成、何向阳、李骏虎、谢有顺、吴克敬等，向陕西人民教育出版社，向参与《大作家的小作文》的全体编校人员，致以崇高的敬意与深深的感谢，你们辛苦啦！谢谢！谢谢！！

2025年3月22日于北京

西文紀

另一种造屋

扫码获取专属数字人

目 录

我与文学
　　文学：另一种造屋——在国际安徒生授奖大会上的演讲 / 002
写给孩子
　　小妹和她的文字世界 / 011

01 短篇小说

第十一根红布条 …………………………………… 016
放鸭记 ……………………………………………… 026
鸭奶奶 ……………………………………………… 033
荒原茅屋 …………………………………………… 040
红葫芦 ……………………………………………… 048
古堡 ………………………………………………… 063
大戏 ………………………………………………… 072

02 绘本心语

海棠树 ……………………………………………… 080
豆豆种子店 ………………………………………… 086
老钟 ………………………………………………… 093
谁在深夜敲鼓 ……………………………………… 099
爷爷的拐杖 ………………………………………… 106
爷爷的小屋 ………………………………………… 113
乌鸦眼 ……………………………………………… 118

03　轻诉流年

孩子与海	126
柿子树	130
背景	140
执教鞭者的浪漫	145
荷	148
前方	152
致蒙蒙	156

04　演讲风华

我是一个捕捞者	164
因水而生——在法兰克福书展上的演讲	168
混乱时代的文学选择——在威尼斯大学的演讲	174
至高无上的辩证法——在北京大学文学讲习所成立大会上的演讲	184

05　经典赏析

回到"婴儿状态"——读沈从文	200
面对微妙——读钱锺书《围城》	210
圈子里的美文——读废名《桥》	221
樱桃园的凋零——读契诃夫	236
"细瘦的洋烛"及其他——读鲁迅	254

我与文学

当我终于长大时，儿时的造屋欲望却并没有消退——不仅没有消退，还随着年龄的增长、对人生感悟的不断加深，而变本加厉。

只不过材料变了，不再是泥巴、树枝和野草，

也不再是积木，而是文字。

文学：另一种造屋①
——在国际安徒生授奖大会上的演讲

我为什么要——或者说我为什么喜欢写作？写作时，我感受到的状态，是一种什么样的状态？我一直在试图进行描述，但各种描述，都难以令我满意。后来，有一天，我终于找到了一个确切的、理想的表述：写作便是建造房屋。

是的，我之所以写作，是因为它满足了我造屋的欲望，满足了我接受屋子的庇荫而享受幸福和愉悦的欲求。

我在写作，无休止地写作；我在造屋，无休止地造屋。

当我对此"劳作"细究，进行无穷追问时，我发现，其实每个人都有造屋的情结，区别也就是造屋的方式不一样罢了——我是在用文字造屋。造屋情结与生俱来，而此情结又来自人类最古老的欲望。

---

① 2016年8月20日在奥克兰皇后码头国际安徒生奖授奖仪式上的演讲。

记得小时候在田野上或在河边玩耍，常常会在一棵大树下，用泥巴、树枝和野草盖一座小屋。有时，几个孩子一起盖，忙忙碌碌，很像一个人家真的盖房子，有泥瓦工、木工，还有听使唤的杂工。一边盖，一边想象着这座屋子的用场。不是一个空屋，里面还会放上床、桌子、书柜等家什。谁谁谁睡在哪张床上，谁谁谁坐在桌子的哪一边，不停地说着。一座屋子里，有很多空间分割，各有各的功能。有时好商量，有时还会发生争执，最严重的是，可能有一个霸道的孩子因为自己的愿望未能得到满足，恼了，突然一脚踩烂了马上就要竣工了的屋子。每逢这样的情况，其他孩子也许不理那个孩子了，还骂他几句很难听的，也许还会有一场激烈的打斗，直打得鼻青脸肿、哇哇地哭。无论哪一方，都觉得事情很重大，仿佛那真是一座实实在在的屋子。无论是希望屋子好好地保留在树下的，还是肆意要摧毁屋子的，完全把这件事看成了大事。当然，很多时候是非常美好的情景。屋子盖起来了，大家在嘴里发出噼里啪啦一阵响，表示这是在放庆贺的爆竹。然后，就坐在或跪在小屋前，静静地看着它。终于要离去了，孩子们会走几步就回头看一眼，很依依不舍的样子。回到家，还会不时地惦记着它，有时就有一个孩子在过了一阵子时间后，又跑回来看看，仿佛一个人离开了他的家，到外面的世界去流浪了一些时候，现在又回来了，回到了他的屋子、他的家的面前。

我更喜欢独自一人盖屋子。

那时，我既是设计师，又是泥瓦工、木匠和听使唤的杂工。我对我发布命令："搬砖去！"于是，我答应了一声："哎！"就搬砖去——哪里有什么砖，只是虚拟的一个空空的动作。一边忙碌一边不住地在嘴里说着："这里是门！""窗子要开得大大的！""这个房间是爸爸妈妈的，这个呢——小的，不，大的，是我的！我要睡一个大大的房间！窗子外面是一条大河！"……那时的田野上，也许就我一个人。那时，也许四周是滚滚的金色的麦浪，也许四周是正在扬花的一望无际的稻子。我很投入，很专注，除了这屋子，就什么也感觉不到了。那时，也许太阳正高高地悬挂在我的头上，也许都快落进西方大水尽头的芦苇丛中了——它很大很大，比挂在天空中央的太阳大好几倍。终于，那屋子落成了。那时，也许有一支野鸭的队伍从天空飞过；也许天空光溜溜的，什么也没有，就是一派纯粹的蓝。我盘腿坐在我的屋子跟前，静静地看着它。那是我的作品，没有任何人参与的作品。我欣赏着它，这种欣赏与米开朗基罗完成教堂顶上的一幅流芳百世的作品之后的欣赏，其实并无两样。可惜的是，那时我还根本不知道这个意大利人——这个受雇于别人而作画的人，每完成一件作品，总会悄悄地在他的作品的一个不太会引起别人注意的地方，留下自己的名字。早知道这一点，我也会在我的屋子的墙上写上我的名字的。屋子，作品，伟大的作品，我完成的。此后，一连许多天，我都会不住地惦记着我的屋子，我的作品。我会常常去看它。说来也奇怪，那屋子是建在一条田埂上的，那田埂上会有去田间劳作的人不时地走过，但那屋子，却总是好好的还在那里，看来，所有见到它的人，都在小心翼翼地保护着它。直到一天夜里或是一个下午，一场倾盆大雨将它冲刷得了无痕迹。

再后来就有了一种玩具——积木。

那时，除了积木，好像也就没有什么其他的玩具了。一段时期，我对积木非常着迷——更准确地说，依然是对建造屋子着迷。我用这些大大小小、形状不一、颜色各异的积木，建造了一座又一座屋子。与在田野上用泥巴、树枝和野草盖屋子不同的是，我可以不停地盖，不停地推倒再盖——盖一座座不一样的屋子。我很惊讶，就是那么多的木块，却居然能盖出那么多不一样的屋子来。除了按图纸上的样式盖，我还会别出心裁地利用这些木块的灵活性，盖出一座又一座图纸上并没有的屋子来。总有罢手的时候，那时，必定有一座我心中理想的屋子矗立在床边的桌子上。那座屋子，是谁也不能动的，只可以欣赏。它会一连好几天矗立在那里，就像现在看到的一座经典的建筑。直到一只母鸡或是一只猫跳上桌子毁掉了它。

现在我知道了，屋子，是一个小小的孩子心里就会有的意象，因为那是人类祖先遗存下的意象。这就是第一堂美术课往往总是老师先在黑板上画上一个平行四边形，然后再用几条长长短短的、横着的竖着的直线画一座屋子的原因。

屋子就是家。

屋子的出现，是跟人类对家的认识联系在一起的。家就是庇护，就是温暖，就是灵魂的安置之地，就是生命延续的根本理由。其实，世界上发生的许许多多事情，都是和家有关的。幸福、苦难、拒绝、祈求、拼搏、隐退、牺牲、逃逸、战争与和平，所有这一切，都与家有关。成千上万的人呼啸而过，杀声震天，血沃沙场，只是为了保卫家园。家是神圣不可侵犯的。这就像高高的槐树顶上的一个鸟窝不可侵犯一样。我至今还记得小时候看到的一个情景：一个喜鹊窝被人捅掉在了地上，无数的喜鹊飞来，不住地俯冲，不住地叫唤，一只只都显出不顾一切的样子，对靠近鸟窝的人居然敢突然劈杀下来，让在场的人不能不感到震惊。

家的意义是不可穷尽的。

当我终于长大时，儿时的造屋欲望却并没有消退——不仅没有消退，还随着年龄的增长、对人生感悟的不断加深，而变本加厉。只不过材料变了，不再是泥巴、树枝和野草，也不再是积木，而是文字。

文字构建的屋子，是我的庇护所——精神上的庇护所。

无论是幸福还是痛苦，我都需要文字。无论是抒发，还是安抚，文字永远是我无法离开的。特别是当我在这个世界里碰得头破血流时，我就更需要它——由它建成的屋，我的家。虽有时简直就是铩羽而归，但毕竟我有可归的地方——文字屋。而此时，我会发现，那个由钢筋水泥筑成的物质之家，其实只能解决我的一部分问题而不能解决我的全部问题。

还有，也许我如此喜欢写作——造屋，最重要的原因是它满足了我天生向往和渴求自由的欲望。

这里所说的自由，与政治无关。即使最民主的制度，实际上也无法满足我/我们的自由欲望。第二次世界大战结束后，作为参与者的萨特[1]说过一句话，这句话听上去让人感到非常刺耳，甚至令人感到极大的不快。他居然在人们欢庆解放的时候说："我们从来没有拥有比在德国占领期间更多的自由。"他曾经是一个革命者，他当然不是在赞美纳粹，而是在揭示这样一个铁的事实：这种自由，是无论何种形态的

---

[1] 萨特：让-保罗·萨特（Jean-Paul Sartre），1905年6月21日出生于法国巴黎，哲学家。在"二战"期间，萨特应征入伍，被德军俘虏后在战俘营中度过了十个月。这段经历使他从战前的个人主义转向了对社会现实的关注。

社会都无法给予的。将自由作为一种癖好，作为生命追求的萨特看到，这种自由是根本无法实现的。但他找到了一种走向自由的途径：写作——造屋。

人类社会如果要得以正常运转，就必须讲义务和法则，就必须接受无数条条框框的限制。而义务、法则、条条框框却是和人的自由天性相悖的。越是精致、严密的社会，越要讲义务和法则。因此，现代文明并不能解决自由的问题。但自由的欲望，是天赋予的，那么它便是合理的，无可厚非的。对立将是永恒的。智慧的人类找到了许多平衡的办法，其中之一，就是写作。你可以调动文字的千军万马。你可以将文字视作葱茏草木，使荒漠不再。你可以将文字视作鸽群，放飞无边无际的天空。你需要田野，于是就有了田野。你需要谷仓，于是就有了谷仓。文字无所不能。

作为一种符号，文字本是一一对应这个世界的。有山，于是我们就有了"山"这个符号；有河，于是我们就有了"河"这个符号。但天长日久，许多符号所代表的对象已不复存在，但这些符号还在，我们依然一如往常地使用着。另外，我们对这个世界的叙述，常常是一种回忆性质的。我们在说"一棵绿色的小树苗"这句话时，并不是在用眼睛看着它、用手抓着它的情况下说的。事实上，我们在绝大部分情况下，是在用语言复述我们的身体早已离开的现场，早已离开的时间和空间。如果这样做是非法的，你就无权在从巴黎回到北京后，向你的友人叙说卢浮宫——除非你将卢浮宫背到北京。而这样要求显然是愚蠢的。还有，我们要看到语言的活性结构，一个"大"字，可以用它来形容一只与较小的蚂蚁相比而显得较大的蚂蚁——大蚂蚁，又可以用它来形容一座白云缭绕的山——大山。一个个独立的符号可以在一定的语法之下，进行无穷无尽的组合。所有这一切都在向我们诉说一个事实：语言早已离开现实，而成为一个独立的王国。这个王国的本性是自由。而这正契合了我们的自由欲望。这个王国自有它的契约。但我们却可以在这一契约之下，获得广阔的自由。写作，可以让我们的灵魂得以自由翱翔，可以让我们的自由之精神得以光芒四射。可以让我们向往自由的心灵得以安顿。

为自由而写作，而写作可以使你自由。因为屋子属于你，是你的空间。你可以在你构造的空间中让自己的心扉完全打开，让感情得以充分抒发，让你的创造力得以淋漓尽致地发挥。而且，造屋本身就会让你领略自由的快意。屋子坐落在何处，是何种风格的屋子，一切，有着无限的可能性。当屋子终于按照你的心思矗立在你的眼前时，你的快意一定是无边无际的。那时，你定会对自由顶礼膜拜。

造屋，自然又是一次审美的历程。屋子，是你美学的产物，又是你审美的对象。你面对着它——不仅是外部，还有内部，它的造型，它的结构，它的气韵，它与自然的完美合一，会使你自然而然地进入审美的状态。你在一次又一次的审美过程中又得到精神上的满足。

再后来，当我意识到了我所造的屋子不仅仅是属于我的，而且是属于任何一个愿意亲近它的孩子时，我完成了一次理念和境界的蜕变和升华。再写作，再造屋，许多时候我忘记了它们与我的个人关系，而只是在想着它们与孩子——成千上万的孩子的关系。我越来越明确自己的职责：我是在为孩子写作，在为孩子造屋。我开始变得认真、庄严，并感到神圣。我对每一座屋子的建造，处心积虑，严格到苛求。我必须为他们建造这世界上最好、最经得起审美的屋子，虽然我知道难以做到，但我一直在尽心尽力地去做。

孩子正在成长过程中，他们需要屋子的庇护。当狂风暴雨袭击他们时，他们需要屋子。天寒地冻的冬季，这屋子里升着火炉。酷暑难熬的夏日，四面窗户开着，凉风习习。黑夜降临，当恐怖像雾在荒野中升腾时，屋子会让他们无所畏惧。这屋子里，不仅有温床、美食，还有许多好玩的开发心智的器物。有高高矮矮的书柜，屋子乃为书，而这些书为书中之书。它们会净化他们的灵魂，会教他们如何做人。它们犹如一艘船，渡他们去彼岸；它们犹如一盏灯，导他们去远方。

对于我而言，我最大的希望，也是最大的幸福，就是当他们长大离开这些屋子数年后，他们会不时地回忆起曾经温暖过、庇护过他们的屋子，而那时，正老去的他们居然在回忆这些屋子时有了一种乡愁——对，乡愁那样的感觉。这在我看来，就是我写作——造屋的圆满。

生命不息，造屋不止。既是为我自己，更是为那些总让我牵挂、感到悲悯的孩子们。

2016年8月

写给孩子

这让我看到了很多年前与她一样的自己，世界好像是混沌一片，就像家乡的雨一样，人被罩在其中，辨不清方向。**后来是阅读和写作使我找到了出路**，并使漂泊不定的灵魂终于有了一个**落脚之处**。

小妹和她的文字世界[1]

文芳是我最小的妹妹，我离开家乡去北京读书时，她才六岁。

在一个子女众多又不太富裕的家庭，最大的孩子和最小的孩子所享受的优待可能总要比其他孩子多一些。我是长子，再加上我当时已经在镇上报道组工作，可以挣得一份工资，所以在家中自然就获得了一种特殊的地位，所有繁重的劳动一概免去。我有时间侍弄我的鸽子，我有时间去钓鱼，我有时间百无聊赖地躺在田埂上傻呆呆地仰望天空。很自由，无边无际的自由。然而，一个人的自由终究是孤单的，这时，最小的妹妹便成了我的影子和尾巴。

我去放飞鸽子，她穿着三妹的大褂子，拖着父亲的大布鞋，咏通咏通地跟着我，跑着跑着，

---

[1] 此文为曹文轩小妹曹文芳作品系列·序。

鞋子掉了，回头穿上，又跟了过来；我去钓鱼，她就搬张小板凳，坐在旁边，我需要个什么东西，总是支使她：去，给哥哥把这个拿来！去，给哥哥把那个拿来！她觉得她很重要，因此很快乐。钓鱼是一件磨人耐性的事情，坐了半天，浮子却纹丝不动。小妹开始坐不住了，不停地闹着要回去，我期待着下一秒钟的收获，不愿放弃，就哄她、安慰她，让她安静。当我重新坐在椅子上，盯着水面时，她捡起地上的泥块，啪地扔进水里，水面一下子漾开了，一圈一圈的涟漪向岸边扩展开去，我就挥动鱼竿嗷嗷吼叫："回去揍扁了你！"她知道这是吓唬她的，并不害怕。……小妹使我的那段寂寞岁月多了许多温馨，许多热闹。

我曾经说过，我是一个农村的孩子，至今，我仍然是乡下人。在我的作品中，写乡村的占了绝大多数，乡村的色彩早已注入了我的血液，铸就了一个注定要永远属于它的灵魂。二十年岁月，家乡的田野上留下了我的斑斑足迹，那里的风，那里的云，那里的雷，那里的雨，那里的苦菜与稻米，那里的一切。而在这一切的乡村记忆中，最温暖的莫过于亲情。《草房子》讲述了我和父亲的故事。形神憔悴的父亲忧心忡忡地背着病入膏肓的我行走在城市与乡村，早已成为我人生永恒的画面。而我同样喜爱也是我认为我所有作品中最沉重的《青铜葵花》，更多地封存了我与妹妹的童年生活。

四个妹妹中，小妹和我在一起的时间最长，得到我的呵护和关爱也最多。回想往事，我总能看到自己的一个形象：夜晚的星空下，一个瘦弱却结实的男孩，让妹妹骑坐在自己的肩上，沿着田边的小道，步行几里路，穿过三四个漆黑寂静的村庄，还要穿过有鬼火闪烁的荒野，露水打湿了裤腿，一路颤颤抖抖地高唱着给自己壮胆，却引来黑暗里一阵狗吠，吓得他驮着妹妹一路狂奔，气喘吁吁……而这只是为了带妹妹去远村看一场电影……

小妹后来考进了幼师，她的舞跳得不错，还在当地的演出中获过奖，父亲一直引以为豪。可幼师毕业后，却被分配到一个条件极差且又离家很远的机场学校（就是她在《天空的天》中写到的那个学校）。父亲很着急，写信给我，让我劝慰小妹。就在我考虑怎么写信时，小妹的信先到了。她觉得迷茫，甚至有些灰心、失望。这让我看到了很多年前与她一样的自己，世界好像是混沌一片，就像家乡的雨一样，人被罩在其中，辨不清方向。后来是阅读和写作使我找到了出路，并使漂泊不定的灵魂终于有了一个落脚之处。

我愿意帮身处困境中的小妹编织一个美丽的梦幻，但是梦境的实现却是我无法代劳的，我甚至帮不上她任何忙，一切只能看她自己的造化，自己的打拼。与此同时，我无数次地告诫小妹：写作只是让人心安，而不可以将此锁定为最终的目标而将全部赌注押在这里。后来的事实证明，她完全听懂了我的话。她喜爱着文学，但又不指望它。她很轻松、很自在地走进了文学，并日渐沉浸在其中，自得其乐。写到现在，她越发地认为，写作只能是生活的一种方式，而不能成为生命必须要实现的全部。我承认，在对文学的态度上，她有时甚至比我恰当。

每次我从北京回老家时，以前从来不要礼物的小妹，总是打电话叮嘱我给她带书。后来，盐城那边的书店越做越大，许多书那边也有了。我就不住地为她开列书单，然后她就照着书单在那边的书店直接购买。如今，她家的藏书，大概也算是盐城的大户了。父亲在世时，甚至对人夸耀她的小女儿，说她读过的书其中有一些我这个哥哥都没有读过。

她开始动笔写作，并不是在我的鼓励下进行的，而是由于父亲的督促。最初的几篇文字，差不多是父亲与她的共同创作。后来，两人背着我忐忑不安地投稿，却居然中了。父亲的喜悦更甚于她。

在写了一些短篇以后，她就开始瞒着我写作长篇。长篇的组织和布局不是一件一蹴而就的事情，很麻烦，很艰难，它牵涉到作者驾驭大规模结构的能力。她最初的尝试并不成功。其间，加之父亲的离世，使得她的心绪变得非常差。所幸，她没有放弃。她终于慢慢地懂得了何为长篇。几部长篇出手后，我看了一下，并没有给予优或劣的评价，只是说了一句：是长篇。

二十多年时间里，我看过她长长短短无数的稿子，我知道，在这些捧给我看的初具模型的文字后面还有着更多一遍一遍反复打磨、不计其数的半成品。现在问世的文字，是她付出了艰辛的劳动之后的成果。好在小妹的全部并不都在文学。她的生活还有无数的方面。其实，我以为，她人生最成功的方面并不在文学。

也许，这样地看待文学在人生中的位置，是最适宜的。

2008年8月18日于北京大学蓝旗营

07

短篇小说

见到茅屋的灯光时,大荒甩开这支盲目的队伍,以令人震惊的速度扑向茅屋……

远远地,茅屋向荒原发出一个婴儿清脆的啼哭声……

大荒的眼泪纷纷洒落下来。

荒原的尽头,正被霞光染红。

第十一根红布条

麻子爷爷是一个让村里的孩子们很不愉快，甚至感到可怕的老头儿。

他没有成过家。他那一间低矮的旧茅屋，孤零零地坐落在村子后边的小河边上，四周都是树和藤蔓。他长得很不好看，满脸的黑麻子，个头又矮，还驼背，像背了一口沉重的铁锅。在孩子们的印象中从来就没有见他笑过。他总是独自一人，从不搭理别人。他除了用那头独角牛耕地、拖石磙，就很少从那片树林子走出来。

反正孩子们不喜欢他。他也太不近人情了，连那头独角牛都不让孩子们碰一碰。

独角牛之所以吸引孩子们，也正在于独角。听大人们说，它的一只角是在买它回来不久，被麻子爷爷绑在一棵腰一般粗的大树上，用钢锯给锯掉的，因为锯得太挨根了，弄得鲜血淋淋的，疼得牛直淌眼泪。若不是别人劝阻，他还要锯掉它的另一只角呢。

孩子们常悄悄地来逗弄独角牛，甚至想骑到它的背上，在田野上疯两圈。

有一次，真的有一个孩子这么干了。麻子爷爷一眼看到了，不吱一声，闷着头追了过来，一把抓住牛绳，紧接着将那个孩子从牛背上拽下来，摔在地上。那孩子哭了，麻子爷爷一点也不心软，还用那对叫人心里发怵的眼睛瞪了他一眼，一声不吭地把独角牛拉走了。背后，孩子们都在心里用劲骂："麻子麻，扔钉耙，扔到大河边，屁股跌成两半边！"

孩子们知道了他的古怪与冷漠，不愿再理他，也很少光顾那片林子。大人们似乎也不怎么把他放在心里。村里有什么事情开会，从没有谁会想起来去叫他。在地里干活，也觉得他这个人并不存在，他们干他们的，谈他们的。那年，人口普查，负责登记的小学校的一个女老师竟将在林子里住着的这个麻子爷爷给忘了。

全村人都把他忘了。

只有在小孩子落水后需要抢救的时候，人们才忽然想起他——严格地说，是想起他的那头独角牛来。

这一带是水网地区，大河小沟纵横交错，家家户户住在水边上，门一开就是水。太阳上来，波光在各户人家屋里直晃动。"吱呀吱呀"的橹声，"哗啦哗啦"的水声，不时地在人们耳边响着。水，水，到处是水。这里倒不缺鱼虾，可是，这里的人却十分担心孩子掉进水里被淹死。

你到这里来，就会看见：生活在船上的孩子一会走动，大人们就用根布将他带拴着；生活在岸上的孩子一会走动，则常常被新搭的篱笆挡在院子里。他们的爸爸妈妈出门时,总忘不了对看孩子的老人说:"看着他,水!"那些老爷爷老奶奶腿脚不灵活了,撵不上孩子,就吓唬说:"别到水边去,水里有鬼呢!"这里的孩子长到十几岁了,还有小时候造成的恐怖心理,晚上死活不肯到水边去,生怕那里冒出一个黑乎乎的东西来。

可就是这样,也还是免不了有些孩子要落水。水太吸引那些不知道它的厉害的孩子了。小一点儿的孩子总喜欢用手脚去玩水,稍大些的孩子,则喜欢到河边放芦叶船或爬上拴在河边的放鸭船,解了缆绳荡到河心去玩。河流上漂过一件什么东西来,有放鱼鹰的船路过,卖泥螺的船来了……这一切,都能使他们忘记爷爷奶奶的告诫,而被吸引到水边去。脚一滑,码头上的石块一晃,小船一歪斜……断不了有孩子掉进水里。有的自己会游泳,当然不碍事。没有学会游泳的,有机灵的,一把死死抓住水边的芦苇,灌了几口水,自己爬上来了,吐了几口水,突然哇哇大哭。有的幸运,淹得半死被大人发现了救上来。有的则永远也不会回来了。特别是到了发大水的季节,方圆三五里,三天五天就传说哪里哪里又淹死了个孩子。

落水的孩子被捞上来,不管有救没救,总要进行一番紧张的抢救。这地方上的抢救方法很特别:牵一头牛来,把孩子横在牛背上,然后让牛不停地在打谷场上跑动。那牛一颠一颠的,背上的孩子也跟着一下一下地跳动,这大概是起到人工呼吸的作用吧?有救的孩子,在牛跑了数圈以后,自然会"哇"地吐出肚里的水,接着"哇哇"哭出声来:"妈妈……妈妈……"

麻子爷爷的独角牛,是全村人最信得过的牛。只要有孩子落水,便立即听见人们四下里大声吵嚷着:"快!牵麻子爷爷的独角牛!"也只有这时人们才会想起麻子爷爷，可心里想着的只是牛而绝不是麻子爷爷。

如今，连他那头独角牛，也很少被人提到了。它老了，牙齿被磨钝了，跑起路来慢慢吞吞的，几乎不能再拉犁、拖石磙子。包产到户，分农具、牲口时，谁也不肯要它。只是麻子爷爷什么也不要，一声不吭，牵着他养了几十年的独角牛，就往林间的茅屋走。牛老了，村里又有了医生，所以再有孩子落水时，人们就不再想起去牵独角牛了。至于麻子爷爷，那更没有人提到了。他老得更快，除了守着那间破茅屋和老独角牛，很少走动。他几乎终年不再与村里的人打交道，孩子们也难得看见他。

这是发了秋水后的一个少有的好天气。太阳在阴了半个月后的天空出现了，照着水满得就要往外溢的河流。芦苇浸泡在水里，只有穗子晃动着。阳光下，是一片又一片水泊，波光把天空映得刷亮。一个打鱼的叔叔正在一座小石桥上往下撒网，一抬头，看见远处水面上浮着个什么东西，心里一惊，扔下网就沿河边跑过去，走近一看，掉过头扯破嗓子大声呼喊："有孩子落水啦——！"

不一会儿，四下里都有人喊："有孩子落水啦——！"

于是河边上响起纷沓的脚步声和焦急的询问声："救上来没有？""谁家的孩子？""有没有气啦？"等那个打鱼的叔叔把那个孩子抱上岸，河边上已围满了人。有人忽然认出了那个孩子："亮仔！"

亮仔双眼紧闭，肚皮鼓得高高的，手脚发白，脸色青紫，鼻孔里没有一丝气息，浑身瘫软。看样子，没有多大救头了。

在地里干活的亮仔妈妈闻讯，两腿一软，扑倒在地上："亮仔——"双手把地面抠出两个坑来。人们把她架到出事地点，见了自己的独生子，她一头扑过来，紧紧搂住，大声呼唤着："亮仔！亮仔！"

很多人跟着呼唤："亮仔！亮仔！"

孩子们都吓傻了，一个个睁大眼睛，有的吓哭了，紧紧地抓住大人的胳膊不放。

"快去叫医生！"每逢这种时候，总有些沉着的人。

话很快地传过来了："医生进城购药去了！"

大家紧张了，胡乱地出一些主意："快送镇上医院！""快去打电话！"立即有人说："来不及！"又没有人会人工呼吸，大家束手无策，河边上只有叹息声、哭泣声、吵嚷声，乱成一片。终于有人想起来了："快去牵麻子爷爷的独角牛！"

一个小伙子蹿出人群，向村后那片林子跑去。

麻子爷爷像虾米一般蜷缩在小铺上，他已像所有将入土的老人一样，很多时间是靠卧床度过的。他不停地喘气和咳嗽，像一辆磨损得很厉害的独轮车，让人觉得很快就不能运转了。他的耳朵有点背，勉勉强强地听懂了小伙子的话后，就颤颤抖抖地翻身下床，急跑几步，扑到拴牛的树下。他的手僵硬了，哆嗦了好一阵儿，也没有把牛绳解开。小伙子想帮忙，可是独角牛可怕地喷着鼻子，除了麻子爷爷能牵这根牛绳，这头独角牛是任何人也碰不得的。他到底解开了牛绳，拉着它就朝林子外走。

河边的人正拥着抱亮仔的叔叔往打谷场上涌。

麻子爷爷用劲地抬着发硬无力的双腿，虽然跟跟跄跄，但还是跑出了超乎寻常的速度。他的眼睛不看脚下坑洼不平的路，却死死盯着朝打谷场涌去的人群：那里边有一个落水的孩子！

当把亮仔抱到打谷场时，麻子爷爷居然也将他的牛牵到了。

"放！"还没等独角牛站稳，人们就把亮仔横趴到它的背上。喧闹的人群突然变得鸦雀无声，无数目光一齐看着独角牛：走还是不走呢？

不管事实是否真的如此，但这里的人都说，只要孩子有救，牛就会走动，要是没有救了，就是用鞭子抽，火烧屁股腚，牛也绝不肯跨前一步。大家都屏气看着，连亮仔的妈妈也不敢哭出声来。

独角牛"哞"地叫了一声，两只前蹄不安地刨着，却不肯往前走。

麻子爷爷紧紧地抓住牛绳，用那对混浊的眼睛逼视着独角牛的眼睛。

牛终于走动了，慢慢地，沿着打谷场的边沿。

人们圈成一个大圆圈。亮仔的妈妈用沙哑的声音呼唤着：

"亮仔，乖乖，回来吧！"

"亮仔，回来吧！"孩子们和大人们一边跟着不停地呼唤，一边用目光紧紧盯着独角牛。他们都在心里希望它能飞开四蹄迅跑——据说，牛跑得越快，它背上的孩子就越有救。

被麻子爷爷牵着的独角牛真的跑起来了。它低着头，沿着打谷场"咏通咏通"地转着，一会儿工夫，蹄印叠蹄印，土场上扬起灰尘来。

"亮仔，回来吧！"呼唤声此起彼伏，像是真的有一个小小的灵魂跑到哪里游荡去了。

独角牛老了，跑了一阵儿，嘴里往外溢着白沫，鼻子里喷着粗气。但这牲畜似乎明白人的心情，不肯放慢脚步，拼命地跑着。扶着亮仔不让他从牛背上颠落下来的，是全村力气最大的一个叔叔。他曾把打谷场上的石磙抱起来绕场走了三圈，就这样一个叔叔也跟得有点儿气喘吁吁了。又跑了一阵儿，独角牛"哞"地叫了一声，速度猛地加快了，一蹿一蹿，屁股一颠一颠，简直是在跳跃。那个叔叔张着大嘴喘气，汗流满面。他差点赶不上它的速度，险些松手让牛把亮仔掀翻在地上。

至于麻子爷爷现在怎么样，可想而知了。他脸色发灰，尖尖的下颏不停地滴着汗珠。他咬着牙，拼命搬动着那双老腿。他不时地闭起眼睛，就这样昏头昏脑地跟着牛，脸上满是痛苦。有几次他差点跌倒，可是用手撑了一下地面，跌跌撞撞地向前扑了两下，居然又挺起身来，依然牵着独角牛跑动。

有一个叔叔眼看着麻子爷爷不行了，跑进圈里要替换他。麻子爷爷用胳膊肘把他狠狠地撞开了。

牛在跑动，麻子爷爷在跑动，牛背上的亮仔突然吐出一口水来，紧接着"哇"的一声哭了。

"亮仔!"人们欢呼起来。孩子们高兴得抱成一团。亮仔的妈妈向亮仔扑去。

独角牛站住了。

麻子爷爷抬头看了一眼活过来的亮仔，手一松，牛绳落在地上。他用手捂着脑门，朝前走着，大概是想去歇一会儿，可是力气全部耗尽，摇晃了几下，扑倒在地上。有人连忙过来扶起他。他用手指着不远的草垛，人们立即明白了他的意思：他要到草垛下歇息。

于是他们把他扶到草垛下。

现在所有的人都围着亮仔。这孩子在妈妈的怀里慢慢睁开了眼睛。妈妈突然把他的头按到自己的怀里大哭起来，亮仔自己也哭了，像是受了多大的委屈。人们从心底舒出一口气来：亮仔回来了!

独角牛在一旁"哞哞"叫起来。

"拴根红布条吧!"一位大爷说。

这里的风俗，凡是在牛救活孩子以后，这个孩子家就要在牛角上拴根红布条。是庆幸？是认为这头牛救了孩子光荣？还是对上苍表示谢意而挂红？这里的人并没有一个明确的说法，只知道，牛救了人，就得拴根红布条。

亮仔家里的人立即撕来一根红布条。人们都不吱声，庄重地看着这根红布条拴到了独角牛长长的独角上。

亮仔已换上干衣服，打谷场上的紧张气氛也已飘散得一丝不剩。惊慌了一场的人们在说："真险哪，再迟一刻……"老人们不失时机地教训孩子们："看见亮仔了吗？别到水边去！"人们开始准备离开了。

独角牛"哞哞"地对着天空叫起来，并在草垛下来回走动，尾巴不停地甩着。

"噢，麻子爷爷……"人们突然想起他来了，有人便走过去，叫他，"麻子爷爷！"

麻子爷爷背靠草垛，脸斜冲着天空，垂着两只软而无力的胳膊，合着眼睛。那张麻脸上的汗水已经被风吹干，留下一道道白色的汗迹。

"麻子爷爷！"

"他累了，睡着了。"

可那头独角牛用嘴巴在他身下拱着，像是要推醒它的主人，让他回去。见主人不起来，它又来回走动着，喉咙里不停地发出"呜呜"的声音。

一个内行的老人突然从麻子爷爷的脸上发现了什么，连忙推开众人，走到麻子爷爷面前，把手放到他鼻子底下。大家看见老人的手忽然控制不住地颤抖起来。过了一会儿，老人用发哑的声音说："他死啦！"

打谷场上顿时一片寂静。

人们看着他：他的身体因衰老而缩小了，灰白的头发上沾着草屑，脸庞清瘦，因为太瘦，牙床外凸，微微露出发黄的牙齿，整个面部还隐隐显出刚才拼搏着牵动独角牛而留下的痛苦。

不知为什么，人们长久地站着不发出一点声息，像是都在认真回忆着，想从往日的岁月里获得什么，又像是在思索，在内心深处自问什么。

亮仔的妈妈抱着亮仔，第一个大声哭起来。

"麻子爷爷！麻子爷爷！"那个力气最大的叔叔使劲摇晃着他——但他确实永远地睡着了。

忽地许多人哭起来，悲痛里含着悔恨和歉疚。

独角牛先是在打谷场上乱蹦乱跳，然后一动不动地卧在麻子爷爷的身边。它的双眼分明汪着洁净的水——牛难道会流泪吗？它跟随麻子爷爷几十年了。麻子爷爷确实锯掉了它的一只角，可是，它如果真的懂得人心，是永远不会恨他的。那时，它刚被买到这里，就碰上一个孩子落水，它还不可能听主人的指挥，去打谷场的一路上，它不是赖着不走，就是胡乱奔跑，好不容易牵到打谷场，它又乱蹦乱跳，用犄角顶人。那个孩子当然没有救活，有人叹息说："这孩子被耽搁了。"就是那天，它的一只角被麻子爷爷锯掉了。也就是在那天，它比村里人还早地就认识了自己的主人。

那个力气最大的叔叔背起麻子爷爷，走向那片林子，他的身后，是一条长长的默不作声的队伍………

在给麻子爷爷换衣服下葬的时候，从他怀里落下一个布包，人们打开一看，里面有十根红布条，也就是说，加上亮仔，他用他的独角牛救活过十一条小小的生命。

麻子爷爷下葬的第二天，村里的孩子首先发现，林子里的那间茅草屋倒塌了。大人们看了看，猜说是独角牛撞倒的。

那天独角牛突然失踪了。几天后，几个孩子驾船捕鱼去，在滩头发现它死了，一半在滩上，一半在水中。人们一致认为，它是想游过河去的——麻子爷爷埋葬在对岸的野地里，后来游到河中心，它大概没有力气了，被水淹死了。

它的那只独角朝天竖着，拴在它角上的第十一根鲜艳的红布条，在河上吹来的风里飘动着……

放鸭记

学校放暑假了,两个孩子——金牛和喜鹊,要跟随鸭爷爷到离村十几里远的芦荡去放鸭。鸭爷爷六十多岁,红黑色的脸膛,说话声音洪亮。金牛生得胖乎乎的,腿粗胳膊粗,短而厚的小脚板,走起路来咚咚响,像头小牛犊。喜鹊凸额头,一双眼睛总是闪着得意的光,小嘴巴露出神气的微笑。

鸭爷爷见到金牛和喜鹊,身边多了两个宝贝蛋儿,眼睛笑成一条缝。

◆ 一

芦荡里小鱼小虾多,小鸭吃得饱,几天时间,小鸭由拳头大变成巴掌大,黄茸茸的毛渐渐变白了——鸭栏需要放宽加高啦。这天,鸭爷爷没跟金牛和喜鹊去放鸭,他留在家里收拾鸭栏。

金牛和喜鹊划着小船,挥动竹竿,嘴里"鸭

鸭鸭"地呼唤着，赶着鸭群来到鱼虾最多的地方。

水乡就是美哩！南风吹过，碧绿的芦苇挤挤擦擦，沙沙作响；各种颜色的水鸟在水里、滩上游戏，有时飞上天空，快乐地叫着。

金牛和喜鹊各自摘了一片荷叶戴在头上当草帽，用芦苇叶卷成两支口哨，放在嘴里吹着，心里美煞了。

太阳沉到了西头的芦苇丛背后，晚霞在芦荡上空燃烧着。时间过得真快，将近黄昏了，鸭子吃饱肚子，躺在草滩上，嘴巴插在翅膀里打起盹来。

金牛说："喜鹊，你看住鸭群，我把小船冲洗一下，马上回去。"

喜鹊能干地说："你去吧，放心好了。"

金牛洗好小船回来，清点鸭子时，发现一只美丽的小花鸭没啦！他瞪着眼睛问喜鹊："你上哪儿去啦？鸭子丢了也不知道！"

喜鹊丢了鸭，脸蛋火辣辣的，两手扯破了芦苇叶口哨，一声不吭。

金牛跳了起来："你嘴巴呢？缝起来啦？说呀！"

喜鹊把碎叶片使劲扔在地上，仍然一声不吭。

金牛叉着胖乎乎的腰杆："你还不服气？丢了鸭还不心疼？"

喜鹊心里知道自己错了，可嘴硬，他瞪了金牛一眼："你是鸭爷爷吗？"

金牛被激怒了，小拳头不自觉地攥了起来，真想揍喜鹊一拳解解气。

喜鹊像只好斗的蟋蟀，跳上前去，喊着"打啊！打啊！"他把胸脯挨着金牛的拳头。

金牛这才发现自己举起了拳头，赶快放下了。

喜鹊还在喊："打啊，你打啊，怎么不打呀？"

金牛往后退了一步。

喜鹊把鼻子一直抵着金牛的拳头,用挑战的口气嚷着:"不敢打是小耗子!"

金牛气得胸脯鼓了起来,双手猛地一推,喜鹊一屁股跌在地上。喜鹊委屈了,"哇"地哭起来。

"嘎、嘎、嘎……"这时,惹祸的小花鸭,不知在什么地方睡了一觉,大摇大摆地回来了。

喜鹊一见,爬起来一把抹去眼泪,发了疯似的挥舞竹竿,把鸭群分成两半。

金牛问:"你要干什么?"

喜鹊手插腰间,看也不看地说:"我不跟你一起放!"

两个孩子竟然分家了!

鸭群分成两半,小船总不能劈成两半吧?喜鹊真尖,他把赶鸭的长竹竿从船头伸出去,掐了几枝芦花坠在竹竿下面,把鸭子挡在竹竿两边。两把桨也分了。金牛力大,喜鹊力小,用力不均,小船像龙摆尾似的在河上晃荡,惊得鸭子嘎嘎乱叫。

鸭爷爷在远处看着他们……

鸭爷爷在大柳筐里装满了鸭粪,拿过一根扁担,让金牛和喜鹊背对背地站着。然后,把扁担一头放在金牛的肩上,另一头放在喜鹊的肩上。

"抬走吧!"鸭爷爷一本正经地说。

金牛往左,喜鹊往右,两人扭着劲儿,怎么也迈不开步。

两个孩子心里好笑：鸭爷爷怎么这样糊涂呀？你让我们背对背地抬，哪能走步呀？

鸭爷爷却很认真地说："快抬呀，站着干吗呢？"

金牛和喜鹊为难地望着鸭爷爷，鸭爷爷摸了摸他们的脑袋，笑着说："看，两人扭着劲，就连一筐鸭粪都抬不动；得合着一个心眼，踏着一个步子才行啊！"

金牛容易动火，也容易拐弯。喜鹊毕竟是喜鹊，他虽然觉得自己把花鸭丢了有责任，可金牛不该对他耍脾气：你算老几呢？

鸭爷爷拿过一只篮子递给金牛说："到浅水洼里摸些螺蛳回来，有两只鸭生病啦。"

喜鹊说："爷爷，再给我一只篮子吧。"

鸭爷爷戳了一下他的额头："不，两人合用一只。"

到了浅水洼，两人脱掉衣服跳进水里。篮子在金牛身边，喜鹊摸了一把螺蛳，刚准备向金牛走来，忽又站住了：他和金牛还结着疙瘩呢。他摘了一片荷叶，把螺蛳放在荷叶上。

金牛一见喜鹊不把螺蛳往篮子里送，便把篮子放在两人中间。两人就像投篮球一样，把螺蛳扔进篮子里。

金牛想跟喜鹊说话，心里"扑咚扑咚"地跳着，当他抬头看到鸭爷爷远远地望着他时，便鼓足勇气，结结巴巴地问："喜鹊，凉……吗？"

那时，太阳正火辣辣地照着，河水挺暖和的。

喜鹊把眼珠转到眼角上看了金牛一眼，嘴巴一撇没回答。

金牛抹了一把汗，定了定神，说："喜鹊，还在生气？我们好起来吧。"

"我丢了鸭,和我好什么呢?"

金牛再也耐不住了,爬上岸,把衣服往肩上一搭,像头挨了鞭子的牛,怒冲冲地走了,路边的芦苇挂住了他肩上的衣服,他也不知道。

喜鹊直愣愣地望着金牛的背影,有点后悔了,很不自在地上了岸。

二

半夜里,芦苇丛里的鹭娃子突然叫了起来。鸭爷爷知道,明天得下大雨。俗话说:半夜鹭娃子叫,明日大雨到。

早晨起来,鸭爷爷对金牛和喜鹊说:"你俩去放鸭吧,爷爷要修鸭栏,今天八成有大雨呢。"

金牛和喜鹊把鸭群赶到了芦荡深处。两人谁也不说话,金牛闷得慌,用他那不好听的嗓音唱起歌来。喜鹊也唱开了。两人心思不在唱歌,唱不到一个调上,不合拍子。天上滚来了乌云。不一会儿,狂风呼啸着从西北方向滚过来,芦苇被折断,"咯吧咯吧"响,各种各样的鸟儿乱叫着,飞到芦苇丛中避风去了。不一会儿,大雨撒豆子似的落下来。

金牛和喜鹊又分家了!

这回是大风把他们分开的:一阵大风斜刺里吹过来,受惊的鸭子一队往南,一队往北。

俗话说:黄毛鸭子撵雨点,人要追它累断腿。这些扁嘴巴,张开翅膀,拼命追赶雨点子,快得像阵风。

风更大了,芦苇弯着腰;雨更猛了,在泥地上打下一个个小洞洞。鸭子奔得更欢了,把两个孩子甩在后边。如果再不把鸭群赶到避风的芦塘里,鸭子奔伤了不算,还要丢失!

两个孩子急得都快哭了。

"站住！"金牛喘着粗气呵斥着。活见鬼！鸭子听你的？金牛说不清自己摔了几跤，满身都是泥，金牛壮得像头牛，但现在，他的腿像给绳子捆着似的。

喜鹊呢，情况更为不妙。那群鬼鸭压根儿没有把喜鹊放在眼里，拼命往前跑。他累了，肚子又饿，多想坐下来歇会儿！可是他不能，他要赶上鸭群！

就在喜鹊快要跑不动的时候，鸭群忽然站住了！喜鹊定睛一看，鸭爷爷拿着竹竿拦住了鸭群的去路。

鸭爷爷早已跟在喜鹊后边了，但他没有立即帮喜鹊的忙。

鸭爷爷和喜鹊把鸭群赶到芦苇塘里，又帮金牛把鸭群也赶回来。他给两个孩子洗掉脸上的泥巴，问："你俩还要背对背吗？"

喜鹊抢在金牛前面说："不啦。"

金牛也说："不啦。"

鸭爷爷看着两个宝贝蛋儿，笑着摇摇头……

写于1975年8月北京大学25号楼，
修改于2013年9月28日北京大学蓝旗营

与藏族孩子在一起

鸭奶奶

奶奶是老得到时候了,还是劳累过度?一口气没喘上来,手往床边一垂挂,丢下大鸭和小鸭两个孙儿,死了。

村里的大人们都这么说:"鸭奶奶走了。"

其实,奶奶还没走呢,她躺在两张板凳搁起的一扇门板上。她穿着几个老奶奶帮她换上的新衣、新袜、新鞋,把头静静地枕在一只新做的软软的枕头上。

大鸭和小鸭已哭得不能再哭了,只是紧紧地挨在一起,呆呆地站着,远远地望着奶奶。

他们的脸上,各自挂着两道莹莹的泪水。

天已很晚了,忙累了的大人们,将要回家去,在一旁议论:

"也没有个亲人为她守夜。"

"有大鸭和小鸭。"

"别累着两个孩子。再说,孩子胆小,还不

一定敢呢。"

"可怜，她就只能一个人待着了……"村东头的三奶奶说着，撩起衣角，拭了拭泪。

大鸭和小鸭，慢慢走向奶奶，然后一声不吭地坐到了挨着奶奶的椅子上。他们是奶奶的孙子，当然要给奶奶守夜。

屋里的人，都默默地望着他们。

"别怕，是自己的奶奶。"村里头年纪最大的胡子爷爷，拍拍大鸭和小鸭的头，叮咛了几句，眨了眨倒了睫毛的眼睛，拄着拐棍，跌跌撞撞地走了。其他人也跟着他，慢慢走出屋子。

大鸭和小鸭并不明白，为什么人死了要有亲人守夜。他们只知道自己应当和奶奶待在一起，绝不能让奶奶孤单单的一个人躺在茅屋里。奶奶不能没有他们两个孙儿，他们也不能没有奶奶。

奶奶真福气，有两个孙儿守着她。

两支蜡烛在烛台上跳着金红色的火苗。奶奶的头发闪着亮光，脸上也好像闪动着光彩，像是因为有两个孙儿给她守夜，而感到心满意足。

可是，她那对没有完全舒展开的眉毛，又好像在责怪自己：我走得太急了，该把两个孙儿再往前领一段路啊！

大鸭十二岁，小鸭才八岁。他们没有爸爸（爸爸生病死了），也没有妈妈（妈妈改嫁到很远的地方后就再也没有回来过）。奶奶不能走，奶奶不放心两个孙儿，可她还是走了，由不得她。

蜡烛一滴一滴地淌着烛泪。

小鸭伏在大鸭哥哥的肩上。兄弟俩一动不动地坐着，望着奶奶的脸。他们不困，也不知道困。奶奶活着的时候，他们总是很困，捏着钢笔写字，写着写着就瞌睡了。奶奶一边说"瞌睡金，瞌睡银，瞌睡来了不留情；瞌睡神，瞌睡神，瞌睡来了不由人……"一边把他们拉到铺边去。他们迷迷糊糊地爬到小铺上。奶奶给他们脱掉鞋子、衣服，给他们盖上被子，嘴里还不停地念叨着："瞌睡金，瞌睡银……"

以后，他们夜里困了，还有谁再抓着他们的胳膊，把他们拉到铺边去呢？

小鸭和大鸭没有哭，可是心里在哭。

夜深了，四周静得像潭水。远处田野上，有一只野鸡"喝喝喝"地叫起来，叫了一阵儿，觉得叫的不是时候，小声叫了两下，困了，不叫了。起风了，屋后池塘边的芦苇发出沙沙声。有鱼跳水，发出"咚"的水响。风从窗户里吹进屋里，烛光跳起来，摇起来。

小鸭突然害怕了，双手紧紧抱着大鸭的胳膊。大鸭到底是哥哥，没有小鸭那样怕。他把小鸭拉到怀里，互相依偎着。当大鸭突然想到奶奶确实已经死了时，也不由得害怕了。

奶奶在世的时候，教给他们很多很多歌谣。夏天在河边乘凉，奶奶一边用芭蕉扇给他们赶蚊子、扇风，一边唱。冬天天冷，他们一吃完晚饭就钻被窝。墙壁上挂盏小油灯。他们睡不着，钻在奶奶的胳肢窝里。奶奶一边用躯体温暖着他们两个宝贝儿，一边唱。他们很多时候，是在奶奶的歌谣所带给他们的欢乐中度过的。

奶奶走了，留给他们多少有趣的歌谣！

大鸭搂着哆嗦的小鸭，声音轻轻地说："石榴树，结樱桃，杨柳树，结辣椒，吹的鼓，打的号，抬的大车拉的轿，木头沉了底，石头水上漂，小鸡叼老鹰，老鼠捉了大咪猫。"

小鸭望了哥哥一眼："金轱辘棒，银轱辘棒，爷爷打板奶奶唱，一唱唱到大天亮，养活了孩子没处放，一放放到锅台上，嗞儿嗞儿喝米汤。"

兄弟俩交替着唱，唱着唱着，两人抱在一起睡着了。

蜡烛快烧完了，火苗儿小得像豆粒儿。

春天夜里挺凉的，大鸭醒了，连忙推了推小鸭："坐好。"

小鸭用手背揉着眼睛，嘴里含混不清地叫奶奶。

大鸭遵照胡子爷爷的嘱咐，点上两支新蜡烛，插到烛台上。

离天亮越来越近，跟奶奶在一起的时间越来越短。太阳出来时，村里的人就要送奶奶走了。

兄弟俩再也睡不着，依然偎依着坐着，静静地望着奶奶满是皱纹的脸……

奶奶真苦，自己那么大年纪了，还要拉扯他们两个孙儿。奶奶喜欢他们，疼他们。为了他们，奶奶什么苦都能吃。门前有一块菜园，奶奶从早到晚侍弄它，长瓜种菜。夏天热得晒死人，奶奶头上顶块湿毛巾，坐在小凳上拔豆草，汗珠扑簌扑簌往下滚。大南瓜，紫茄子，水灵灵的白萝卜，灯笼儿似的青椒，一串串扁豆荚像鞭炮，丝瓜足有两尺长。奶奶拄着拐棍儿，搬动着小脚，把它们一篮一篮捎到小镇上。卖了，把钱一分一分地朝怀中的小口袋里攒，给大鸭和小鸭买衣服，买书包、铅笔。奶奶不能委屈了大鸭和小鸭。

奶奶心里就只有这两个孙儿。

冬天下大雪。路上滑，奶奶怕上学的大鸭和小鸭摔跟头，拄着拐棍儿，朝学校摸，一路上跌倒好几次。摸到学校，她就站在屋檐下，等呀，等呀。大鸭和小鸭放学见到奶奶，她头上、身上已落了一层雪。他们一人拉着奶奶一只手往家走。小兄弟俩眼泪在眼眶里直打转……

夜越来越静悄，除了风哨声，没有一丝声响。

大鸭望着小鸭，用眼睛问他：弟弟，在想什么？

小鸭鼻头一酸，滚下两串泪珠儿。大鸭搂着弟弟，泪珠儿一滴一滴地落在他的头发上。

风"呜呜"地响，屋后池塘里的水，撞着岸边，发出"豁嘟嘟"的声音。

不哭了吧，哭声也留不住奶奶。

天很凉。他们守着死去的奶奶，再也没有一丝害怕。大鸭从床上抱来一床薄被，轻轻盖到奶奶身上。兄弟俩一起用温暖的小手，抓着奶奶那只早已变凉了的粗糙的大手。

还能为奶奶做些什么呢？

奶奶活着的时候，他们帮奶奶做的事实在太少太少，还淘气得没边儿，尽让奶奶操心。夏天，村里的孩子们都光屁股到村前的小河里洗澡，乱扑腾，满河溅着水花。兄弟俩禁不住诱惑，忘记了奶奶的告诫，小裤衩儿一扒，下河了。奶奶知道了，连忙赶到河边。他们见了，赶忙爬上岸，穿上裤衩。奶奶挥起拐棍，在他们屁股上结结实实地各打了三下。奶奶怕他们淹死。打完了，奶奶哭了，一边揉着他们的屁股，一边说"揉呀揉，不长瘤"，又一边落泪。

兄弟俩现在心里真懊悔：不该惹奶奶生气、伤心的，不该只顾贪玩，不帮奶奶多干些活儿。懊悔又有什么用呢？天一亮，奶奶就走了，永远地走了。

大鸭突然想起，去年村西头五奶奶死后躺在门板上，到晚，儿孙们跟着一个从外村请来的会唱歌的老头，绕着五奶奶转。还有人敲着小鼓和铜钵儿。那老头闭着眼睛哼唱着，声音忽高忽低。他手里托着一个盘子，盘子里是些五颜六色的碎纸片儿。他不时地抓一把抛到空中，然后纷纷落到五奶奶身上。大鸭和小鸭问奶奶这是做什么。奶奶告诉他们，在给五奶奶送行呢，她要到一个好地方去，那里长着很多花，五奶奶累了，去享福了。

大鸭和小鸭也要给奶奶举行一次送别。

兄弟俩找到几张五颜六色的纸，用剪子剪成一盘碎纸片。大鸭从抽屉里找出兄弟俩都爱吹的芦笛。那是大鸭做的，大拇指粗，一尺长，上面有小眼儿，一头装着一个哨儿。大鸭把芦笛交给小鸭：

"吹吧。"

"奶奶能听见吗？"

"能。"大鸭点点头，托着盘子，绕着奶奶走起来。

小鸭竖吹着芦笛。笛声低低的、哀哀的，像在跟奶奶说话呢。

大鸭唱着。唱的什么，他一点也不明白，只是这么唱着，把花纸片儿抛到空中。纸片儿飘忽着，轻轻地落在奶奶身上。

眼泪从他们的眼角流到嘴角。

凄婉的芦笛声，在春天的夜空中慢慢地传开去，全村人都醒了。

想到是把奶奶送到一个好地方，两个孩子心里又陡然快乐起来。小鸭站起来，用劲吹着芦笛，音调变化仍然很少，却很欢快了。大鸭也稍稍把歌声放大，把花纸片儿抛得更高。

奶奶为了拉扯他们，太累了，该享福了。

天上嵌满亮晶晶的星星，月亮很亮，像只擦洗过的大银盘。远处林子里，鸟儿已开始扇动翅膀，张着嘴巴，准备着迎接黎明。挂着露珠儿的桃花和麦苗儿，散发着好闻的清香。

奶奶身上落满了花纸，不，是花瓣儿。

兄弟俩没劲了，歌声低了，芦笛声弱了。到后来，不吹也不唱了，又互相偎依在一起。兄弟俩心里并不全都是悲伤。

他们静静地睡着了。奶奶也好像是睡着了。蜡烛流完最后一滴烛泪，火苗儿跳动了一下，无声无息地熄灭了……

1980年于北京大学

荒原茅屋

荒原沉睡着。

妈妈轻轻呻吟着。

大荒侧卧在床角,把耳朵贴在墙上,静静地聆听着。

妈妈将给他生一个弟弟,还是一个妹妹呢?他既想要弟弟,又想要妹妹。弟弟也好,妹妹也好,他都要。荒原太大,带给他的是不尽的荒凉、寂寞和孤独。他渴望有一个弟弟或一个妹妹。

茅屋耸立在这片荒原的最高处。它是荒原的一个奇迹。因为,在肉眼所能看到的一个庞大的范围内,就再也没有另外一座茅屋了。它傲然挺立着,在荒原特有的穹窿下,在荒原特有的风暴里,在荒原特有的壮丽晨光和苍茫暮霭中。它不知在这荒原上耸立了多少个年头。用石头垒成的青色围墙,不少地方已经风化。覆盖的茅草也不知换了多少次,眼下,又已经薄薄的,但仍然还很结实地覆盖着。听爸爸说,这座茅屋是爷爷的爷爷盖的。现在,他的子孙已散落在这片漫无边际的大荒原上的各个地方。凡在这片荒原上的人,都系一个家族。荒原因为他们,才有了绿色和灵性。

茅屋又将给荒原带来一个新的生命。

茅屋下方的斜坡上是一个大栅栏,但现在是空的——爸爸赶着他的马群到远方放牧去了。而放牧的地方山洪暴发,把爸爸阻隔在山那边,使他不能在妈妈生产前赶回这座茅屋。

大荒光着屁股从床上跳下来,从桌子上抱来那只粗陋的小木箱。那里面藏着两件很好的礼物,是大荒准备送给那个还未降生的弟弟或妹妹的。一件是小风车。那是大荒花了三天的工夫,自己用刀刻出来的。几片螺旋桨式的叶片,被风一吹,就"呼呼"直转。在几片叶片的中心,大荒还用刀挖了一个眼儿,风吹进眼儿,就会发出悦耳的哨声。这件礼物当然是送给弟弟的。大荒不止一次幻想过:弟弟用小手举着小风车,他就背着他在荒原上到处乱跑,那风车就快活地不停地在弟弟手中转着,"嘤嘤"地响着,弟弟也就快活地在他背上颠着屁股。另一件是个布娃娃。当然是送妹妹的。女孩子家什么也不喜欢,就喜欢布娃娃。布娃娃是她们的命根儿。大荒比谁都清楚。他用妈妈给他买裤子的钱,连来带去跑了一天,在三十里外的一家小商店买下了它。这是个洋娃娃,长着一头金色卷曲的头发,眼睛是蓝的,蓝得很好看。小妹妹还能不喜欢这样的娃娃吗?她抱着这样的娃娃睡觉,一定会睡得很香甜的。

大荒打开箱盖儿,看看风车,又看看布娃娃。他要做哥哥了。他觉得他真幸福。他坐着,就这样把箱子抱在怀里。

妈妈的呻吟声一声比一声高了，一声比一声尖利了。大荒感觉到妈妈在痛苦中，放下木箱，跑到妈妈的房门口，用焦急、惶惑、茫然、不知所措又害羞的目光望着灯光下的妈妈。

爸爸当他的面说过，妈妈是这个荒原上所有女性里边最漂亮的。大荒信，因为，他长这么大，再没有见过比妈妈更好看的女人。他喜欢妈妈。他还被妈妈抱在怀里时，最喜欢干的一件事，就是用小手抓妈妈那头柔软漆黑的头发，把它们弄乱，让它们飘飘扬扬地披散在妈妈的肩上。妈妈重重打了他的手。他眼泪未干，又继续去干那件事，干得很认真。妈妈没法儿，只好随他去了。因此，妈妈的头发常是散着的。后来习惯了，也就不梳理它了，就让它这样一年四季散着。反正，在这荒原上也很难见到一个生人。妈妈很温柔，跟彪悍的爸爸正好是个对比。爸爸常放牧去，大荒是在妈妈的一片温柔里长大的。他习惯了妈妈的胳膊、妈妈身上散发出的好闻的气息。要不是爸爸把他赶开，他也许现在还和妈妈睡在一张床上。

妈妈在痛苦里，但妈妈更好看了。她的头发散乱在枕上，因为汗水的濡湿而格外黑。她的脸色微微发红，汗珠在她的额头上和鼻尖上闪光。她的嘴角微微抽搐，却丝毫不能使她难看。

妈妈见到了大荒，微微笑了笑。

大荒在门槛上坐下，双手抱着膝盖，默默地望着妈妈。他觉得自己背负着重任。

一个新生命的诞生需要母亲忍受巨大的痛苦。妈妈正在床上受罪，她被阵痛袭击着，柔和端丽的面孔一阵阵抽搐、变形。汗水越流越猛了，顺着耳根流下去，湿着枕头；喘息声也越来越急促，仿佛那个温馨的婴儿有无穷的力量，在她的腹中调皮地折腾着，想把妈妈彻底搞累。

大荒倒了一碗水，放了一勺又一勺糖，用双手端给妈妈。妈妈用胳膊艰难地支撑起身体，感激地看了一眼大荒，一口气将水喝了。喝得太猛，水从嘴角流了下来。妈妈朝大荒吃力地笑了笑。

大荒又坐回到门槛上默默守候着。

妈妈平静了一阵儿，又陷入了痛苦。那个弟弟（或妹妹）仿佛在黑暗里困得太久了，急切切地想来到阳光下，来到荒原上，来到大荒的眼前，可是大门却还紧闭着，于是，他（她）就用全身的力气撞击着。看得出，妈妈是兴奋的、激动的——她又将有一个孩子了！但这撞击同时给她带来了不可言说的痛苦。随着他（她）撞击的愈发猛烈，妈妈的痛苦也在加剧。她的眼睛一会儿紧紧地闭着，一会儿慢慢地睁开，露出被疼痛灼得有点发红的眼珠。她的手在床上不停地抓摸着，像一个被水淹没的人，在胡乱地抓握什么可以救生的物体。

大荒害怕了："妈妈……"

妈妈侧过脸来，望着他。

他的眼睛告诉妈妈：妈妈，我能为你做些什么呢？

因为爸爸不在，妈妈似乎也为承受这过于沉重的痛苦而感到气虚。她望着瘦弱、平时因为她的娇惯而显得稚嫩的大荒，眼中闪过一丝疑虑。

大荒感觉到了，心里有点难受，脸臊红了。

妈妈合上眼睛，她暂时因为思虑一个什么重要问题而忘记了痛苦。她的双臂自然地放在身体的两侧，但前额沁出的汗珠已聚集成黄豆粒大。她好像在为自己刚才向大荒闪过不信任的目光而感到不安和歉疚。

"大荒！"

"妈!"

妈妈睁开眼:"你认识去黑松林的路吗?"

大荒点点头。

"认识那个白头发的老阿婆吗?"

"认识!你说过,你生我的时候,是她把我接出来的。"

"你爸爸不在家……"妈妈这样说了半句没说完的话,却不吱声了。

大荒转身冲向门口,双手用力拉开了茅屋的门——可他定住了。犹豫、恐慌、怯懦等一切弱点,在他向沉沉的夜空一瞥时统统暴露了出来。他不知害臊地将门关上,然后头也不敢抬地又坐回到门槛上。

夜色中的荒原,弥漫着恐怖的力量。它一片安静,由于过于安静,让人觉得它是虚伪的。在它深邃的胸膛里好像潜伏着什么。风吹过时,它就会像一头叫不出名字的巨兽在酣睡中发出鼾声。荒原上的天空,像是正在飘落下来的一张巨网。

大荒对去黑松林的路很清楚。

黑松林离这里十里路,要穿过一片长满荆棘的洼地。那些荆棘像一只只恶鹰的爪子,不是把你的衣服撕破,就是给你的脚底扎上一根根尖刺。过了那片荆棘,是一片泡在水里的乱石滩。那些大大小小的、圆滑滑的、让人觉得刁钻古怪的石头,让行人一个接一个摔跟头,摔得两眼金星进溅,摔得浑身水淋淋的。再过去,是一片荒野。爸爸说过,那是一个古战场。在遥远的年代,有两支军队,在那块盐迹斑斑、赤条条的土地上刃战了整整一个白天和整整一个黑夜。第二天,太阳照上来时,已没有一个人是活着的。爸爸说,那里的泥土为什么至今还是红的,是因为它吮吸的血太多了。过了那片荒野才是黑松林,而白发老阿婆住在林子深处。通过那片原始森林只有一条路。林子太老了，杂树怒生，苍翠四合。寂静的林子间总好像游荡着什么精灵，总好像藏着许多神秘的故事。

这不是一个女人，也不是一个小孩的路。

妈妈觉得自己不应该有那样一个奢望而使她的大荒陷入难堪。她亲昵地叫着："大荒……"

大荒不敢抬头。

"来，搬张凳子，靠着妈妈坐。"

大荒搬来凳子，坐在离妈妈不远的地方。

那个小弟弟（或小妹妹）好像终于愤怒了，不顾一切地折腾开来。新鲜有力的生命在妈妈体内动荡着。妈妈遍体的筋络清晰地在她光滑的皮肤下显现出来，有的地方曲张着，像要爆裂开来；头发散乱，有一绺被妈妈用牙齿紧紧咬啮着。她的手用力抓着身底下的褥子，仿佛要把它抓破。疼痛像巨浪，一阵紧似一阵地朝她猛压过来。妈妈奋力挺着，抵抗着，在浪峰下发出苦难但没有一丝悲哀的呻吟。

后来，妈妈晕厥过去了，脸色一片苍白，嘴唇无力地颤动，胳膊垂挂在床边。她的生命仿佛在一个新生命挣扎而出时，在痛苦的深渊里沉沦下去了。

"妈妈……妈妈……"

大荒呼喊着，摇动着被汗水湿透了衣服的妈妈。

妈妈的力量在恢复，她的手终于深深地抓进棉絮里。她的牙咬破了嘴唇，嘴角挂下一弯鲜红的血。

大荒光光的小胸脯因为波动的呼吸而不住地起伏，被太阳晒黑、赤裸着的屁股，因为汗水的冲洗，像磨光的紫檀木在灯下闪着亮光。

妈妈醒来了。她向大荒微笑着。

大荒从来没有见过妈妈有这样恬静、美丽的微笑。

大荒觉得有一股力量在他还未长结实的身躯里冲撞着、奔突着。他突然转过身，"哗"地再次拉开茅屋的门，回头看了一眼妈妈，然后像一颗子弹射进了黑暗里。

他跑着，呐喊着，让自己的声音成为他的伙伴。他的声响似乎使整个天空都发出轰响。他不停地跑，不停地摔倒，不停地呐喊。

……黑松林深处熟睡的居民被猛烈的敲门声惊醒了，灯一盏盏亮起来，人一个个来到白发老阿婆家门口。人们团团围住这个赤身的少年，问他要干什么。他发不出一丝丝声音，他的喉咙几乎彻底哑了。他急得在地上跳着，用双手狠狠掐着自己的喉咙。他绝望极了，蹲在地上，用两只汗淋淋的拳头"咔通咔通"地狠揍着自己的脑门。

茅屋里，妈妈怎么了呢？

他一手抓住白发老阿婆的胳膊往前拉去，一手指着远方——他们茅屋所在的地方。

"一定出什么事了！"林子里的人说。

"快跑！"

于是，无数的男人和女人组成的人流，在夜空下，随大荒迤逦而去，纷沓的足声震荡着黑色的荒原。

见到茅屋的灯光时，大荒甩开这支盲目的队伍，以令人震惊的速度扑向茅屋……

远远地，茅屋向荒原发出一个婴儿清脆的啼哭声……

大荒的眼泪纷纷洒落下来。

荒原的尽头，正被霞光染红。

茅屋门口，站着爸爸。

他跑到爸爸面前，然后转过身去，用手指了指那支由他领来的队伍。

爸爸朝那些人摇了摇手，然后把手放在他的肩上，搂着他朝茅屋走去："爸爸扔了那些马，是从洪水里游过来的。"爸爸用的是对兄弟说话那样的口吻。

茅屋里，婴儿在声嘶力竭地啼哭着。

"是弟弟还是妹妹？"

"一个弟弟，一个妹妹。"

大荒停住了，仔细去听——两个婴儿在一起啼哭着。

他挥着双拳，"嗷嗷"叫着，朝茅屋冲去……

1983年4月26日于北京大学

红葫芦

一

妞妞只要走出家门，总能看见那个叫湾的男孩抱着一只鲜亮的红葫芦泡在大河里。只要一看到湾，她便会把头扭到一边去看爬上篱笆的黄瓜蔓，或扭到另一边去看那棵小树丫丫上的一个圆溜溜的鸟巢，要不，就仰脸望大河上那一片飞着鸽子的清蓝清蓝的天空。但耳边却响着被湾用双脚拍击出的闹人的水声。临了，她还是要用双眼来看泡在大河里的湾，只不过还是要把一副毫不在意的样子明确地做出来。

妞妞对这个男孩几乎一无所知，唯一的一点了解是：这男孩的父亲是这方圆几百里有名的大骗子。

大河又长又宽。她家和他家遥遥相望。河这边，只有她们一家，而河那边也只有他们一家。

这无边的世界里，仿佛就只有这两户孤立的人家。

大河终日让人觉察不出地流淌着，偶尔会有一只远方来的篷船经过，"吱呀吱呀"的橹声，把一番寂寞分明地衬托出来后，便慢慢地消失在大河的尽头了。

正是夏天，两岸的芦苇无声地生发着，从一边看另一边，只见一线屋脊，其余的都被遮住了。

每天太阳一升起，湾就用双手分开芦苇闪现在水边。他先把那只红葫芦扔进水里，然后往身上撩水。水有点凉，他夸张地打着寒噤，并抖抖嗦嗦地仰空大叫。然后跃起，扎入水中，手脚一并用力，以最大的可能把水弄响。

碧水上漂浮着的那只红葫芦，宛如一轮初升的新鲜的小太阳。

这地方上的孩子下河游泳，总要抱一只晒干了的大葫芦。作用跟城里孩子用的救生圈一样。生活在船上的小孩，也都在腰里吊一只葫芦，怕落水沉没了。大概是为了醒目，易于觉察和寻找，都把葫芦漆成鲜艳的红色。

红葫芦就在水面上漂，闪耀着挡不住的光芒。

湾用双手去使劲拍打水，激起一团团水花。要不就迅捷地旋转身子，用手在水上刮出一个个圆形的浪圈。那升腾到空中去的水，像薄薄的瀑布在阳光下闪着彩虹。

妞妞禁不住这些形象、声音和色彩的诱惑。她只好去望水，望"瀑布"，望精着身子的湾和红葫芦。

湾知道河那边有一双眼睛终于在看他。于是，他就拿出所有的本领来表现自己。

他赤条条地躺在水面上，一只胳膊压在后脑勺下，另一只胳膊慵懒地耷拉在红葫芦的腰间，一动不动，仿佛在一张舒适的大床上睡熟了。随着河水的缓缓流动，他也跟着缓缓流动。

妞妞很惊奇。但不知道是惊奇这河水的浮力，还是惊奇湾凫水的本领。

风向的缘故，湾朝妞妞这边漂过来了。岸上的妞妞俯视水面，第一回如此真切地看到了湾。她的一个突出印象便是：湾是一个不漂亮的、瘦得出奇的男孩。

湾似乎睡透彻了，伸了伸胳膊，一骨碌翻转身，又趴在了水面上。他看了一眼妞妞。他觉得她已经开始注意他。他往前一扑，随即将背一拱，一头扎进水中，但却把两条细腿高高地竖在水面上。

妞妞觉得这一形象很可笑，于是就笑了——反正湾也看不见。

一只蜻蜓飞过来，以为那两条纹丝不动的腿是静物，便起了歇脚的心，倾斜着身子，徐徐落下，用爪抱住了其中一只脚趾头。

湾感到痒痒，打一个翻身，钻出水面，然后把脑袋来回一甩，甩出一片水珠，两只眼睛便在水上忽闪闪地发亮。

这一形象便深深地印在了妞妞的脑子里。

他很快乐地不停地喷吐着水花。

妞妞便在河岸上坐下来。

他慢慢地沉下去，直到完全消失了。

妞妞在静静的水面上寻觅，但并不紧张，她知道，他马上就会露出水面来的。

但他却久久地未再露出水面来。

望着孤零零的红葫芦，妞妞突然害怕起来，站起身，用眼睛在水面上匆匆忙忙、慌慌张张地搜寻。

依然只有红葫芦。

大河死了一般。

妞妞大叫起来:"妈——妈——!"

后面茅屋里走出妈妈来:"妞妞!"

"妈——妈——!"

"妞妞,你怎么啦?"

"他……"

近处的一片荷叶下,钻出一张微笑的脸。

妞妞立即用手捂住了自己还想大叫的嘴巴。

"妞妞,你怎么啦?"妈妈过来了,"怎么啦?"

妞妞摇摇头,直往家走……

二

一连好几天,湾没有见到妞妞再到水边来,不论他将水弄得多么响,又叫喊得多么尖利。终于感到无望时,湾便抱着红葫芦游向原先总喜欢去的河心小岛。

很小很小一个小岛。

在此之前,湾能一整天独自待在小岛上。谁也说不清楚他在那里干什么。

妞妞没有再到河边来,但每天总会将身子藏在门后边,探出脸来望大河。她将一切都看在眼里。她知道,湾喜欢她能出现在河边上。

又过了几天,当湾不再抱任何希望,只是无声地游向小岛时,妞妞拿了一根竹竿走向了河边。

妞妞穿一件小红褂儿,把裤管挽到膝盖上。

湾坐在河对岸，把红葫芦丢在身旁，望着妞妞。

妞妞一直走到水边，用竹竿将菱角的叶子翻起，那红艳艳的菱角便闪现出来。她用竹竿将菱角拨向自己，然后将红菱采下。但大多数菱角都长在她的竹竿够不到的地方。她尽量往前倾斜身子伸长胳膊，勉强采了几只，便再也采不到了。

湾把红葫芦抛进水中，然后轻轻游过来。

妞妞收回竹竿望着他。

他一直游过来，掐了一片大荷叶。然后专门寻找那些肥大的菱角，将荷叶翻过来，把一只只弯弯的两头尖尖的红菱采下来放在荷叶里。不一会儿工夫，那荷叶里便有了一堆颜色鲜亮的红菱。他又采了几只，然后用双手捧着，慢慢朝妞妞游过来。

他的身体完完全全地出了水面，站在了妞妞的面前。

他确实很瘦，胸脯上分明地排列着一根根细弯的肋骨。他不光瘦，而且还黑。黑瘦黑瘦。

他朝妞妞伸出双臂。

妞妞没有接红菱。

他便把红菱轻轻放在她脚下，然后又亮着单薄的脊背，走回到大河里。

妞妞一直站着不动。

妞妞慢慢蹲下身去，用双手捧起荷叶。

他眼里便充满感激。

"妞妞——！"

妞妞没有答应妈妈。

"妞妞——！"妈妈向这边找过来了。

妞妞犹豫不决地望着手中的红菱。

"妞妞，你在哪儿呢？"

妞妞把红菱放到原处，转身去答应妈妈："我在这儿！"

"妞妞，回家啦，跟妈妈到外婆家去。"

妞妞爬上岸，掉头望了一眼湾，低头走向妈妈。

回家的路上，妞妞问妈妈："他爸真是大骗子吗？"

"你说谁？"

妞妞指对岸。

"他爸已关在牢里三年了。"

妞妞回头瞥了一眼大河，只见湾抱着红葫芦朝小岛游去……

二

妞妞还是天天到大河边来。

湾尽可能地施展出大河和自己的魅力，以吸引住妞妞，并近乎讨好地向妞妞做出种种殷勤的动作。

天已变得十分的炎热了。每当中午，乌绿的芦苇就都会晒卷了叶子。躲在阴凉处的纺织娘①，拖着悠长的带着金属性的声音，把炎热和干燥的寂寞造得更浓。七月的长空，流动的是一天的火。

水的清凉，诱得妞妞也直想到水中去。

"你怎么总在水里呢？"妞妞问湾。

"水里凉快。"

---

①纺织娘：肢动物门昆虫纲直翅目露螽科织娘属昆虫。纺织娘在中国分布很广，东南部沿海各省如浙江、江苏、山东、福建、广东、广西分布最多，国际上如南美洲等也都有分布。

"真凉快吗?"

"不信,你下水来看。"

妞妞爬上岸,见妈妈往远处地里去了,便又回到水边:"水深吗?"

"中间深,这儿全是浅滩。"湾从水中站起来,亮出肚皮向妞妞证实这一点。

芦苇丛里钻出几只毛茸茸的小鸭。它们是那样轻盈地凫在水上。它们用扁嘴不时地喝水,又不时地把水撩到脖子上,亮晶晶的水珠在柔软的茸毛上极生动地滚着。一只绿如翡翠的青蛙受了风的惊动,从荷叶上跳入水中,随着一声水的清音,荷叶上"滴滴答答"地滚下一串水珠,又是一串柔和的水声。

大河散发着清凉。

大河深深地诱惑着妞妞。

妞妞被太阳晒得红红的脸,由于水引起的兴奋,显得更加红了。

湾在水中,最充分地表露着水给予他的舒适和惬意。

妞妞把手伸进水中,一股清凉立即通过手指流遍全身。

"下来吧,给你红葫芦。"

妞妞拿不定主意。

"别怕,我护着你!"

妞妞动心了,眼睛一闪一闪地亮。

湾走过来,捧起水浇在仍在彷徨的妞妞身上。

妞妞打了一个寒噤,侧过身子。

湾便更放肆地朝她身上又泼了一阵水。

妞妞便害羞地脱下小褂儿,怯生生地走进水里。

她先是蹲在水中,随后用双手死死抓住岸边的芦苇,伏在水上,两腿在水上胡乱扑腾，闹得水花四溅。

水确实是迷人的。妞妞下了水，就再也不愿上岸了。

湾便有了一种责任，不再自己游泳，而把全部的心思用在对妞妞的保护上。

水，融化了两个孩子之间的陌生和隔膜。

他们或一起在芦苇丛里摸螺蛳，或在浅水滩上奔跑、跌倒，或往深处去一去，让水一直淹到脖子，只把脑袋露在水面上。

大河异常的安静。两颗脑袋长久地、默默地对望着。

过了几天，妞妞在充足地享受了水的清凉和柔情之后，不再满足于老待在浅水滩上瞎闹了。她向往着大河的中央和大河的那边，渴求自己也能一任她的愿望，自由地漂浮在这宽阔的水面上。

湾极其乐意为她效劳。他不知疲倦地、极有耐心地教她游泳。

那些日子，阳光总是闪着硫磺色的金光，浓郁的树木和芦苇衬托着无云的天空。湾的心情开朗而快活。

大河不再是孤独的。

妞妞的胆量一日一日地增大。大概过了六七天，妞妞想到小岛上去的念头变得日益强烈，居然敢向湾明确提出这样的要求："让我抱着红葫芦，也游到小岛上去吧。"

湾同意了。

妞妞抱着红葫芦往前游，湾就在一旁为她护游。

小岛稍稍露出水面，土地是湿润的。岛上长着几十棵高大的白杨，一棵棵笔直而安静地倒映在水中。五颜六色的野花，西一株，东一丛，很随意地开放着。岛中央还有一汪小小的水塘，几只水鸟正歇在塘边的树丫丫上。

妞妞仰脸望，那些白杨直插向蓝色的天空。

"你老来这里吗?"

"老来。"

"干嘛老来呢?"

"来玩。"

"这儿有什么好玩呢?"

"好玩。"

"……"

"我来找我的同学玩。"

妞妞就糊涂了：这不就是空空的一个小岛吗?

湾带妞妞走到一棵白杨树下，用手指着它："他是我们班的王三根。"

妞妞扭过头去看时，发现那棵白杨树上刻着三个字：王三根。

她再往其他白杨树上细寻，分别看到不同的名字和绰号：李黑、周明（塌鼻子）、丁妮、吴三金、邹小琴（小锅巴）……

湾见到他的"同学"，暂时忘了妞妞，忘情地与他们玩耍起来。他从这棵白杨，跑向那棵白杨，或是拉一拉这棵白杨上的一根枝条，或是用拳头打一下那棵白杨的树干，有时还煞有介事地高叫着："塌鼻子，塌鼻子，你过来呀，不过来是小狗!"他疯了一样在林子间穿梭，直跑得大汗淋漓、气喘吁吁，最后倒在地上，用手抵御着："好三根，别打了，啊，别打了……"他胳肢着自己，在地上来回打着滚儿……

妞妞默默地看着他。

他一直滚到了妞妞跟前。他停住了，眨了眨眼，望着妞妞，很尴尬。

"他们不肯与你玩,是吗?"妞妞问。

湾的目光一下显得有点呆滞。他低下头去。

后来,妞妞觉得湾哭了。

过了好久,湾才又和妞妞在小岛上快活地玩耍起来。

整整一个下午,他们就是忙着搭一座房子。他们假想着要在这小岛上过日子。他们找来很多树枝和芦苇,又割了许多草,把那座房子建在了水塘边上。妞妞还用芦苇秆在房子的一侧围了一个鸡栏。两个人还用泥做了灶、锅、许多碗和盘子,并且找来一些野菜,装着津津有味地吃了一顿。

不知不觉,太阳落到大河的尽头去了。

妞妞的妈妈在唤妞妞晚归:"妞妞——!"

妞妞不答。

妈妈一路唤着妞妞的名字,往远处去了。

湾和妞妞只好依依不舍地离开了"家",跑向水边。

还是妞妞抱着红葫芦往前游,还是湾为她一路护游。

夕阳照着大河。河水染成一片迷人的金红。

他们迎着夕阳,在这金红的水面上,无声但却舒心地游动……

四

"别再到河边玩去了。"妈妈几次对妞妞说。

"为什么呢?"

"不为什么。反正,你别再到河边去了。妈妈不喜欢。"

妞妞不听妈妈的话,还是往河边跑。妞妞的魂好像丢在了大河里。

庄稼正在成熟,太阳的灼热在减轻,流动着热浪的空间,也渐渐有了清风，夏天正走向尾声。

然而，妞妞还未能丢开红葫芦空手游向河心。

"明年夏天，你再教我吧。"妞妞说。

"其实你能游了，你就是胆小。"

"还是明年吧。"

一天下午，妞妞正在浅水滩上游得起劲，一直坐着不动的湾突然对妞妞说："你抱着红葫芦，游到对岸去吧。"

"我怕。"

"有我护着你。"

"那我也怕。"

"我紧紧挨着你，还不行吗？"

"那好吧，你千万别离开我。"．

湾点点头。

妞妞抱着葫芦游至河中央时，望着两边都很遥远的岸，心中突然有点害怕起来。这时，她看见湾笑了一下。那笑很怪，仿佛含着一个阴谋。妞妞的眼中，只是一片茫茫的水。她第一回感觉到，这条大河竟是那么大。除了红葫芦，便是一片空空荡荡。妞妞转脸看了一眼湾，只见湾的脸上毫无表情，只是朝前方的岸看。

"我们往回游吧。"

"往前游与往后游，都一样远。"

"我怕。"

湾还是朝前看，仿佛在心里作一个什么决断。

"我怕……"

"怕什么！"湾一下挨紧妞妞，突然从她手中抽掉了红葫芦。

妞妞尖叫了一声，便往水下沉去。她的双手恐惧地在水面上抓着，并向湾大声叫着：

"红葫芦！红葫芦！"

湾却一笑游开了。

妞妞继续往下沉。当她沉没了两秒钟，从水中挣扎出来时，便发疯似的号叫："救命哪——！"

妞妞的妈妈正往河边来寻妞妞，一见此景，几乎软瘫在河岸上。她向四周拼命喊叫："救命哪——！"

妞妞一口接一口地喝水，并发出被水呛着后的痛苦的咳嗽声。

湾还是不肯过来。

妞妞再一次从水下挣扎出来，向湾投去两束仇恨的目光。

在田里干活的人听到呼叫声，正向大河边跑来，四周一片吵嚷声。

当妞妞不作挣扎，又要向水下沉去时，湾也突然惊慌起来，拼命扑向妞妞，并一把抓住她的双手，随即将红葫芦塞到她怀里。

湾想说什么，可就是一句话也说不出来，眼前的一切使他完全懵了。他的脑子停止了转动，抓着系在红葫芦腰间的绳子，两眼失神地将妞妞往岸边拉去。

岸上站了很多人，但都沉默着。

那沉默是沉重的，令人压抑的。

湾一下子觉得自己是个罪犯。

妞妞的妈妈迫不及待地冲向水中："妞妞……"

"妈妈……妈妈……"妞妞抱着红葫芦哭着。

湾把妞妞拉回到浅滩上。

妞妞松开红葫芦，极度的恐惧，一下转成极度的仇恨，朝湾大声喊着:"骗子!你是骗子!"说完她扑进妈妈怀里,哆嗦着身子,大哭起来。

妈妈一边用手拍着妞妞,一边在嘴里说着:"妞妞别怕啦,妞妞别怕啦……"

湾低垂着头。

妞妞的妈妈瞪着他:"你为什么要这样骗人?"

湾张嘴要说话,可依然说不出,只有两行泪水顺着鼻梁无声地流淌下来。

妞妞跟着妈妈回家了。其余的人也一个一个地离开了河边。

只有湾独自一人站在水里。他的头发湿漉漉的,在往下淌水。这水流过他瘦巴巴的身子,又流回到水里。

红葫芦漂浮在他的腿旁。

起晚风了,大河开始晃动起来。水一会儿淹到湾的胸部,一会儿又将他的腿袒露出来。

红葫芦在水上一闪一闪的,像一颗心在跳。

天渐渐黑下来。

凉风吹着单薄的湾,使他一个劲地哆嗦。他仰脸望着大河上那片苍茫的星空……

五

几天后的一个黄昏,河心小岛上升起一团火,一股青蓝的烟先是飘到空中,后又被气流压到水面,慢慢散尽,化为乌有。

是湾烧掉了那个"家"。

六

妞妞再没到河边去,也再没有向大河望一眼。她去了外婆家,准备在那里度完暑假的最后几日。

一天中饭,在饭桌上,年迈的外公向他们几个小孩偶然谈起他小时候的一件事来:"那时,我跟你们一样,就是喜爱下水。可胆子小,只敢在屋后鸭池里游。父亲见我游来游去,说我能游大河,我吓得直往后躲,他说我是没出息的东西。那天,他拿了一只大木盆,让我坐上,说要带我去大河对岸的竹林里掏一窝小黄雀。他把我推到大河中央,突然把大木盆掀翻了。我呛了几口水,挣出水面,鬼哭狼嚎喊救命。一下来了很多人。父亲却冷眼看我,根本不把手伸过来。我沉了两下,又挣扎出来两下,水喝饱了。后来又往下沉去。我完全没有指望了!可真也怪了,就在这时,我的身子,忽然地变得轻飘起来,完全恢复了在鸭池里游泳的样子。我心好紧张,可又好快活,不一会儿工夫,就游到了对岸。从那以后,再宽的大河我也敢游了。"

妞妞用牙齿咬着筷子。

"妞妞快吃饭。"外婆说。

妞妞放下筷子:"我要回家。"

"你不是要在这里住几天的吗?"外婆问。

"不,我要回家,现在就回家。"说完,妞妞起身就走,无论外婆怎么叫,也叫不住她。

妞妞直接跑到大河边。

大河空空荡荡。

妞妞低头看时,看见那只红葫芦拴在水边的芦苇秆上。它像从前一样的鲜亮。

妞妞静静地等待着，然而对岸毫无动静。

当太阳慢慢西沉时，妞妞的眼里露出强烈的渴望。

夏天正在逝去，蓝色的秋天已经来到大河上。不知从哪儿漂来一片半枯的荷叶，那上面立着一只默然无语的青蛙，随了那荷叶，往前漂去。

无边的沉寂，无边的沉寂。

妞妞走下水，忘记一切，朝前游去。她没有下沉，并且游得很快。她本来就已经能够游过大河的。

她第一回站到那座茅屋面前，然而，那茅屋的门上挂着一只铁锁。

一个放牛的男孩告诉妞妞，湾转学了，跟妈妈到300里外，他外婆家那边的学校上学去了。

七

开学前一天的黄昏，妞妞解了拴红葫芦的绳子，那红葫芦便一闪一闪地飘进了黄昏里……

1990年3月15日于北京大学中关园

古堡

　　这山拔地而起，直插云空，看上去简直没有一点坡度，像天公盛怒之下挥动一把巨斧往下猛劈而成，巍然、险峻，望着就叫人感到恐惧。

　　然而，它对于山下的孩子们——甚至是山下的全体居民来说，却有一种深厚的诱惑力。听老人们说，就在这云雾弥漫的山巅，有一座古堡，是古代战争时垒就的，可以瞭望和狙击山那边的侵敌。

　　但谁也没有见过那座古堡。

　　此时，这座大山的孩子——麻石和森仔，却正朝山巅攀去。

　　他们还在七岁的时候，就瞒着大人往这迷人的山巅爬过，可是失败了——只爬了十三分之一，就灰溜溜地滚了回来，叫山下的全体居民可劲地嘲笑了一顿。于是，他们年复一年地仰望着那云雾深处似有似无的山巅，攥紧拳头，在心里发狠：你等着！

现在他们长到了十四岁，个子高了，壮实了，有劲了，连说话的声音都变得让自己吓了一跳——那么响亮！"大啦！"老人们说。于是，他们想起了七岁那年的失败，又开始往山巅攀登——他们坚决要成为今天这个世界上第一个看到古堡的人！

现在，他们已是出发后第五次坐下来歇脚。他们回头看了一眼山下，只见村里的房屋小得像火柴盒，村前那条小河像一条闪光的带子，马和牛成了一个个黑点。可是抬头看，山巅仍然还很遥远，它一会儿从云雾里显现出来，一会儿又被云雾所笼罩，一副神秘莫测的样子。他们一个倚着峭壁，一个侧卧在石头上，谁也不说话，谁也不愿让伙伴看出自己内心的动摇，互相把目光避开。

一只大雕在山腰间盘旋，黑色的翅膀在阳光下闪闪发亮。它似乎对这两个孩子的行动感到惊奇，在他们头顶上飞来飞去已有一段时间了。

麻石忽然对自己生起气来，转而抓了一块石头，站起来，朝空中砸去："滚！"

大雕展开翅膀，闪电一样斜滑而去。

"走吧！"麻石对软瘫在石头上的森仔说。

森仔看了一眼麻石，依旧卧在石头上。

麻石也坐下了，用手抱着尖尖的下巴，一双山里孩子才有的黑眼睛望着白云飞涨的天空。

回去吗？他们是当着全村孩子的面宣布上山看古堡的，当时说得很肯定，充满信心，就像将军宣布自己将要远征那样豪迈、庄严。孩子们为他们"哗哗"鼓了掌。才爬了这么一点就回去，除了落得个嘲笑还能落得个什么？他们仿佛看到了一个又一个孩子的模样：有闭起一只眼睛而用另一只眼睛乜斜着打量他们的，有索性闭起双眼根本就不看他们的，有搂着肚子笑得在地上滚成一团的，有站在大树下朝他们指指点点的……

现在他们不是七岁，而是十四岁。十四岁的孩子很知道自尊和名誉了。

不知过了多久，他们不约而同地站起来，手拉着手，朝山巅攀去。

山没有路，又十分陡峭，他们几乎是像猫爬柱子一样把身体贴在石壁上。他们不能朝下看，一看简直觉得这山是直溜溜地矗立着的，脚一滑就会直坠下去。也不能朝上看，云在飞，在旋转，那会使他们产生错觉：那山在大幅度地摇晃着。他们只能看着眼前，一脚一脚地往上登。

那只大雕又飞回来了，一直跟着他们。有时，他们脚下突然一滑，它就会一斜翅膀猛地飞过来，像是要用它那对强劲的翅膀托住坠落的他们；见他们平安无事，才又一拉翅膀飘开去。

这是夏天的太阳，熊熊燃烧，炙在人身上，叫人感到火辣辣的。麻石和森仔完全暴露在阳光下。他们汗流满面，脱掉的褂子刹在裤带里，光光的、黑黑的脊梁上，汗水像一条条小河在流淌着。他们希望看到一棵树，一片灌木丛。可是，让他们看见的尽是被阳光烤得灼人的石头。他们口渴得厉害，一边爬一边用舌头舔着干燥的嘴唇。

当森仔再一次摔倒、脑勺碰在硬石头上后，他开始埋怨麻石了："就是你，说要去看古堡的！"他一屁股坐下来，喘着气。

麻石也喘着气。他看了森仔一阵，也一屁股坐下来："你也说了！"

森仔坐着，汗还是不停地流，淌在石头上，很快被吸干了。他抹了一把汗，可是汗马上又讨厌地流了出来。他忽然狠狠地抱起水壶，一仰脖子就喝，"咕噜咕噜"，来不及咽下，水从嘴角溢出，流到脖子里。喝尽了，他跳起来，朝太阳咬咬牙，把空水壶扔在麻石脚下，然后，抢在麻石头里朝山巅爬去。

麻石歉疚地看着森仔，站起来，跟上去。没有错，是他首先提出去看古堡的。要不是他的主意，森仔这会儿也许正和其他孩子在山脚下的那条凉快的小溪里惬意地游水或抓鱼呢。他忽然觉得欠了森仔点什么，并对自己的行动有点懊悔。

他们与大山一直沉默着。

到中午时，麻石水壶里的水也喝尽了。而这时的太阳才是真正的太阳，它发着威风，朝两个孩子垂直地喷吐着烈焰，像要烘干他们。他们处在光溜溜的石头上，没有任何可以躲闪的地方，水分从这两具尚未成熟的躯体里迅速地挥发、消耗。饥渴！饥渴！饥渴！他们张着嘴巴，像暑天里瘪着肚皮喘气的小狗。有时他们眼里溅着火星，有时则一阵发黑。如果现在有一场雨，他们会仰起脸，伸开双臂张嘴冲着天空，让雨水灌饱。如果现在眼前有一条河流，他们会不管水流多么湍急，不顾一切地扑到水中。他们的眼神变得焦灼，带着野性。两个孩子之间的对立情绪也随着这饥渴程度的增加而增加，坏脾气的森仔，动不动就瞪麻石一眼，像要等个机会跟他狠打一架似的。

爬着，爬着……

他们忽然停住了，屏住呼吸，像是两只小动物在谛听什么。

"水声！"麻石叫起来。

"水！"森仔欢呼了。

一切怨恨顿时因为这淙淙的流水声而消失了，他们手拉着手，循着水声朝前跑去——情况却使他们大失所望：是有一条泉流，可是，它在两道峭壁之间极为狭窄的缝隙里流动着，望得见，却绝对够不着。

那水声在深深的峭壁间，挑逗似的向他们欢响着。

他们趴在峭壁上，伸着脑袋，贪婪地望着这股清冽的泉水在"哗哗"流动，眼珠儿都快跳出来了。而他们背上，太阳却更厉害地暴晒着。他们喘着气，额上的汗珠大滴大滴落进水中。这"哗哗"水声让他们产生希望，可又粉碎了他们的希望。它只能煽动起两个孩子一种仇恨的心理。他们朝水咬牙切齿，然后爬起来，疯了似的朝水里扔石头。

回答他们的只是一阵阵漠然的水声。

他们终于筋疲力竭地瘫坐在地上，用手捂着耳朵，不让自己听到这清脆的、甚至含着甜味的山泉声。

失望带来的怨恨在森仔心里急剧地增长着。不知过了多久，他突然起身往回走去……

"森仔！"麻石叫道。

森仔根本不理麻石。

"森仔！"麻石追了上来，一把抓住森仔的胳膊，"你上哪儿呀？"

"回家！"

"不！"麻石执拗地，"我们不能回家！"

"你松手！"森仔叫着，眼睛好凶。

"逃回去吧，胆小鬼！"麻石喊起来。

森仔挥起拳头，对着麻石的鼻梁，"咚"的一拳。壮实的森仔，力气可比麻石大多了，麻石一下子被揍得趴在了地上。过了很久很久，他才从地上慢慢抬起头来——他的鼻孔下挂着两道血流！

这两个孩子长时间地对望着。

"走吧，你走吧！……"麻石转过身去，独自一人往山巅爬去。他爬得很快，喉咙里"呼哧呼哧"地响着，脚下不时有碎石被他蹬翻，朝山下"咕噜咕噜"滚下去。

……天黑了，麻石在一大块平滑的石头上歇下来。茫茫的夜色里，远近山峦，有浓有淡，寂寥地矗立着。月亮在云里游动，山影随着它的出现隐没，一会儿清晰，一会儿模糊，那只大雕一天来始终相伴，这时也停在远处一块突兀的岩石上。

无底的寂静。

炎热早已退去，凉爽的夜风阵阵吹来。恐惧和侵人肌骨的凉气使他紧紧缩作一团，他希望大山里能有声音，哪怕是一声鸟啼、半声鹿鸣。

这个孩子在寂寞、恐惧、寒冷中煎熬着。他已连后悔的心思都没有了。不知过了多久，他忽然听到离他约有三米远的地方传来人的叹息声，他猛地回头——月光很亮，森仔抱膝坐在那里！

两个孩子同时站起来，然后走近，互相紧紧搂抱着哭起来。

"没回家？"麻石问。

森仔摇摇头："我……我一直跟着。"

他们紧紧挨着躺在石头上。

"想想那座古堡，好吗？"麻石说。

森仔点点头："它很大，很高……"

"很结实，还好好的。"

"肯定的！说不定我们还能看见那时候打仗用的炮呢，就像老师讲课时提到的古炮！"森仔有点得意洋洋。

"有小件的,像剑呀什么的,我们就带回去。"

"你知道古堡是什么样子吗?"森仔问。

"像碉堡,四四方方的。"

"还有放枪放炮的口。"

"我们是第一个看见古堡的!"

"第一个!"

"第一个!"

两个孩子在对古堡的幻想中得到鼓励,变得无比兴奋。

"你看,不远了。"麻石指着山巅说。

"明天,赶在太阳前头爬上去。

麻石紧紧抓住森仔的手。不一会儿,他们像那只雄厉的大雕一样,闭合上疲倦的眼帘……

五更天,他们又出发了。他们唱着、叫喊着,一口气爬完最后一段山路,黎明时终于登上了山巅!

到了,啊,到了!

他们先是直愣愣地站着,像两块石头,接着伤心地哭起来——山顶上根本就没有什么古堡,只有一堆乱石——也许这就是古堡的废墟。

这两个孩子忽然双腿一软,扑倒在石头上,好久,他们才爬起来,一副沮丧的面孔。

半山腰里,传来了微弱的呼唤声——大概是大人们找上山来了。

他们呆呆地坐在山顶上。

天色在发生变化——太阳正在升起,先是满天的霞光,紧接着,从白茫茫的雾霭里露出它的顶部。他们仿佛听到了太阳在升起时发出的"轰隆隆"的声音。……它最后一跳,终于全部升上天空,看上去像一枚巨大的橘子。

万缕金光，照耀着早晨湿润的群山。大雕在光影里舒徐地飞动。

"它不是我们原先看到的太阳。"森仔说。

"它不像太阳。"麻石说。

"这是太阳吗？"

"不是太阳是什么？"

这两个孩子坐在山顶上，面对着太阳开始泪汪汪地唱歌，麻石唱一首，森仔唱一首，麻石唱了七首，森仔唱了七首，两人一起又唱了三首……

1982年1月1日于北京大学

2005年9月在挪威参加海盗节

大戏

这天晚上,枫林渡有一台大戏。

老驴和小驴都是戏迷,只要听说哪儿唱大戏,又得到主人的允许,它们都会和那些孩子一起赶去看。

可今天晚上,它俩不能都去:刚刚收割的麦子铺了一地,今夜必须用石碾将麦粒从麦秸上碾下来;许多人家都要用这块场地,今晚恰巧轮到主人家。

"你俩,谁去看戏,谁留下拖石碾呢?"主人问小驴父子俩。

小驴心里特别想去看戏,但它却对老驴说:"爸,你去吧,我留下拉石碾。"

老驴心里也特别想去看戏,但它却对小驴说:"还是你去吧,我留下拉石碾。"

它俩商量了很久,也没有一个结果。

主人说:"你们这么推让来推让去,那还有

个完呀！其实呀，你俩都想去看大戏。这样吧，我来抛一枚硬币，"他指了指小驴，"正面朝上呢，就你去。"他又指了指老驴，"反面朝上呢，就你去。"他问老驴和小驴，"怎样？"

老驴和小驴都连连点头。

主人从裤兜里掏出一枚硬币，往空中高高一抛，右手接住，往左手手背上一捂，慢慢掀开右手：

正面朝上。

主人对小驴说："你去看大戏。"又对老驴说："你拉石碾！"

小驴很过意不去，磨磨蹭蹭，迟迟地不上路。

外面的路上，孩子们欢笑着，正往枫林渡去。

老驴对小驴说："你细心地看，回来后把大戏说给我听。我喜欢听说戏。"小驴连连点头，高高兴兴地上路了。

一条大河横在眼前。

一条渡船靠在岸边，大人小孩正纷纷上船。

小驴也上了船。

不一会儿，船上就站满了人，可岸上还有三个人：一个父亲，手里搀了一个男孩，背上还背了一个小女孩。

摆渡的大爷看了看渡船下沉的样子，为难地说："不能再上一个人了——再多上一个人，船就要沉了。"

岸上的那位爸爸和两个孩子，都显出希望能早点儿上船的神情。小女孩指着渡船："爸爸，上船！爸爸，上船！"

摆渡的大爷心想：一个大人，带着两个孩子，一定走得很慢，等赶到枫林渡，那戏差不多都演一半了。他很想让岸上的这父子三人先上船，可是让谁下去呢？

都想早点赶到枫林渡，没有一个人愿意下去。

不少目光转向了小驴。

小驴的重量，差不多就是那父子三人的重量。

小驴没有等摆渡的大爷与它商量，就跳到了岸上。

父子三人上了渡船。

渡船慢慢离开岸边时，摆渡的大爷说："我很快就回头接你。你跑得比人快，一定能够赶上看大戏的。"

半明半暗的天色中，小驴点了点头。

等小驴过了河，四周早已没有一个人影了，天空下，一片静悄悄的。

小驴小跑着，赶往枫林渡。一路上，它都在想：我要细心地看戏，回家后，一五一十地说给爸爸听……

月亮从东边升起来了，又大又圆。

小驴的眼前是它的影子。它觉得自己的影子十分好看。从地上飘动的影子中，它知道了自己是一头长得很英俊的小毛驴。它的心情特别好，一边跑一边怪腔怪调地唱着：

我是一头小毛驴，

我代爸爸去看戏。

看大戏，听大戏，

我们两个乐滋滋……

边走走，跑跑；跑跑，蹦蹦；蹦蹦，跳跳。

前面的路高地隆了起来——那是一座与路面连成一体的桥。

小驴一口气冲到了桥中央。

月光下，一个老奶奶正拉着一车柴禾走上桥来。

柴禾堆得小山一般高。老奶奶的身子大幅度向前倾着，几乎要碰到地面了。看不到她的脸，只见一头白发在月光下闪闪发亮。

小驴站住了。

老奶奶拉着车，但几乎看不出车在向前。

小驴抬头看了一眼天上的月亮，知道时间正很快过去，它必须要加快步伐赶路了。爸爸还在等它说戏呢！

它向前跑去。

老奶奶听到了它的脚步声，抬起了头——

明亮的月光下，它看到了老奶奶一副慈祥的面孔，那面孔上闪着汗水的亮光。

老奶奶朝小驴点了点头，好像在问候它："小驴，你好呀！"

小驴从老奶奶的身边跑了过去。它越跑越快，越跑越快。

但不一会儿，却越跑越慢了：沉重的车，老奶奶向前倾的样子，老奶奶汗水闪闪的面孔，不停地闪现在它的眼前……

它终于停住了，抬头看着月亮，好像在等待月亮告诉它什么。

它忽然掉转头，向老奶奶和她的车跑去，夜空下响着"嗒嗒嗒"的驴蹄声。

它一口气跑到了老奶奶的身边。

这一阵，老奶奶的车好像就没有前进一寸。

小驴打了一个响鼻，"扑嗒扑嗒"地扇动着耳朵。

老奶奶说："小驴呀，你回过头来，是要帮奶奶拉车吗？"

小驴用前蹄点了点地。

老奶奶感激地看着它："那奶奶谢谢你了。"

小驴在前面拉车，老奶奶就跑到后面推车，车终于过了桥。又帮老奶奶往前拉了一段路，小驴才赶紧往枫林渡方向跑。

戏大概已经开场有一会儿了，所有有利的地势，都被人占了，小驴转来转去，除了看到高高的人墙，它什么也看不见。

有一个男孩也在到处乱转。他几次要钻过人墙，钻到前面去，但都失败了。

他往后退了很远，然后突然像一发炮弹，向人墙冲去，但很快被人墙弹了回来，差点儿跌坐在地上。

他不死心，又冲了几次，当终于明白这堵人墙牢不可破时，他背对人墙，坐在了地上，仰着头，呆呆地看着月亮，仿佛他不是来看戏的，而是来看月亮的。

小驴几次从他的眼前经过，他都没有在意。

小驴又从他的面前走了过去。他忽然想到了什么，连忙从地上跳了起来，追上了小驴："喂，你也是来看戏的对吗？可是，你看不到呀！我也看不到……"

戏台上响起一阵锣鼓。

男孩对小驴说："你看这样行不行？我骑到你背上，我仔细地看，等戏演完了，我仔细地说给你听行吗？"

小驴站在他面前不动。

"你同意了？那我骑到你背上了？"

小驴稳稳地站着。

"我上了！"男孩说完，一跳，骑到了小驴的背上，随即欢叫了一声："我看见啦！"

男孩聚精会神地、有滋有味地看着戏。

小驴只能想象着戏台上的情景。不时地，它还会想到：见到爸爸，怎么说呢？它没有亲眼看到戏，好在它让它背上的男孩看到了，而这个男孩向它承诺，等他看完戏，会把戏说给它听的，它就把它听到的戏，再说给爸爸听。想到这里，心里一直感到遗憾的小驴，感到很满足。

　　为了让那个男孩专心地看戏，它以固定不变的姿势站着，虽然这样站着会很累，但它坚持着。

　　戏终于演完了，小男孩从它的背上跳了下来，但很快被人流冲走了。

　　小驴坚定地站在那儿，它坚信，那个男孩会在人流平息后跑回来，向它说戏的。

　　人渐渐稀落下来，戏台上的灯还亮着，演员们正在收拾戏台。

　　小驴四下里张望，却没有见到那个男孩。

　　小驴心里说：他怎么可以这样说话不算数呢？

　　它垂头丧气地往家走，一边走，一边在心里犯愁：爸爸在等我对它说戏呢！可我对它说些什么呢？

　　它想编一出戏，但却怎么也编不出来。

　　回到家时，老驴还在无精打采地拉石碾。

　　"你回来啦！"老驴见到小驴，马上变得精神起来。

　　小驴说："爸，让我来拉石碾吧！"

　　"不用！"老驴说，"你就在我旁边走着，一边走，一边给我说你看到的戏，我就不累了。"

　　小驴走在老驴的身边。

　　走了一圈，小驴还不吱声。

"说呀!"老驴催促着小驴,"怎么不说呢?"

小驴低着头,依然走在老驴的身边。

又走了一圈。

老驴没有再催促小驴。

又走了一圈,小驴说:"爸,我没有看到戏。"

老驴不吭声,拉着石碾走着。

"我真的很笨,我笨死了。"小驴东一句西一句,把今天晚上的事告诉了老驴。

老驴不吭声,拉着石碾走着。

"爸,我来拉石碾吧!"小驴说。

老驴停住了。

小驴拉着石碾往前走时,不住地说着:"我怎么就那么笨呢!……"它越拉越快,最后竟然拉着石碾发疯似的跑了起来。

月亮西沉,快要落进西边的林子里了。

老驴看着小驴,长长地叹息了一声,但它心里很喜欢小驴……

2015年6月8日于山东莱州

02
绘本心语

爷爷对我说：这根拐杖，总有一天爷爷会放在你手上。
我对爷爷说：那时，我会将它种在土里。然后，它会长成一棵大树！

海棠树

六岁女孩叶子被一只蝴蝶吸引，跑上了荒野大道。

路旁一棵小小的树苗在风中摇摆着，她不再追那只蝴蝶，而在小树苗的面前蹲下了：那小树苗特别瘦弱，看上去简直像一根草。早春的风还很寒凉，叶子看着它不住地摇摆，觉得那是它在风中哆嗦。她马上将身子挪到上风，给它把风挡住。

就在这时，远处有成百上千只羊，潮水一般向这边涌动过来。骑在马上的牧羊少年，还在挥动着鞭子，让他的羊跑得更猛烈一些。

叶子看着马上就要奔突过来的羊群，再看着那棵小小的树苗，眼前顿时出现了无数只羊蹄践踏小树苗的情景。她不由得惊慌地叫了一声："爸——！"

爸爸在很远的地方，根本不可能听到她的呼唤声。

羊群的背后，黄色的尘埃遮蔽了半边天空。

叶子已经听到羊蹄叩击地面的声音。她不顾一切地将背冲着羊群，并伸开双臂，用身子全力护着那棵小小的树苗。

很快，"咩咩"的羊叫声和无数的羊蹄声就从她的耳边不住地响过。她闭着眼睛，浑身颤抖。不时地，她的身子会被羊碰着或撞着。她的身子几次摇晃，几次差点儿跌倒。

后来，她勇敢地睁开了眼睛——她必须看着那棵小小的树苗。

转眼间，细嫩的叶上都落满了尘埃。

一只公羊对于叶子的挡道很生气，本来已经跑过去了，却又回过头来，不怀好意地看着叶子，还未等叶子反应过来就一头撞向叶子。

叶子不由自主地将自己也变成了一只羊。她的身体向前倾去，将脑袋勾在胸前，还分别用两根食指放在脑袋两侧，就像忽地也长出了两根犄角。

那只公羊被吓住了，就在这时，那个牧羊少年的鞭子在它的脑袋上空抽响了，吓得它赶紧掉转身子跑掉了。

蹄声渐渐远去。

叶子瘫坐在那棵小小的树苗前，然后噘起嘴巴，将它叶子上的尘埃全都吹掉。

爸爸找来了，他低头看着那棵小小的树苗说："这是海棠树。"

"爸爸，我要把它带回家。"

爸爸看了一眼满地的羊蹄印，再看了看远方依稀可见的羊群，说："你在这里等爸爸。"

不久，爸爸带着一把铁锹、一小捆绳子和一辆独轮车来了。

爸爸就这棵小小的海棠树树苗，很没有必要地挖了很大一坨泥，还用绳子在那坨泥上绕了很多圈，然后吃力地将它搬到独轮车上。爸爸告诉叶子："这样，这棵海棠树就会百分之百地成活。"

海棠树被种在了门前的菜园子里。

从那一天开始，叶子每天早上起来做的第一件事，就是用水桶到河边打一桶水浇灌海棠树。

最初，是一只小小的水桶，随着她一天天地长高，那提水的水桶也在变大。

海棠树长得出奇的快，叶子八岁那年，它居然长得比身材高大的爸爸还高了，并且结了一树的海棠果，到了秋天，那满树的海棠果压弯了所有的枝头。

海棠果开始先后成熟，爸爸将成熟的先摘下，然后装在篮子里，对叶子说："到镇上去卖了吧。"

叶子将篮子放在街边的地上，刚刚揭掉盖在篮子上的头巾，马上就有很多人被漂亮的海棠果吸引过来，一篮子海棠果转眼间就卖掉了。

回到家，叶子高高兴兴地把钱都交给了爸爸。

每天，叶子都会提一篮子海棠果到镇上去。

一天一天又一天，一篮一篮又一篮，还剩不少呢！

叶子对爸爸说："爸爸，剩下的，我们不卖了好吗？"

爸爸点点头说："我知道，叶子是想把剩下的海棠果分给村里的孩子们吃。"

叶子点点头。

那天，叶子装满了一篮子海棠果，走进每户人家。那天，村里所有的孩子都吃到了海棠果。无论是男孩还是女孩都一边吃一边说："好吃！真好吃！"

也就是这一年，叶子到了上学的年龄。

这是一个十分贫穷的村庄，许多人家都拿不出钱来让孩子上学。

但那一年，叶子却按时上学了。爸爸将叶子卖海棠果得到的钱仔细数了一遍：上学的钱完全够了，还能给叶子买一个好看的书包呢。

叶子背着书包，蹦蹦跳跳地上学去了。

第二年，海棠树又长高了好些，结的海棠果也更大更好看了。到了成熟的季节，那果实就像一张张涂了胭脂的笑脸。

秋天刚刚来临，一个老画家到乡下来找风景，偶然看到了这棵海棠树。他被它惊艳到了，看了它很久。他这一辈子还没有见过树形如此好看、果实如此美丽的海棠树呢！当天，他只是前前后后地看了它很久，并没有画它。第二天太阳才刚刚升起，他就背着画架、提着颜料盒和一张小凳子来到了树下。

爸爸和叶子都特别高兴。

叶子一直站在老画家的身后看着，她觉得她家海棠树确实很好看，可没有想到有这么好看！

一个女孩背着一大捆草从菜园边走了过去。

叶子偶然一回头看到了，她虽然看不到那个女孩的脸，但还是马上就认出来了："娟娟！"叶子追了过去。

叶子陪着娟娟走了很久很久。走到大河边时，娟娟把刚刚割下的那一大捆草放在了地上。

叶子和娟娟肩并肩地坐在河边上，望着正在慢慢落下的太阳。

不知道为什么，娟娟哭了起来，叶子也跟着哭了起来。

老画家正准备收拾画架时，叶子回来了。

爸爸见叶子满脸泪痕，问道："叶子，你怎么啦？"

爸爸这么一问，叶子止不住地哭了起来："娟娟……我遇到娟娟了……"

爸爸马上明白了，把叶子拉到怀里，不住地用手拍着她的后背。

老画家走过来问爸爸："孩子怎么啦？"

爸爸长长地叹息一声："我们这个地方很穷，有不少人家的孩子都没钱上学，叶子最好的朋友娟娟也没有上学，叶子心里总是很难过。"爸爸用他的大手，不住地轻轻地拍着叶子的后背。

"这不，刚才两个人碰到了，就又难过起来了。"爸爸的眼睛里好像也有了泪光。

老画家一直在默默地点头，临走时，用手抚摸了一会儿叶子的头："好孩子！"

仅仅过了两天，一个消息传遍了整个村庄：那个老画家把他画的那幅海棠画卖了，卖了很多钱，他把这些钱全都捐给这里办学校了。

学校很快盖起来了，上面很快就派来了老师。

那天，叶子站在海棠树前，向它深深地鞠了一躬。

娟娟看见了，也向海棠树深深鞠了一躬。

后来，来了好多孩子，也都向海棠树深深鞠了一躬。

默默地。

爸爸很快将自己变成了园丁，将菜园子变成了苗圃，将海棠果的果核变成了海棠树的树苗，然后和叶子一道，将它们分送给各户人家。

没过几年，家家户户的海棠树都结果了。到了成熟的季节，孩子们就挎着装满海棠果的篮子到镇上去卖。因为这里的海棠果特别好吃，在方圆十八里都有了名气。

不久，这个村庄就将原先一个很土很土的名字换掉了，换成了"海棠村"。

一年一年地过去了，叶子长成了大人。

她出嫁的前一年，那棵海棠树只勉强长出很少几片叶子，结的果实又少又小。

爸爸说："它老了。"

第二年，也就是叶子出嫁的那一年，它没有再长出一片叶子。

它就那样光秃秃地站在天空下。

那天下着大雨，爸爸看着它对叶子说："不能让它再站在那儿了，那样它会在风雨里烂掉的。"

在将它放倒的那一天，海棠村的男女老少都来了，他们一个一个的都默默地看着这棵已经死去的海棠树。

叶子、娟娟，还有很多人一直无声地流着泪。

叶子出嫁前夕，爸爸看着它："我知道，你是想和叶子永远在一起，我知道，我知道……"

爸爸亲手用它为即将离家远去的叶子做了一只大箱子——那是最珍贵的嫁妆。

谁都知道，海棠木是上等的木材。

那棵海棠树将会与叶子永生永世在一起……

2021年11月22日于橡树湾

豆豆种子店

妈妈到外婆家去了,爸爸要到集市上收购各种各样的种子,离家时叮嘱大豆:"看好你弟弟。有人要买种子,你就卖给他,反正袋子上都清清楚楚地标明了种子的名称。多少钱一袋,你像爸爸一样清楚。"

大豆很快发现弟弟不知去哪儿了,就跑到门外喊道:"小豆!"

没有小豆的回答。

大豆仰头看了一眼招牌:豆豆种子店。他犹豫了一下,决定赶紧去找小豆。

其实,五岁的小豆就躲藏在种子店的门后。小豆特别喜欢跟哥哥捉迷藏。

大豆一路喊着"小豆",越走越远。

小豆只好很无趣地从门后走了出来。

那些种子装在一只只结实的牛皮纸袋里。

屋里空无一人,小豆看着这些种子袋,忽然

起了一个古怪的念头——小豆的脑子里总有一些古怪的念头。他踮起脚，从架子上取了一只种子袋，那上面贴了一张不粘胶纸片儿，不粘胶纸片儿上写着种子的名称。他把纸片儿揭了下来，"噗"地贴在了脸上。然后又从架子上取了另一只种子袋，揭下不粘胶纸片儿，"噗"地贴在脸的另一侧。

他不停地揭，不停地往额头上、胳膊上、腿上、手背上贴。高处的种子袋够不着，他就站到椅子上够。不一会儿，那些不粘胶纸片儿就贴得满身都是。

他站到镜子跟前照了照，"咯咯咯"地乐了。

突然，他想到：要是爸爸和哥哥回来看到了，一定会发怒的，甚至会揍他一顿。他赶紧将这些不粘胶纸片儿从身上揭下来，将它们重新贴到种子袋上。可他已经记不清那一张张不粘胶纸片儿究竟是从哪一只种子袋上揭下来的了——早搞混了。

大豆找了一大圈也没有找到小豆，就又往家跑。

可就在他到家前不久，小豆却跑出门找他去了。

有人上门买种子来了，是一个戴眼镜的大哥。

"小老弟，我在乡下租了一块地，我要买一袋青菜种子，我要自己种蔬菜吃。"眼镜大哥说。

大豆就在架子上找青菜种子，可是找了好半天，才找到。

爸爸怎么把种子袋乱放呢？这是蔬菜种子呀，怎么放到放花草种子的架子上了呢？

望着眼镜大哥夹着那袋种子渐渐走远，他心里疑问着。

不久，又来了一个灰胡子爷爷。

"孩子，给我一袋燕麦种子。"

大豆又用了很长时间，才找到一袋燕麦种子。

爸爸怎么把种子袋乱放呢？这是粮食种子呀，怎么放到放蔬菜种子的架子上了呢？

望着灰胡子爷爷夹着那袋种子渐渐走远，他心里疑惑着。

他决定再次出门去找小豆，可是刚走出豆豆种子店的门，一个秃了顶的大叔来了，说他要买一袋黑米种子。

大豆只好返身回到店里。

在爸爸回来之前，豆豆种子店卖出去很多袋种子，各种各样的种子。

傍晚，大豆在外面遇到了他的好朋友牛牛。

牛牛告诉大豆："上午我从豆豆种子店门前经过，看到小豆浑身上下到处贴着不粘胶纸片儿，不知道他又在搞什么鬼！"

从这以后，大豆一直在极度不安中过着一天又一天。

他多么想去找到眼镜大哥、灰胡子爷爷、秃顶大叔以及所有在那天从豆豆种子店买过种子的人呀！可是，他根本不知道他们住在哪儿。

眼镜大哥将他买回来的青菜种子播撒到了地里。

灰胡子爷爷晚上从广播里得知凌晨将会降雨，赶紧借着淡淡的月色，抢在下雨之前，将他买回来的燕麦种子播撒到了地里。

秃顶大叔将他买回来的黑米种子也播撒到了地里。

一天一天过去了,眼镜大哥看到地里长出的小苗,心里生疑:这是青菜吗?

一天一天过去了,灰胡子爷爷看到地里长出的小苗,心里生疑:这是燕麦吗?

只有秃顶大叔没有生疑——他眼前的秧苗肯定就是稻子。

眼镜大哥面对地里越长越旺盛的植物,越来越觉得不是青菜。

一个研究植物学的朋友过来,看了那一大片植物,差点笑晕在地上:"这是桔梗花!"

他问眼镜大哥:"你就没有好好看看种子吗?"

"我一个城里长大的人,哪里分得清什么种子呀!那袋子上明明写着'青菜种子',我就以为是青菜种子了呀!"

"走!找那个豆豆种子店算账去!"

眼镜大哥却笑着摇摇头:"不不不,我最喜欢的花就是桔梗花了!青菜?青菜怎么可以与桔梗花同日而语!它们根本就不在一个档次上!"

他张开双臂,朝天空跳去:"啊——!我居然拥有一块桔梗花田,太棒了!"

灰胡子爷爷渐渐看清了那地里长着的究竟是什么了——是黑麦草!

他很想立即一头冲到豆豆种子店,大吼一声:"给我出来!"

但他却摇了摇头:那太丢人了!一个种了几十年庄稼的老庄稼汉,

居然分不清燕麦和黑麦草种子!

他对那些观看他地的人叹息一声:"种了一辈子的庄稼,早种腻了。如今,种草可比种庄稼合算呢。瞧瞧我这一地的黑麦草,长得多好!"

秃顶大叔看着一地越长越好的黑米稻子,天天笑容满面。

桔梗花开了,蓝盈盈的一片。
人们听说这里有一片桔梗花田,都往这里跑。
他们欣赏着,将数不尽的赞美之词给了眼镜大哥。

黑麦草是一种优质的草坪草,长势喜人。
因为这块地紧挨着城市,市民委员会派人与灰胡子爷爷商量,让这里永远是一片草地,供城里的人来这里休闲,每年给他一笔钱,还聘请他为这块草地的终身管理员——只要他愿意。

稻子成熟了。
当秃头大叔用石磨磨去稻壳时,他惊呆了:这哪里是黑米呀!是红米!
那红米太漂亮了!
而且,今年的红米特别的贵,到处都在说红米涨价了!

那天,眼镜大哥突然出现在豆豆种子店。
大豆一见,将身子紧紧地贴着墙。

眼镜大哥将藏在身后的一束桔梗花送到大豆的面前:"我种的花——世界上最好看的花——桔梗花!"

他一边笑着一边说着他的桔梗花田的故事。

那天,灰胡子爷爷突然出现在豆豆种子店。

大豆一见,将身子紧紧地贴着墙。

灰胡子爷爷对大豆说:"孩子,爷爷怎么感谢你呢?爷爷现在拥有一块上等的草地!去吧,带着你全家人看看我的草地去!"

他一边笑着一边说着他的草地的故事。

那天,秃顶大叔扛着一只布袋突然出现在豆豆种子店。

大豆一见,将身子紧紧靠在墙上。

秃顶大叔将米袋放在大豆面前:"孩子,看看这是什么?是红米!我活了这么大,还没有见到过这么好看的红米呢!是送给你们家的,尝尝这不一般的新米吧!"

他一边笑着一边说着他的红米的故事。

那一天,来了一个大豆没有见过的小姐姐。

她怀里抱着一只画了画的葫芦。

她对大豆说:"那天,我爸爸回到家,给了我一袋种子:'你不是要在院子里种南瓜吗?自己种去吧。'可是……"小姐姐"噗嗤"一声笑了,"没想到它长出来的是葫芦!我才不知道什么是南瓜种子、什么是葫芦种子呢。"

大豆将身子紧紧地靠在墙上。

"那么多,那么大的葫芦!爸爸乐坏了。爸爸是个画家,他在葫芦上画上画,很多人出大价钱要买他的葫芦画,他一只也不肯卖,只让我给你送一只。"

她笑眯眯地把葫芦塞到了大豆的怀里。

这一天,大豆冲出豆豆种子店,一路狂奔一路喊叫,最后蹲在一棵大树下"呜呜呜"地哭了起来……

2021年10月10日于橡树湾

老钟

时间到底是兔子还是乌龟？或者是我们自己？

青柳和爷爷都不太喜欢墙上挂着的那台老钟。

青柳希望自己早点儿早点儿长大，总觉得它走得太慢太慢。而爷爷则希望自己老得慢一点儿慢一点儿，总觉得它走得太快太快。

可是他们又离不开这只老钟。

因为，它会告诉青柳：该上学了。

因为，它会告诉爷爷：该去码头打工了。

爷爷是青柳唯一的亲人。

爷爷已经七十岁了，还在码头上做搬运工。

爷爷心里成天想着事，这些事十有八九都是关于青柳的：

春天风大，该给丫头买块头巾，上学的路上好让头发不被风吹得乱糟糟的；

夏天太阳很凶，丫头应当有顶草帽——头年的草帽有点儿破了；

秋天开学，丫头就是个初中生了，书包得换大点儿的了，学费也贵了，得早点儿准备好；

冬天快来了，该给丫头添置一件厚实一点儿、暖和一点儿、好看一点儿的花棉袄了——丫头长个了；

……

爷爷甚至想到了许多年后：丫头总要出嫁的，我得早早为她准备好置办嫁妆的钱——让她体体面面地去人家。

青柳也总在想：爷爷在码头上干什么活儿？爷爷干的活儿重吗？爷爷很累很累吧？爷爷老了，爷爷不该再干活儿了……青柳上课的时候都会想着爷爷。老师看出青柳走神了，就会走到她身旁，轻轻叫一声："青柳！"她就会一惊。

这天放学早，青柳没有回家，而是到码头看爷爷来了。

一条大河。

河上有一座大桥。

从桥上可以看到上货、卸货的码头。

青柳趴在大桥的栏杆上往下看着，不一会儿就看到了爷爷：

爷爷扛着一个大麻袋从船上往岸上走着。

那麻袋很大，简直像一座小山。

爷爷在走那块窄窄的、颤颤的跳板时，青柳的心提到了嗓子眼，眼睛眨也不眨地看着，两只手抱在胸前不住地颤抖。

爷爷终于走完跳板,接下来就是沿着台阶往岸上爬。

那台阶得有五六十级。

爷爷好像走在悬崖峭壁之上,走得非常艰难,每走一步都要费很长时间。

青柳根本看不到爷爷的脸,因为爷爷的腰弯到脸几乎要碰到台阶了。

突然,爷爷跌倒了,那只麻袋一下子压在了他身上。

青柳大叫了一声"爷爷",拼命跑下大桥,然后跌跌撞撞地跑向爷爷。

中途,青柳摔倒了,骨碌骨碌地向下滚去……

在离爷爷不远的地方,她的滚动才终于停住。她一边叫着"爷爷",一边爬向爷爷。

一个大叔连忙放下背上的麻袋跑过来,与青柳一起掀掉爷爷身上的麻袋,并将他扶坐在台阶上。

爷爷的面颊破了,流着暗黑色的血。

青柳哭了。

爷爷说:"傻丫头,哭啥呀?"

青柳哭得更厉害了。

爷爷将一只粗糙的大手,放在青柳的肩上。

"爷爷,你不要干活了。"

爷爷说:"净说傻话。没事的,爷爷刚才只不过不小心才摔倒的。"

在爷爷的再三劝说和催促下,青柳才离开码头。

她没有回家,而是沿着大街默默地走着。

一家鞋厂的大门出现在她的眼前。

她在大门口站住了。

太阳正在西沉，她走进了工厂的大门。

门卫问她找谁，她说她要找厂长。

门卫疑惑地把她带到了厂长的办公室。

厂长岁数很大了，是个老厂长。

老厂长问："孩子，你找我干什么？"

青柳说："我要做鞋厂的工人。"

老厂长问："为什么？"

青柳说道："我爷爷七十岁，他老了，不能让他再干活了——他还在码头上干活呢……我……"

她的眼睛里已经满是泪水。

"你今年多大？"

"十二岁，马上就到十三岁了。"

老厂长点点头，然后和青柳谈了很长时间的话。

青柳一直在哭。

老厂长坐到办公桌前，在纸上写了一段话，签上他的名字和日期，然后将它放到青柳手上："你是一个懂事的孩子。我等你——等你到十八岁，那时，你要是还愿意来我的鞋厂做工，你就拿着这张纸找我。我说话一定算数。"

从此，青柳就开始等待她的十八岁。

从此，她与那只老钟较上了劲："你就不能走得快一点儿吗？你就不能快一点儿吗？"

在她听来，那老钟发出的声音是滴——答——滴——答……

她常常看着老钟：老师说时间是个老人，你难道真的是老人吗？求求你了，你走得快一点儿吧，求求你了，青柳求求你了……

青柳瞪了一眼老钟：才不是老人呢，简直是只乌龟……

但在爷爷听来，那老钟发出的声音却是滴答、滴答、滴答、滴答……

爷爷也会看着钟：你慢点儿走吧，慢点儿走吧，你走得这么快让人闹心，求求你了，求求你了，不要让我老得太快，等丫头长到十八岁，不，等丫头出嫁了，你爱走多快就多快，我一点儿都不在乎……

不知为什么，爷爷看着那只老钟，总是想到一个情景：一只兔子被猎枪惊着了，在荒野上撒丫子奔跑。

每天都会请求老钟加快脚步的青柳，终于长到了十八岁。

她打开小木箱，取出那张珍藏着的当年老厂长给她的纸，来到了鞋厂。

鞋厂早不是原来的鞋厂，已是一个大型现代制鞋企业，它生产的鞋，名扬四海。

这里的人难过地告诉她：老厂长已经去世了。

但接管了工厂的他的儿子对青柳说："我父亲临走时叮嘱过我，说如果有一个叫青柳的十八岁女孩要来我们这里找工作，务必得收下。"

青柳哭了……

爷爷终于告别了码头。

那年秋天，青柳下班回家，发现爷爷去世了。

爷爷穿着新衣，安静地躺在他的床上。

青柳在整理爷爷的遗物时，看到了一个布包，那上面写着：给丫头置办嫁妆的钱。

青柳双手捧着那个布包，又站到了那老钟前：

老钟不知何时已经停摆，滴答声消失了，时间仿佛静止了、凝固了……

2023年12月15日22点于橡树湾

谁在深夜敲鼓

放了暑假，爸爸将多多送到了乡下爷爷家。

多多很高兴，因为这里有广阔的田野可供他疯跑和玩耍。

这里到处飞着鸟，还有蚂蚱、螳螂和纺织娘。树上有鸟窝，灌木丛里有鸟窝，芦苇丛里和草丛里也有鸟窝，各种各样的鸟窝。有的已经有了小鸟，有的还正在孵蛋。

这里有大大小小的河流，有大大小小的船，总有人在捕鱼。最吸引多多的是鱼鹰捕鱼，就见十几条小船，上百只鱼鹰，让河面一片喧闹，河两岸很多人在看，在叫喊："鱼！""鱼！"

但多多害怕这里的夜晚。

他不敢看。他总觉得无边无际的黑暗里藏着什么怪物，总担心河里会爬出一个黑乎乎的水怪来。

他不敢听。总有奇奇怪怪的叫声。屋后的芦苇丛里什么在叫呀？他闭着眼睛把那个叫唤的黑东西想象成各种各样的样子，但不管是什么样子，都很可怕。

开始的几天，多多是和爷爷奶奶一起睡的。
但爷爷很快说："多多不小了，应当一个人睡。"
奶奶把一间向阳的小房间收拾得干干净净。
夜里，多多想撒尿，可他不敢上厕所——奶奶家的厕所在屋外呢。他只好忍呀，忍呀……
早上，奶奶在给多多整理他的小床时，发现那条薄被是潮湿的。
爷爷笑了："这小子！"

这天夜里，睡梦中的多多听到了鼓声：咚！咚！咚！……
鼓声好像是从隔壁房间传来的。
这个房间在西北角上。
这是一座很大的、年代久远的老房子，有很多房间。太爷爷活着的时候就住这个房间，太爷爷去世多年，它一直空着，门也总关着，很少有人进去。
咚！咚！咚！……
就是鼓声。
多多哆哆嗦嗦地缩在床头，紧紧地闭着眼睛，捂着耳朵。
咚！咚！咚！……

多多还没出生时，太爷爷就去世了，多多心目中的太爷爷，是爷爷、奶奶和姑姑们向他描述的太爷爷。

太爷爷会敲鼓。太爷爷总是敲鼓。太爷爷的鼓敲得特别好。谁家办喜事了，都会请他敲鼓。谁家办丧事了，送死去的人去墓地，也会请他敲鼓。村里演戏，一定会有太爷爷的鼓声。过年过节，太爷爷都会敲鼓为大家带来一份热闹。

多多的心目中，太爷爷就是一个敲鼓的人——敲了一辈子鼓的人。

咚！咚！咚！……
隔壁房间的鼓声越敲越响了。
多多连滚带爬地冲出他的房间，跑向了爷爷奶奶的房间。
爷爷奶奶在一阵急促的擂门声中惊醒了。
"多多，怎么了怎么了？"
奶奶连忙把浑身发抖的多多搂到怀里。
"有……有人敲……敲鼓……"
多多指着西北角上那个房间。
爷爷用手摸着多多的额头："你没有发烧呀，怎么说胡话呢？"
多多钻在奶奶的怀里："有……有人敲……敲鼓……"
爷爷让奶奶抱着多多来到太爷爷的房间，推开了房门。
屋子里的一切，都还是太爷爷活着的时候的样子。
那面鼓挂在墙上。
"看看，有人吗？没有呀！"爷爷说，"多多做梦了。"
多多被送回他的房间，他害怕着，很久之后才睡着。

两天后，多多在睡梦中又听到了鼓声：咚！咚！咚！……

多多用手掐了一下他的腿：疼！

"我没有做梦！我没有做梦！"

他跳下床，又一次擂响了爷爷奶奶的房门。

当爷爷奶奶带着他打开太爷爷的房间门时，还是连个人影都没有。

多多的目光不时地看一眼立柜和床下。

爷爷打开了立柜。

爷爷掀起了床板。

可爷爷没有再说多多是在做梦。

爷爷也没有让多多睡到他们的床上，而是抱着一条薄被、夹着一个枕头来到多多的房间。

爷爷和多多睡在了一起。

爷爷总是说："这个世界上没有什么可怕的，凡事都有原因，你找到原因就安心了。"

一夜安静。

第二天夜里，爷爷轻轻推醒了熟睡中的多多。

咚！咚！咚！……

爷爷一手拉着多多的手，一手抓着手电筒，蹑手蹑脚地走到了太爷爷的房间门口，将耳朵贴在门上听着：

咚！咚！咚！……

爷爷突然推开了房门，雪亮的手电光立即照亮了太爷爷的房间。

可是，太爷爷的房间里，除了原先那些东西，什么也没有。

后来一连三天，爷爷都独自一人睡在太爷爷的房间里。

这天晚上，爷爷对奶奶说："多准备一些吃的，今天夜里我们要看一场戏。"爷爷很神秘地朝奶奶和多多笑笑，"一场大戏！"

天黑之后，爷爷让奶奶和多多与他一起住到了太爷爷的房间。

深夜，爷爷叫醒了奶奶和多多，在他的指挥下，与他一起坐在了太爷爷的床上。

他们的面前摆着几只装有食物的盘子。

他们默不作声地吃着。

但这一夜，他们什么也没有看到。

爷爷说："不急不急。看大戏没有那么容易，得有耐心。"

这样过了两个夜晚，这一天，月色皎洁。爷爷对奶奶和多多说："你们只管放心地睡，我守着。"

不知是在什么时候，爷爷轻轻推醒了奶奶和多多。

月光水一般从窗子里照进屋子。

一只个头很大的老鼠不知从什么地方钻了出来。它先是像一个小疯子在房间里跳上跳下地奔跑，然后停在窗台上看了一会儿窗外的景色，居然跳到了床上。

三个人屏住呼吸，一动不动。

大老鼠居然开始吃他们的食物。

多多觉得它的眼睛贼亮贼亮的。

它痛痛快快地吃了一个饱，从床上跳到桌子上，从桌子上跳到立柜上，迟疑了一会儿，纵身一跃，跳到了那面鼓上。

它低头看了看鼓面，将身子转了过去。

那根长长的尾巴垂挂在了鼓面上。

爷爷抓紧了多多和奶奶的手。

"大戏"很快开始了：

大老鼠甩动它的尾巴，一下一下地敲打着鼓面：咚！咚！咚！……

多多出神地看着。

看着看着，多多忽然禁不住大笑起来。

大老鼠转眼间就钻到了墙角上的鼠洞里。

爷爷说："这老鼠很寂寞，又很调皮。"

离开爷爷家的头一天晚上，多多说："我今天在太爷爷的房间睡。"

爷爷说："不用我和奶奶陪你吗？"

"不用。"

那天深夜，大老鼠特别欢快，把鼓敲得特别特别响……

2020年2月23日下午5点30分于橡树湾

2006年9月在德国与孩子们在一起

爷爷的拐杖

爷爷拄着他爷爷当年留给他的拐杖，总向我讲他爷爷和拐杖的故事——

那一天，爷爷带着我开始了路途漫长的逃亡。我们要去的地方，是爷爷在爸爸妈妈被敌人抓走的头一天晚上约定会面的地方：南方的一座小镇。那是爷爷的老家、爸爸出生的地方。

炮声隆隆，天还没亮，爷爷就带着我逃离了那座城市。逃亡的人很多，有时人山人海，一家人随时都会被挤散，到处是哭爹喊娘的呼唤声。

我和爷爷一下子被挤散了。

"爷爷！爷爷！……"我哭着呼喊着，但人声鼎沸，爷爷根本听不见。

我在涌动的人群里，一会儿被推向东，一会儿被推向西。"我再也见不到爷爷了！"我一直哭着，呼喊声越来越小。

突然，我一仰头时看到了一根拐杖高高地举在空中。那上面还挑了一件小裤衩。那件小裤衩迎风飘扬，就像一面旗帜。

那是我的裤衩，是爷爷慌忙中从行囊中拽出来的。

我见到爷爷时，他的嗓子因为呼喊我，完全说不出话来了……

那一天，爷爷拄着拐杖，带着我翻越了一座大山。

爷爷用手抚摸着拐杖说："要不是它，爷爷也许不能带你登上这座山呢！"

那一天，我和爷爷久久地看着一根连接两座山峰的铁索。

爷爷说："我们必须过去！"

他将我牢牢地捆绑在他的背上，说："别怕！"

然后，他将拐杖弯曲的把稳稳地挂在铁索上，脚一蹬，带着我滑向对面的山峰。

风在我耳边呼呼地响着，我张开了双臂："爷爷，我们是一只大鸟！"

那一天，我们走在半路上，天忽然下起大雨来。

我们只好躲在一棵大树下。

爷爷看着天空说："这雨会下很久，可我们必须赶路！"

我突然看到路边草丛中有一样东西："伞！"

我冲过去，将伞捡起，但我很快又将它扔了：这是一把断了伞柄的废伞。

爷爷却又将它捡起："爷爷有办法。"转眼间，心灵手巧的爷爷将他手中的拐杖变成了伞柄。

爷爷举着这把大伞，我们一起走在它下面……

那一天，一大片水面挡在了我和爷爷的面前。

白茫茫一片。

天色渐渐晚了。

爷爷背着我，用拐杖试探着深浅，一步一步地向对面走去。

水声哗哗。

爷爷突然滑倒了，我从他的背上跌落在水中，随着水流漂了开去。

爷爷连忙将拐杖倒着抓在手中，将弯曲的把伸向我，大声叫着："抓住！"

我死死地抓着爷爷的拐杖，一点一点地回到了爷爷的身边。

月亮升上来了，流动的水面上像撒了闪闪烁烁的银子，我趴在爷爷的肩上哭了……

那一天，我们路过一个村庄时，一条凶恶的大狗扑向了我。

爷爷立即扔下行囊，挡在我面前，向那条大狗挥舞着拐杖。

那条大狗不但没有后退，反而更加凶猛地扑了过来。

爷爷的拐杖击中了它。

它叽哩哇啦地叫唤着，阴险地兜了一个圈子，一溜烟跑到了我的身后。

爷爷一转身，又挡在了我面前。但爷爷没有挥舞拐杖，而是挺直身体，微微后倾，双目怒视，用他的拐杖一动不动地指着那条大狗！

神奇呀！

那条大狗立即停在了原地，并一边看着爷爷的拐杖，一边慢慢地趴了下去。然后，夹着尾巴往后退去了……

那一天，我们看到了一片苍茫的芦苇荡。

爷爷说："我对这地方很熟悉。小时候，我跟我跑买卖的父亲在这儿住过好几天。"

但不知为什么，爷爷的神情忽然有点儿慌张："快点儿离开这里！"

一条木船突然从芦苇丛中钻了出来，几个汉子跳到岸上，不由分说将我和爷爷抓到了船上。

爷爷小声地在我耳边说："他们是土匪！"

我们被抓到了一个岛上。

但，他们很快将爷爷放了："走吧，拿钱来赎回你的孙子！"

爷爷说："我只有一根拐杖。"

土匪头子看了看爷爷手中的拐杖："一根破木棍！"

我很生气，很想大声地对土匪头子吼叫："才不是一根破木棍呢！"

当他们得知我和爷爷是在逃亡的路上时，土匪头子不吭声了，过了好一会儿，说："这样吧，你们碰碰运气吧。"他看着我，"小子，我敢在这里为王，那是因为我住在迷宫里。你只要说对了一共有多少条水道通到这岛上，我就放你走。"他冲爷爷说，"老家伙，听见没有，念你们在逃亡路上，这事就这么了断。放还是不放，我总得有个说法。土匪有土匪的规矩。"

爷爷没有反对。

我怎么知道有多少条水道呢？

土匪头子冲着我："一共有多少条水道？小子，蒙一把吧！"

整个岛上鸦雀无声。

这时，我看见爷爷用双手攥着拐杖弯把以下七八寸的地方，将拐杖慢慢地挪到他的胸前。

我的心一下子抖动起来。

"几条水道?"土匪头子问道。

"你说话算数吗?"我问他。

"小子!我是当着这么多弟兄们说的,岂能不算数!"

我突然大声地说:"七条水道!"

等土匪们再看爷爷时,他已经将他的双手压在了拐杖的弯把上……

那一天,爷爷带着我,终于回到了我们和爸爸妈妈约定见面的那个南方小镇。

爷爷用他的拐杖不停地指点着眼前的房子、街巷、树木、小商铺和磨坊等,向我诉说着他的故乡。

然后,他用双手压在他的拐杖上,一动不动地站了很久:"我带着我孙子回来啦!"

那一天,镇上的人听到风声——敌人很快就要打过来了,慌慌张张地聚集在一起,商量着逃亡。

他们问爷爷:"你们怎么还不收拾东西?"

爷爷说:"我和我孙子的逃亡已经结束!这里是我的家!我的家园!我的土地!我和我的孙子将死死地守在这里!"

爷爷每说一句,都会用拐杖用力地戳击一下地面。

我想,爷爷的拐杖戳击地面的声音,整个镇子上的人都听到了。

炮声隆隆,这个镇子上的人,没有一个离去……

那一天，我们听到了来自前线的消息：敌人正全面溃退。

镇上的男女老少都涌到街上，唱着歌，开始游行。

爷爷举着他的拐杖走在最前头。

蓝色的天空下，只见拐杖一上一下。

人们在爷爷拐杖的指挥下，按照统一的节拍唱着昂扬激越的歌……

那一天，爷爷坐在路边的树墩上睡着了……

战争结束了，他的儿子和儿媳妇，我的爸爸妈妈没有回来。爷爷的余生，相当多的时间是在那个树墩上度过的。

他坐在树墩上，用拐杖不停地在地上写着。

写了什么，没有人能够读得懂。也许是在写他的一生，也许是在写他对儿子和儿媳妇的思念。

我许多次看到过两个字：拐杖。

爷爷的死亡十分安静。

他像以前一样坐在树墩上，将双手叠加在弯把上，将布满皱纹的额头放在手背上，完全是一副睡着了的样子……

这一天，爷爷终于讲完了他爷爷和拐杖的故事。

然后，爷爷对我说："这根拐杖，总有一天爷爷会放在你手上。"

我对爷爷说："那时，我会将它种在土里。然后，它会长成一棵大树！"

爷爷听了，一边呵呵地笑，一边泪流满面……

2020年2月23日12点于橡树湾

与父亲的合影

爷爷的小屋

水根两岁时,爸爸抱着他进入西南面一个大房间。

那是一个很明亮的房间,一尘不染。西窗外是一片树林,一年四季总有鸟在鸣唱。

房间里除了十几盆花,只有一只超大的木盒。那木盒长长的,一头低一头向上翘起,稳稳地搁在两条长凳上,样子很威风。

爸爸指着大木盒对水根说:"这是很多年很多年后爷爷住的小屋。"说着,他用手敲了敲它,"是用上等的柏木做的。"

水根长大后才似懂非懂地明白:这地方,人过六十岁时,就早早做好了未来的小屋,而这么早做好小屋,只为表达一个共同的心愿,让那个老人能够久久地活着。

每年春天,爸爸都会用刷子在它上面涂刷桐油。爸爸涂刷得很认真。

爸爸也会将刷子交到水根手上:"你来刷一会儿吧。"水根涂刷得也很认真。

一年又一年,爷爷的小屋变得光泽闪闪。

爷爷七十五岁时,水根五岁。

爷爷会经常带着水根来到这个房间。

他指着大木盒说:"瞧瞧,爷爷的小屋多好啊!"他用粗糙的大手不住地抚摸着它,"我可不喜欢那种雕花的,花里胡哨的有什么好!我就喜欢简简单单的,材质好才重要呢。"他会像爸爸一样,轻轻地敲打它,"多好听的声音!"

再长大一些,水根自己就会来到这个房间。

小屋成了他躲迷藏的地方。他会躲到木盒的后面,叫一声"爸爸"或"妈妈",爸爸或妈妈听到了,就会走进房间,装着找他的样子:"水根!水根你在哪儿?"其实,他们早看到了他藏在爷爷小屋后面的一双脚。爸爸或是妈妈找了一会儿,一边呼唤着他的名字,一边走出房间,他就会突然跑到爸爸或妈妈的背后,大喊一声:"嘿!"

爸爸或妈妈装出吓了一跳的样子。

他很想看看这神秘小屋的里面,可就是踮起脚也看不到。

爷爷笑着搬来一张凳子,又将大木盒上的盖子搬到了一边。

水根爬到凳子上,低头看了看小屋里面说:"爷爷,这是一张床。"

爷爷说:"对对对,就是一张床,爷爷总会有累倒的一天的,爷爷要睡觉,好好地睡一大觉。"

一天,水根进了爷爷的小屋。

他在小屋里走来走去,最后居然躺了下来。

他透过天窗,看到了天上的太阳和正在天空飞翔着的几只白色的鸟。

那天，他提出："我要在爷爷的小屋里睡觉。"

妈妈捏了一下他的鼻子："净胡说！"

爸爸用脚轻轻地踢了一下他的屁股。

爷爷却笑呵呵的："这小子！"

这小子在一天中午，当大人们都午睡时，抱了一个小枕头，悄悄地进入了爷爷的小屋躺下了。他看着天空的云朵，看着看着，安静地睡着了。当他被爷爷找到后，全家人都哈哈大笑。不仅是他们在笑，街坊邻居听说了，也都笑。

水根很喜欢站在爷爷的小屋里。

当他有节奏地前后摆动双臂时，那是爷爷的小屋变成了一条船，他在划船。那时，他的眼前是一条宽阔的大河，他要从岸这边渡到岸那边。

当他上下摆动双臂时，那时爷爷的小屋变成了一只大鸟，它在飞向高远的天空。

一次又一次的捉迷藏，爷爷的小屋还帮助水根成为一个永远也找不到的人。因为孩子们怎么也不会想到水根就躲藏在爷爷的小屋里。有几次，他们都已经走进那房间了，但只是往爷爷的小屋周围看了看，就走开了。直到有一次，他在里面睡着了说梦话时，孩子们才发现了他的藏身之地。

也就是从那一天开始，爷爷的小屋成了很多孩子都要光顾的地方。他们在得到水根的同意后，也会进入爷爷的小屋待一会儿。

爷爷的小屋成了孩子们嬉闹的地方。

爷爷看着他们在他的小屋前前后后、里里外外地淘气，很高兴。

水根十岁时，突发奇想：我要给爷爷的小屋画画。

他一直喜欢画画，家中墙上到处是他画的画。爷爷的小屋也应当有画。他趁大人都不在家时，悄悄溜进了那房间——他要给爷爷一个惊喜。等爸爸发现他的"无法无天""整个一个胡来"时，爷爷小屋的一面，已经画满了画。

爸爸看了这些涂鸦，很生气："简直……！"

爸爸决定好好揍他一顿。

爷爷却从爸爸的手中夺下准备抽打水根的枝条："我喜欢！"

爷爷弯着腰，仔细地看着那些画："一年四季的景色！"他不住地点头。

爷爷还和爸爸说好了，让水根继续画他的小屋，他爱怎么画就怎么画。

后来，一连许多天，水根都在给爷爷的小屋画画——里里外外地画：太阳、月亮、河流、山脉、桥梁、帆船、兔子、鸽子、云雀、螳螂、喜鹊、蜗牛、花朵、樱桃、海棠、兔子、黑猫、白猫……

那些画也许会永远存在，因为，它们已经被一层又一层透明的桐油保护起来了。那些画在晶莹的桐油包裹下，就像琥珀一般迷人。

水根十五岁时，已在离家八里地的一个大镇上读初中。那天，他正在球场打篮球，爸爸突然出现了："爷爷走了……"

水根丢下手中的篮球，连忙跟着爸爸往家跑。

爷爷安静地躺在他的小屋里。

谁都无法解释，爷爷自己是怎么进入他的小屋躺下的。

爷爷穿着新衣新袜新鞋，戴着新帽子，脸上干干净净。

爷爷活了八十五岁。

爷爷的双手是重叠着放在胸前的。

水根发现，在爷爷的手的下面压着一张纸，他轻轻地将那张纸从爷爷的手下抽了出来：

  根儿，爷爷走了。你要好好活着，活一百岁，活二百岁，爷爷在那边不会寂寞的，因为爷爷有太阳，有月亮，有高山，有河流，有狗叫，有鸟鸣，有一年四季的景色，有这个世界上的一切……

眼泪顺着水根的鼻梁滚落下来……

2023年12月30日10点35分于橡树湾

乌鸦眼

乌鸦的眼睛很奇怪，总能看到其他的鸟根本不在意的东西，比如那些亮闪闪的东西——它喜欢那些亮闪闪的东西，特别喜欢。

乌鸦用它的那双阴沉沉的、黑晶晶的眼睛，到处寻找着那些亮闪闪的东西。

这天早晨，安娜夫人推开窗户，一边呼吸着春天早晨的新鲜空气，一边坐在窗下的梳妆台前打扮着自己。今天，她要去参加一个重要的茶会。梳妆完毕，最后一件事：为项链选择一颗最美丽也最可心的坠子。

她拉出了多层首饰盒的一个小小抽屉，顿时，各种宝石的璀璨光芒照亮了屋子。

窗外的花园里有一棵樱桃树。

樱桃树上，一只乌鸦藏在茂密的枝叶间。它的眼睛马上被那些不同颜色的宝石吸引了——它的眼睛仿佛也成了宝石，在树叶下闪闪发亮。

安娜夫人最终选择了一颗蓝宝石项链坠，满意地出门去了。

她忘记了关上窗户。

不一会儿，乌鸦就从樱桃树上飞到了窗台上。它在窗台上探头探脑地往屋里张望了一阵儿，跳到了梳妆台上。它绕着首饰盒转了好几圈，然后用嘴巴将那小小的抽屉一点儿一点儿拉开了。

然后，它衔了一颗红宝石飞走了。

没过一会儿，它又飞回来衔走了一颗绿宝石。

当它正走向那只小抽屉，准备再衔走一颗宝石时，男孩瓦桥出现在了花园里。他是来追他的风筝的——风筝线断了。他很快看到了那只风筝：它高挂在那棵樱桃树的树顶上。

他只能看着它。他是一个有恐高症的孩子，他根本不可能像其他男孩那样猴儿一般爬上树去取下他的风筝。

他只能叹息一声，转身往花园外走去。

乌鸦被瓦桥吓到了，想马上飞走，但，一颗迷人的石榴石紧紧地吸引了它。最终，它衔着那颗石榴石慌慌张张地飞出了屋子。

瓦桥看到了从窗口忽地飞出的乌鸦后，目光一直追随着它，直到看不见它的身影，才回头往窗口看了一眼：这只乌鸦飞到屋里干什么了呢？

一个叫琴琴的女孩站在不远处，无意中看到了正从安娜夫人花园里走出来的瓦桥。

当天下午，回到家中的安娜夫人准备将那颗蓝宝石项链坠放回那只小抽屉时，很快发现有三颗宝石不翼而飞了。那是三颗她非常喜欢的、也是最宝贵的宝石。

她往窗外看了看，仿佛那个偷了她宝石的人还在那儿似的。

很快，安娜夫人丢了三颗宝石的消息便在这个江边小镇传开了。

那天，瓦桥在一条小街的拐角处，看到了琴琴怪怪的目光。

那天，琴琴在街上遇到了安娜夫人。她不时地看一眼安娜夫人。

安娜夫人很快感受到了这束目光。她终于走到琴琴的面前："琴琴……"

琴琴看着安娜夫人的眼睛，转身走开了。

那天，安娜夫人又一次遇到了琴琴，然后她蹲在琴琴的面前，看着琴琴的眼睛："琴琴，告诉阿姨，你看到了什么？我知道，你一定看到了什么！"

琴琴终于说出，那天——也就是安娜夫人丢了宝石的那天，她看到了从安娜夫人的花园里走出的瓦桥。

很快，瓦桥就看到了一束束怀疑的目光。

这些目光让瓦桥低下了头，并且像一只小老鼠，总是沿着墙根赶紧溜走。

到处都在说："那个叫瓦桥的孩子最近好像很有钱。不久前，他几乎请班上所有的同学都吃了很高级的巧克力。"

瓦桥说，他的姑姑给了他一笔钱。

人们马上想到：瓦桥的姑姑是城里一家珠宝店的老板。

人们又马上想到瓦桥的姑姑为什么会给瓦桥一笔钱：也许瓦桥将安娜夫人的三颗宝石给了他姑姑的珠宝店。

没有人会想到，瓦桥的爸爸妈妈终年驾着货船，漂泊在大江上，姑姑心疼瓦桥，总是出手大方地给瓦桥零花钱。

那天，瓦桥去了姑姑的珠宝店，他趴在玻璃柜台上问姑姑："哪一颗是红宝石?"

姑姑拿起一颗宝石:"这是红宝石。"

"哪一颗是绿宝石?"

姑姑拿起一颗宝石:"这是绿宝石。"

"哪一颗是石榴石?"

姑姑拿起一颗宝石:"这是石榴石。"

瓦桥离开柜台后,久久地坐在珠宝店门口的台阶上。他很想求求姑姑,将这三颗宝石给他,然后他悄悄地将它们丢在安娜夫人的首饰盒旁,让那些目光全都停止对他的注视。

他已经受不了那些无声的目光了。

可是,他知道,即使姑姑肯给他这三颗宝石,又有什么用呢?宝石跟宝石长得是不一样的。

终于有一天,安娜夫人站在了瓦桥的面前。

"我一直觉得你是一个好孩子。"安娜夫人说。

瓦桥低着头。

"告诉阿姨,那三颗宝石是你拿的吗?"她没有说"偷"。

瓦桥摇摇头。

"可是,那天有人看到你到我家花园里去了,而那个时间,正是丢了那三颗宝石的时间。"

瓦桥一声不吭地走向安娜夫人家的花园。他要告诉安娜夫人,那天他是来追风筝的。

可是,当他抬头去看樱桃树上的风筝时,它已不见踪影。

回家的路上,他遇到了琴琴。

琴琴一看到他，就把头低下，赶紧走开了。

瓦桥想站在大街上，想大声喊叫："我没有偷宝石！我没有偷宝石！"但他最终没有喊叫，而是孤独地坐在江边。

月亮升上了天空，忽然一声鸦鸣。

瓦桥一惊，突然想起那天一只乌鸦从安娜夫人家窗口飞出的情景。

他还想起那只乌鸦的翅膀上好像有一根白色的羽毛。

从此，他开始发疯似的寻找那只乌鸦，不顾一切。他的行为变得有点儿古怪。那天，他正在教室里上课，外面一声鸦鸣，他竟然忘记了此刻他人在课堂上，一头冲了出去。

一只乌鸦正从一棵银杏树上飞下，落到了操场边的草丛里。

他看到那只乌鸦的翅膀上有一根白色的羽毛。

老师从教室里出来，愤怒地叫着："瓦桥！"

但瓦桥根本不理会老师。

乌鸦飞向远处，瓦桥立即追赶过去。

他一直追到黄昏。

那只乌鸦落在了一棵高高的白杨树上。

树上，有一个乌鸦窝。

从这天开始，瓦桥不再上学，整天守在白杨树下。

那天上午十点钟的光景，那只乌鸦不知从什么地方飞回来了。当它站在窝边，将脑袋微微转动了一下时，明亮的阳光下，它的嘴巴处忽地光芒四射。

瓦桥马上就看清了，它的嘴巴里好像衔着一颗亮闪闪的珠子。

瓦桥的眼睛一下子瞪得好大好大。

乌鸦一低头，光芒顿失。

瓦桥激动得浑身发抖。

第二天，当太阳升起时，瓦桥来到了大树下。他仰头看了看那个几乎在云霄里的乌鸦窝，开始抱着白杨树向上爬去。

不一会儿，就来了很多人。

知道瓦桥有恐高症的人，不解地看着他。不一会儿，他们就向他大声叫着："下来！下来！"

瓦桥却一个劲地向上爬着。

到了后来，没有人再敢大声叫了——怕惊着他，只好在胸前抱着拳头，默默地仰头看着。

一个爷爷说："孩子，听爷爷一句，下来吧，下来吧……"

一个奶奶说："孩子，听奶奶话，下来，下来……"

冷汗很快湿透了瓦桥的衣服，大滴大滴的汗珠坠落在地上。

有一阵儿，他停在了那里，让人觉得，他会突然"扑通"掉在地上。

好几个汉子走到大树下，做好了随时接住他的准备。

但，他还是继续往上爬去了。

乌鸦似乎知道了瓦桥的来意，不一会儿，就聚集了几十只乌鸦，并开始对瓦桥群起而攻之。它们用翅膀击打他的脸、手、胳膊以及全身任何一处。

但瓦桥却无动于衷。

于是人们就开始轰赶乌鸦。他们向乌鸦吼叫着，向它们投掷一切可以拿到手的东西。

瓦桥终于爬到了伸手可摘取乌鸦窝的位置。

但他好像已经耗尽了全身力气。他用双腿死死地缠着树干,用双手死死地抱着树干,将脑袋低垂在胸前,好像睡着了。

乌鸦飞走了,在远处喊叫着。

瓦桥好像醒来了,他细心地摘取了乌鸦窝,然后一手抱着树干,一手举着它,滑溜到地上。

他双手端着乌鸦窝站立在地面上时,双腿始终在颤抖,像大风中的一棵小树。

人们都过来围观乌鸦窝:那里面有红宝石、绿宝石、石榴石,还有紫宝石、粉宝石、黄宝石……

瓦桥一直颤颤索索地捧着乌鸦窝,泪珠犹如钻石闪闪发亮……

2021年10月31日夜于橡树湾

03

轻诉流年

背负着生活,背负着传统,背负着文化,背负着道德,背负着责任,背负着良心的自律……人的一生,是于重压之下艰难行走的一生。

孩子与海

一道道白浪向岸边推来。一个裸体的男孩面对着无涯的大海。他只是一个黑色的小小的影子,像还在母亲子宫中的一个胎儿。他独自站立于天地之间。他与大海构成了一幅人世间永恒的图画。

《孩子与海》是从海明威的《老人与海》化来的一个题目。但两者的情形很不一样:老人是即将熄灭的生命,而孩子却正走向生命的辉煌。前者让人看到了生命在最后时刻所具有的分量,后者却向人预示着一个尚未成熟的生命所具有的博大的欲望。他们一个已成为胜利者——衰老的古巴老人桑提亚哥独自出海,与风浪搏斗,与鲨鱼搏斗,最后,他终于拖着一条巨大的马林鱼回到海港,尽管那只是被鲨鱼撕咬剩下的一袭骨架,但,他向世人漂亮地显示了"重压之下的优雅风度";一个将要成为胜利者——我们从这个铜像一般的裸体的孩子身上完全可以看出这一点。老人画上了一个圆满的生命的句号。而这孩子，将在这句号之后开始漫长的人生叙事与抒情，从而把生命的篇章似乎无止境地写下去。

　　世界上的文学艺术，有许多是围绕海做文章的。海本身就是文章，最大的文章，是由造物主写就的，是他的若干的创造中的最得意之笔。人类自然要由衷地感谢造物主的这篇大文章。这篇大文章使人类阅读不已，子子孙孙享受不尽。现如今的人类，其品质，有许多是大海所给予的。人类喜欢大海，是绝对有理由的。

　　除了天，海是人类所见到的最大的物象。人们用"浩渺无涯""茫无涯际""辽阔无垠"等词去形容它，但依然觉得没有能够呈现它所给予人的那种巨大的感觉。这种巨大，使在有限的陆地上生活着的如蚁群一样繁密的人类，深为自己的视野与心胸的狭隘而自愧。它的无边的坦荡，使人无法不受到感染。一个人经常驻足海岸，望着这流自天际又流向天际的大海，对开阔他的胸怀，一定是件有益的事情。它能给人豪放，给人开朗，给人一种自由奔放的精神。海的力量，会使任何一颗心灵都感到震撼，哪怕是一颗已不再青春的心灵。汹涌的浪潮、拍击石岸的巨响以及遇到阻遏后而激起的山一样高的白色巨柱和巨柱的粉碎，是这世界上最壮观的景象。面对这些景象，我们会一扫由于生存的困窘而引起的颓唐，由于生活的压迫而引起的麻木，由于一次又一次的磨难、一次又一次地陷于失败而引起的软弱和疲惫。我们会在强劲的海风吹拂胸膛、吹拂头发、将衣角像旗帜一样吹起的感觉里，重注激情与勇气，最后转过身去，以饱满的精神重投折磨人的生存与斗争。

　　海又是最经得起审美的。荒古的天边驶来的白帆、一轮太阳在海的东方如婴儿脱离母体的升起、从海的中央向岸边推动而来的一道又一道白色的水线、几只海鸥在浪尖上如剪纸一样的忽闪、夜幕下的几点渔火……它有着多种多样的情调与意味。而当它平息下来，天空下除了一片纯蓝的海水，无任何一样物象时，也是一种情调与意味。海是百看不厌的，并且是越看越有看头的。因此，便有了那样一篇使孩子们着迷和兴奋的课文：我们看海去，我们看海去……

而我以为，海最伟大的意义在于它为人类提供了一个锻炼和检验自己的意志的无与伦比的场所。它既能培养人的征服精神，又可使人的征服精神得到实现。它以磅礴的气势、暴烈的脾性吸引和刺激着人们去征服它，就如同一个斗牛士挥舞着猩红的披风。在征服它的过程中，只有它才能向我们提供那样惊心动魄的场面和使我们的胜利欲望得到最大满足的机会。世上谁最能塑造英雄？莫过于大海。它一个世纪又一个世纪地激励着人类，使时刻可能滑向衰败与没落、消沉与欲火衰微的人类，总能保持着一股坚韧不拔和勇往直前的精神。它是效力永在的强心剂。所以海明威选择了大海。他笔下的老人，是否具有那种他向往的精神与风度，别无其他显示的所在，也别无其他检验的手段，唯有大海。并且，大海能使我们对这种显示与检验充满情感与快意。因为，大海也是生命，它是活着的，有着一颗经久不息的灵魂。人们一代一代地走向大海。这海滩上的一条一条已经锈损和破烂的铁皮船，向我们证明了这样的历史。看着它们沉默地搁在海滩上，我们不难想象出，它们曾在大海上与风浪搏击时的那番豪迈的风光。现在该轮到他了——这个孩子。他赤着身子，把历史留在了他小小的身影的背后，望着先辈们曾经战胜过也被它折磨过甚至是战败过的大海。他面对的大海是那样阔荡，那样无穷无尽、无极可达。大海之大，与这孩子的身影之小，形成了太大的反差。也许，这孩子凭他现有的稚嫩的肉体与还不足够雄壮的力量和还不足够坚强的意志，尚不能去征服大海。但他身后的历史将会支撑着他长大，而他面前的大海本身，也将给他足够的勇气和智慧。孩子已看到了以后的自己。

人们喜欢大海，几乎是一种本能。一位科学家通过他个人的"别出心裁"的研究，竟然得出一个结论：人类来自大海。他否定了人与猩猩为近亲之类的说法。他一口气历数了无数条根据。比如：婴儿一出世就喜欢水，并能游泳，而小猩猩一丢进水里则会被淹死。这位科学家的结论比以前的那些大家公认不疑的结论来得荒唐。但我宁愿相信他的结论：我们来自大海。我们对大海的亲近，与生俱来，发自内心。我还记得《冰岛渔夫》，那里头的英俊小伙子，最后消失在海浪里，与大海庄严成婚。

那孩子，正眺望着他与大海的未来。

柿子树

出了井之头的寓所往南走，便可走到东京女子大学。井之头一带，没有高楼，只有两层小楼和平房，都带院子，很像农村。我总爱在这一带散步，而往东京女子大学去的这条小道，更是我所喜欢走的一条小道，因为小道两旁，没有一家商店，宁静的氛围中，只是一座座各不相同但都很有情调的住宅。这些住宅令人百看不厌。

日本人家没有高高的院墙，只有象征性的矮墙。这样的矮墙只防君子，不防小偷。它们或用砖砌成，或用木板做成，或仅仅是长了一排女贞树。因此，院子里的情景，你可一目了然。这些院子里常种了几棵果树，或橘子，或橙子……

去东京女子大学，要经过山本家。山本家的院子里长了一棵柿子树，已是一棵老树了，枝杈飞张开来，有几枝探出院外，横在小道的上空。

柿子树开花后不久，便结了小小的青果。这

些青果经受着阳光雨露，在你不知不觉之中长大了，大得你再从枝下经过时，不得不注意它们了。我将伸出院外的枝上所结的柿子很仔细地数了一下，共二十八颗。

二十八颗柿子，二十八盏小灯笼。你只要从枝下走，总要看它们一眼。它们青得十分均匀，青得发黑，加上其他果实所没有的光泽，让人有了玉的感觉。晚上从枝下走过时，不远处正巧有一盏路灯将光斜射下来，它们便隐隐约约地在枝叶里闪烁。愈是不清晰，你就愈想看到它们。此时，你就会觉得，它们像一只一只夜宿在枝头的青鸟。

秋天来了。柿子树这种植物很奇特，它们往往是不等果实成熟，就先黄了叶子。随着几阵秋风，你再从小道上走时，便看到了宿叶脱柯、萧萧下坠的秋景。那二十八颗柿子，便一天一天地裸露了出来。终于有一天，风吹下了最后一片枯叶，此时，你看到的只是一树赤裸裸的柿子。这些柿子因没有任何遮挡，在依旧还有些力量的秋阳之下，终于开始变色——灯笼开始一盏盏地亮了，先是轻轻地亮，接着一盏一盏地红红地亮起来。

此时，那横到路边的枝头上的柿子一下子就能数清了。从夏天到现在，它们居然不少一颗，还是二十八颗。

二十八盏小灯笼，装点着这条小道。

柿子终于成熟了。它们沉甸甸地坠着，将枝头坠弯了。二十八颗柿子，你只要伸一下手，几乎颗颗都能摸着。我想：从此以后，这二十八颗柿子，会一天一天地少下去的。因为，这条小道上，白天会走过许多学生，而到了深夜，还会有一个又一个夜归的人走过。而山本家既无看家的狗，也没有其他任何的防范。我甚至怀疑山本家只是一个空宅。因为，我从他家门前走过无数次，就从未见到过他家有人。

柿子一颗一颗地丢掉，几乎是件很自然的事情。

这些灯笼，早晚会一盏一盏地被摘掉的，最后只剩下几根铁一样的黑枝。

然而，一个星期过去了，枝上依然是二十八颗柿子。

又过去了十天，枝上还是二十八颗柿子。

那天，我在枝下仰望着这些熟得亮闪闪的柿子，觉得这个世界有点不可思议。十多年前我家也有一棵柿子树——

这棵柿子树是我的一位高中同学给的，起初，母亲不同意种它，理由是：你看谁家种果树了？我说：为什么不种？母亲说：种了，一结果也被人偷摘了。我说：我偏种。母亲没法，只好同意我将这棵柿子树种在了院子里。

柿子树长得很快，只一年，就蹿得比我还高。

又过了一年。这一年春天，在还带有几分寒意的日子里，我们家的柿子树居然开出了几十朵花。它们娇嫩地在风中开放着，略带了几分羞涩，又带了几分胆怯。

每天早晨，我总要将这些花数一数，然后才去上学。

几阵风，几阵雨，将花吹打掉了十几朵。看到凋零在地上的柿子花，我心里期盼着幸存于枝头的那十几朵千万不要再凋零了。后来，天气一直平和得很，那十几朵花居然一朵未再凋零，在枝头上很漂亮地开放了好几天，直到它们结出了小小的青果。

从此，我就盼着柿子长大成熟。

这天，我放学回来，母亲站在门口说："你先看看柿子树上少了柿子没有。"

我直奔柿子树，只看了一眼，就发现少了四颗——那些柿子，我几乎是天天看的，它们长在哪根枝上，有多大，各自是什么样子，我都是清清楚楚的。

"是谁摘的？"我问母亲。

"西头的天龙摘的。"

我骂了一句，扔下书包，就朝院门外跑，母亲一把拉住我："你去哪儿？"

"揍他去！"

"他还小呢。"

"他还小？不也小学六年级了吗？"我使劲从母亲手中挣出，直奔天龙家。半路上，我看到了天龙，当时他正在欺负两个小女孩。我一把揪住他，并将他掼到田埂下。他翻转身，躺在那里望着："你打人！"

"打人？谁让你摘柿子的？"我跳下田埂，揪住他的衣领，将他拖起来，又猛地向后一推，他一屁股跌坐在地上，随即哇哇大哭起来。

"别再碰一下柿子！"我拍拍手回家了。

母亲老远迎出来："你打人了？"

"打了。"我一歪头。

母亲顺手在我后脑勺上打了一巴掌。

过不一会儿，天龙被他母亲揪着找到我家门上来了："是我们家天龙小，还是你们家文轩小？"

我冲出去："小难道就该偷人家东西吗？"

"谁偷东西了？谁偷东西了？不就摘了你们家几颗青柿子吗？"

"这不叫偷叫什么？"

母亲赶紧从屋里出来，将我拽回屋里，然后又赶紧走到门口，向天龙的母亲赔不是，并对天龙说："等柿子长大了，天龙再来摘。"

我站在门口："扔到粪坑里，也轮不到他摘！"

母亲回头用手指着："再说一句，我把你嘴撕烂。"

天龙的母亲从天龙口袋里掏出那四颗还很小的青柿子扔在地上，然后在天龙的屁股上连连打了几下："你嘴怎么这样馋！你嘴怎么这样馋！"然后，抓住天龙的胳膊，将他拖走了，一路上，不住地说："不就摘了几个青柿子吗？不就摘了几个青柿子吗？就像摘了人家的心似的！以后，不准你再进人家的门。你若再进人家的门，我就将你腿砸断！……"

母亲回到屋里，对我说："当初，我就让你不要种这柿子树，你偏不听。"

"种柿子树怎么啦？种柿子树也有罪吗？"

"你等着吧。不安稳的日子还在后头呢。"

后来，事情果然像母亲所说的那样，这棵柿子树，使我们家接连几次陷入了邻里的纠纷。最后，柿子树上，只留下了三颗成熟的柿子。我望着这三颗残存的柿子，心里觉得很无趣。但，它们毕竟还是给了我和家人一丝安慰：总算保住了三颗柿子。

我将这三颗柿子分别做了安排：一颗送给我的语文老师（我的作文好，是因为她给了我很大的帮助），一颗送给摆渡的乔老头（我每天总要靠他摆渡上学），一颗留着全家人分吃（从柿子挂果到今天，全家人都在为这棵柿子树操心）。

三颗柿子挂在光秃秃的枝头上，十分耀眼。

母亲说："早点摘下吧。"

"不，还是让它们在树上再挂几天吧，挂在树上好看。"我说。

瘦瘦的一棵柿子树上，挂了三颗在阳光下变成半透明的柿子，成了我家小院一景。因为这一景，我家本很贫乏的院子，就有了一份情调，一份温馨，一份无言的乐趣。就觉得只有我们家的院子才有看头。这里人家的院子里，都没有长什么果树。之所以有那么个院子，仅仅是用来放酱油缸、堆放碎砖烂瓦或堆放用作烧柴的树根的。有人来时，那三颗柿子，总要使他们在抬头一瞥时，眼里立即放出光芒来。

几只喜鹊总想来啄那三颗柿子。几个妹妹就轮流着坐在门槛上吓唬它们。

这天夜里，我被人推醒了，睁眼一看，隐约觉得是母亲。她轻声说："院里好像有动静。"

我翻身下床，只穿了一条裤衩，赤着上身，"哗啦"抽掉门栓，夺门而出，只见一个人影一跃，从院里爬上墙头，我哆嗦着发出一声喊："抓小偷！"那人影便滑落到院墙那边去了。

我打开院门追出来，就见朦胧的月光下有个人影斜穿过庄稼地，消失于夜色之中。

我回到院子里，看到那棵柿子树已一果不存，干巴巴地站在苍白的月光下。

"看见是谁了吗？"母亲问。

我告诉母亲有点像谁。

她摇摇头："他人挺老实的。"

"可我看像他，很像他。"我仔细地回忆着那个人影的高度、胖瘦以及跑动的样子，竟向母亲一口咬定："就是他。"

母亲以及家里的所有人，都站在凉丝丝的夜风里，望着那棵默然无语的柿子树。

我忽然冲出院门外，大声叫骂起来。夜深人静，声音显得异常洪大而深远。

母亲将我拽回家中。

第二天，那人不知从哪儿听说我们怀疑是他偷了那三颗柿子，闹到了我家。他的样子很凶，全然没有一点"老实"的样子。母亲连连说："我们没有说你偷，我们没有说你偷……"

那人看了我一眼，往地上吐了一口唾沫："不就三颗柿子嘛！"

母亲再三说"我们没有说你偷"，他才骂骂咧咧地走去。

我朝柿子树狠狠踹了几脚。

母亲说："我当初就说，不要种这柿子树。"

晚上，月色凄清。我用斧头将这棵柿子树砍倒了。从此，又将我们家的院子变成了与别人家一样单调而平庸的院子……

那天，中由美子女士陪同我去拜访前川康男先生。在前川先生的书房里，我说起了柿子树。然而我没有想到，前川先生听罢之后，竟叹息了一声，然后说出一番话来，这番话一下子颠覆了我的印象，使我陷入了对整个世界的茫然与困惑。

前川先生说："我倒希望有人来摘这些柿子呢。"

我不免惊讶。

前川先生将双手平放在双膝上："许多年前，我家的院子里也长了一棵柿子树。柿子成熟时，有许多上学的孩子从这里路过，他们就会进来摘柿子，我一边帮他们摘，一边说，摘吧摘吧，多吃几颗。看着他们吃得满嘴是柿子汁，我们全家人都很高兴。孩子们吃完柿子上学去了，我们就会站到院门口说，放了学再来吃。可是现在，这温馨的时光已永远地逝去了。你说得对，那挂在枝头上的柿子，是不会有人偷摘一颗的，但面对这样的情景，你不觉得人太谦谦君子，太隔膜，太清冷了吗？那一树的柿子，竟没有一个人来摘，不也太无趣了吗？那柿子树不也太寂寞了吗？"

回来的路上，我一直在心中回味着前川先生的话。他使我忽然面对着价值选择的两难困境，不知如何是好了。

我又见到了山本家的柿子树。我突然地感到那一树的柿子美丽得有些苍凉。它孤独地立着，徒有一树好好的果实。从这里经过的人，是不会有一个人来光顾它的。它永不能听到人在吃了它的果实之后对它发出的赞美之辞。我甚至想到山本先生以及山本先生的家人，也是很无趣的。

我绝不能接受我家那棵柿子树的遭遇，但我对本以欣赏之心看待的山本家的柿子树的处境，也在心底深处长出悲哀之情。

秋深了，山本家柿子树上的柿子，终于在等待中再也坚持不住了，只要有一阵风吹来，就会从枝上脱落下三两颗，直跌在地上。那柿子实在是熟透了，跌在地上，顿作糊状，像一摊摊废弃了的颜色。

还不等它们一颗颗落尽，我便不再走这条小道。

也就是在这个季节里，我在我的长篇小说《红瓦》中感慨良多、充满纯情与诗意地又写了柿子树——又一棵柿子树。我必须站在我家的柿子树与山本家的柿子树中间写好这棵柿子树：

在柿子成熟的季节里，那位孩子的母亲，总是戴一块杏黄色的头巾，挎着白柳篮子走在村巷里。那篮子里装满了柿子，她一家一家地送着。其间有人会说："我们直接到柿子树下去吃便是了。"她说："柿子树下归柿子树下吃。但柿子树下又能吃下几颗？"她挎着柳篮，在村巷里走着，与人说笑着，杏黄色的头巾，在秋风里优美地飘动着……

1997年5月20日于北京大学燕北园

与妹妹们的合影

背景

有那么一个人突然走向了我们，倒也平平常常，并未见有山有水。但有人对这个人的底细却有所了解，说道："这个人是有背景的。"于是，人们再去看这个人时，就用了另样的眼光——仿佛他不再是他了，他加上背景，所得之和，却要远远地大于他。

在这里，我们看到了背景的力量。本来，衡量一个人的价值，只应纯粹地计算这个人到底如何，是不应把背景也计算在内的。然而，倘若这个人果真是有所谓背景的话，那么在计算时，却会是一定要加上背景的——背景越深邃、宏大，和也就越大。人值几个钱，就是几个钱，应是一个常数。但我们在这里恰恰看到的是一个变数——一个量大无穷的变数。

当我去冷静地分析自己时，我发现，我原也是一个"有背景"的人。

我的背景是北大。

这是一个大背景，一个几乎大得无边的背景。现在，我站在了这个似乎无声但却绝对生动有力的大背景下。本来，我是渺小的，渺小如一粒恒河之沙，但却因有这个背景的衬托，从而使我变得似乎也有了点光彩。背景居然成了我的一笔无形资产，使我感到了富有。其情形犹如融入浩浩大海的涓涓细流，它成了大海的一部分，仿佛也觉得有了海的雄浑与力量。

我常去揣摩我与北大的关系：如果没有这个背景，我将如何？此时，我清清楚楚地看到了这个背景参与了我的身份的确定。我为我能有这点自知之明而感到一种良心上的安宁。我同时也想到了我的同仁们。他们在他们的领域里，确实干得非常出色，其中一些人，简直可以说已春风浩荡、锐不可当。也许我不该像发问我自己一样去发问他们：如果没有北大这个背景，他们又将如何？他们也会像我一样去发问自己的——北大门里或是从北大门里走出的人，都还是善于省察自己的。我相信这一点。

北大于我们来说，它的恩泽既表现为它曾经给了我们知识，给了我们人品，给了我们前行的方向，又表现为它始终作为一道背景，永远地矗立在我们身后的苍茫之中。因为有了它，我们不再感到自己没有"来头"，不再感到那种身后没有屏障的虚弱与惶恐。

就在我于心中玩味"背景"这一词时，总有一些具体的事情与场面繁忙地穿插于其间——

那年四月，我应邀去东京大学讲学。在日本的十八个月中，我时时刻刻都能感受到这个背景的存在。那天晚上，在东大教养学部举行的欢迎外国教师的酒会上，我代表外国教师讲话时，在一片掌声中，我感受到了。在我为我的小孩办理临时入学手续时，我感受到了。在我于北海道的边陲小城受到一位偶然相识的日本朋友的热情接待时，我又感受到了……十八个月结束后，东大教养学部的师生们破天荒地为我举行了一次盛大的欢送晚会。在那个晚会上，"北大"这个字眼出现了数次。我心里明白，这个晚会的隆重与热烈，固然与我十八个月的认真工作有关，但最根本的原因还是在于我背后有这个背景。

无论是在学术会议上，或是应邀到外校讲学、演讲，几乎是走到任何一个地方、一个场合，我都能感受到这个背景。它给了我自信与勇气。它默默地为我增加着言语的重量，并且神奇般地使我容光焕发。

它甚至免去了我的尴尬与困境。

大约是在五年前，那天上午，我将一本书写完了，心情甚好，就骑了一辆车，一路南行，到了紫竹院一带。已是中午，我感到饿了，就进了一家饭馆。那天胃口真是好极了，独自坐下后，竟要了好几个菜，还要了酒，摆出了一副要大吃大喝的样子。阳春三月，天气已经非常暖和，加之我吃喝得痛快淋漓，额头上竟沁出不少汗来，身与心皆感到莫大的舒坦。吃罢，我不急着走，竟坐在那儿，望着窗外路边已笼了绿烟的柳树，作一顿好饭菜之后的遐思。"今天真是不错！"我在心里说了一声，终于起身去买单。当我把手伸进口袋去掏钱包时，我顿时跌入了尴尬：出门时忘带钱包了。我的双手急忙地在身上搜寻着，企图找出钱来，不想今天也太难为我了，浑身上下，里里外外，大小口袋不下十个，却竟然摸不出一分钱来。身上立即出来大汗。我走到收款台，正巧老板也在那里，我吞吞吐吐、语无伦次地说了我没有带钱的情况。老板与收银小姐听罢，用疑惑的目光望着我。那时，我在下意识中立即想到了一点：今天也只有北大能救我了。未等他们问我是哪儿的，我便脱口而出："我是北大的。"老板与收银小姐既是从我的眼睛里看出了我的诚实，更是他们听到了"北大"这个字眼，随即换了另样的神情。老板说："先生，没有关系的，你只管走就是了。"我想押下一件什么东西，立即遭到了老板的阻止："先生，别这样。"他在将我送出门外时，说了一句我们这个时代已经很难再听到的似乎属于上一个世纪的话："先生，你是有身份的人。"

一路上，我就在想：谁给了我"身份"？北大。

这个背景也可以说成是人墙。它是由蔡元培、马寅初、陈独秀、胡适之、鲁迅、徐志摩、顾颉刚、熊十力、汤用彤、冯友兰、朱光潜、冯至、曹靖华等无数学博功深的人组成。这是一道永远值得仰望与审美的大墙。

我想，这个背景之所以浑沉有力，一是因为它历史悠久，二是因为它气度恢宏。它是由漫长的历史积淀而成的。历史一点一点地巩固着它，发展着它，时间神秘地给它增添着风采。而蔡元培先生当年对它所作的"大学者，囊括大典，网罗众家之学府也"的定义，使它后来一直保持着"取精用宏，不名一家"的非凡学术气度，保证了这个背景的活力、强度与无限延伸的可能性。

话说到此时，我要说到另一种心态了：对背景的回避。

这个背景一方面给了我们种种好处，但同时也给我们造成了巨大的心理压力。我们在这样一个背景之下生存着，无时无刻不感到有一根无形的鞭子悬在头上。它的高大，在无形之中为我们设下了几乎使我们难以接受的攀登高度。我们不敢有丝毫的懈怠。很久以前，我就有一种感觉：当我一脚踏进这个校园时，我就仿佛被扔到了无底的漩涡之中，我必须聚精会神，奋力拼搏，不然就会葬身涡底，要不就会被浪头打到浅滩。

我们都在心中默念着：回报、回报……一代一代曾得到过北大恩泽的北大人，都曾默念着它而展开了他们的人生与学术生涯。

这个背景的力量之大，居然能够使你不敢仅仅是利用它、享受它，还能提醒与鞭策你不能辜负于它。这就形成了一个难度：一代又一代人设下一道又一道台阶，使后来人的攀登愈来愈感到吃力。有些时候，我们就有可能生出隐瞒"北大"身份的念头——"北大"这个字眼并不是我们任何时候都愿意提及的。背景既给予了我们，又在要求着我们。背景给了我们方便，给了我们荣誉，但又被别人拿了去，成了衡量我们的未免有点苛刻的尺度。

当然，我们也可以换一个角度去说：没有我们就没有他们，是我们创造了前驱。先人们的荣耀与辉煌，是后人们创造的。若没有后人们的发现、阐释、有力的弘扬与巨大的扩展，先人们的光彩也许就会黯淡，他们就有可能永远默默无闻地沉睡在历史的荒芜之中。任何得其盛誉的先人，都应由衷地感谢勤奋不倦的后人。没有现在的我们，这背景也就不复存在；背景衬托了我们，但背景却又正是通过我们才得以反映的。

然而，这个角度终究不能使我们获得彻底的安心与解脱。我们还得在宛然可见的先人们的目光下向前、向前，无休止地向前。

背景是一座山，大山。

我们任何个人都无权骄傲，有权骄傲的永远只能是北大。

奋斗不息的我们，最终也有可能在黄昏时变享受背景为融入背景而终止自己。这大概是我们都期盼着的一份幸福而悲壮的景观。

1998年3月3日于北京大学燕北园

执教鞭者的浪漫

在社会里，有很多职业姿态是站立的，像是售货员、讲解员、门岗。他们各有风采。在我眼中，执教者的站姿最有滋味。这个站姿是有道具的，一手教鞭，一手粉笔或是书本，可以挺着脊背也可以微躬着，可以严肃也可以激情。尤其是那一杆教鞭，带领手臂、头颅、腰杆、双腿排列组合，游走成教师的仪态，像个指挥家，又像个牧羊人。

手执教鞭，直立于讲台前，是一种姿态。这种姿态是严肃的（学术本身就是严肃的），也是令人崇敬的，是典范的姿态，是学生潜意识里模仿的对象。对于我这代人来说，那细长、柔韧、在粉尘花里甩出"嗖嗖"声的竹枝子，是对教鞭最直白的展现。形态上，它是激情的，用有力、带着点儿神奇的挥动，调动着学生们的全部精神，观赏执教鞭者的音调、风度甚至浑身的姿态。这样说来，好像还有一些浪漫主义的色彩。

当然，我所说的"教鞭"只是一个象征。如今的教学设备先进，教师们早已用伸缩笔、激光笔取代了传统教鞭。也并非所有的教学都得挥动教鞭。在一位优秀教师的演绎中，这只指挥棒是架空的、百变的，可以是捏着粉笔的手，可以是把三角尺，也可以是激情的唾沫星。它融合在智慧的教态、醇厚的学识、正直的风骨里，为聆听者摇铃，带他们去往灵魂深远处。

当下的年轻人挺爱说一个词："以梦为马"，挺爱怀念一首歌，叫《梦田》。而策马奔腾或守望麦田时，首先得要有梦，会做梦，会筑梦。我的文学梦，开始于一位知青教师。她坐在自行车后座上下乡来，带着满满一箱书。她教我们这些乡下小子阅读书本，阅读风景，阅读人，往粗糙的认知里浇灌美的情操。即使多年后，她的学识态度和清雅作风依旧影响着我，如她常执的柳藤教鞭，在耳边鞭策。

这个教人有梦、帮人筑梦的职业不易做。每个职业都有自己的社会职责，对于教师这个职业而言，更一定程度上计较着一个民族的文化积淀与历史薄厚。在速食文化泛滥的当下，教书育人任重道远。不仅要潜心钻研，教学识，还要身正示范，教做人。将思想教育、审美教育与情感教育融会贯通，为孩子们打开审美的窗，让美的、动人的、有姿态的光芒照射进来，释放天性，发现想象力，操练创造力。这看似清瘦却沉甸甸的教鞭，鞭策着学生积累知识，塑造丰厚的阅读量，也鞭策着我们的教书匠浸润笔墨书香，传递人文情怀。即使身处繁芜，却胸怀宽广，任尘世匆匆，依旧挽缰从容。他们教会青年人有梦、追梦，而他们自己也有梦。做梦的过程是清苦的，梦却是浪漫的：教会一个孩子演奏一支有情调的歌，听一代孩子合奏一幅有韵味的篇章。

或许，待到这浪漫成型时，这些执教人已经老去了，开始被曾经淘气的学生们称为"先生"。我们往往称那些德高望重的老教师们为"先生"，而现下里正埋首奋斗的青年、中年教师们也总会成为"先生"。他们在这漫长又迅速的执鞭岁月里，磨瘦教鞭，浸润自己。那时候，满身的风骨早已是一根油亮、遒劲、折不断的教鞭。

荷

  一条用碎石铺成的斜街,两侧是长满苔藓的房屋,很古老的样子。一个人背负着巨大的柳筐,筐中装满了瓦罐,正沿街艰难地走着。他的背弯成几近九十度。眼前的空间里就是这样一个背影。此刻,我们所注意的不是这个人——实际上,我们也无法注意到,因为我们能看到的仅仅是他迈动的双腿。充塞我们视野的是那个巨大的被荷物。我们看到的是一个事实,一个普在人间的动作:荷(hè)。

  他也许是一个青年,也许是一个中年,也许是一个老年。那张面孔也许是冷峻的,也许是和善的,也许是无奈的,也许是欢乐的。此刻,他的脸色也许被血液所涨红,额上满是汗珠,淡蓝的热气正袅袅飘向高远的天空;也许是灰暗的、干燥的——已流不出汗来了,犹如一张已经陈旧的纸，一枚被风干了的柚子；也许什么颜色也不是，就是那样一种颜色，一种我们谁也无法说得清楚的颜色。这些瓦罐也许随着一路的吆喝声，被他一只一只地卖掉，也许是背到遥远的集市上去，夹在各式商贩中间，再向人兜售。他的僵硬的手将会得到一份一份的微薄的收入。他也许在想：我要用这些钱给妻子买一块红如霞光或蓝如深秋天穹的头巾。他也许在想：我要用这些钱给女儿买一只世界上最漂亮的书包，让她背着它于三月阳光下的街上，一脸幸福地走过。他也许在想：我要用这些钱为年迈的老父买一副眼镜，让世界向他老人家清晰地重现夏天夜空之流星，清晨林间小鸟之飞翔……他也许在想：这些钱又能使我去沽几壶酒，好让我烂醉于田陌街头了。……他背着生存的希望。

  谁的人生又不是如此？我们都在背负着什么，只不过是在不同层次上罢了。背负着生活，背负着传统，背负着文化，背负着道德，背负着责任，背负着良心的自律……人的一生，是于重压之下艰难行走的一生。现代人感到了这些背负所带来的身与心的疲惫，不能忍受，企图摆脱它。于是，出现了价值崩溃的景象。人们像逃离法网一样，逃脱了这些背负。然而，当他们面对空虚时，他们却感到了更大的压力。米兰·昆德拉太深刻了，他告诉人们，这世界上最沉重的东西，不是高山，不是大河，却是空无。生命中最不能承受的恰恰是那份什么也没有的"轻"。人的命运就这样地被注定了：是人就必须背负。

  也许背负才显出了生命的意义与存在的价值。这位荷物者，在碎石铺就的路上，往前行走。这个形象留给我们的不仅是一份艰辛、一份悲哀，也留给我们一份坚忍、一份纯朴的美感。人类今天拥有这样一个世界，不就是靠了一代又一代人的背负吗？长城、金字塔……这个世界是因人类背负而得。上帝给了人类这个仅仅有太阳、月亮、空气与水的世界之后便去遨游了，当他终于有一天回来，看到这颗星球上居然有了文化，居然有了那样多那样多人造的景观，他面对着成千上万人的背负，目光里会流露出什么呢？难道会没有惊诧吗？

这个背负者在我们的目光里永远地朝前走着。

大学时期，在北大大兴基地劳动后的午餐

前方

　　一辆破旧的汽车临时停在路旁。它不知来自何方。它积了一身厚厚的尘埃。一车的人，神情憔悴而漠然地望着前方。

　　他们去哪儿？归家还是远行？然而不管是归家还是远行，都基于同一事实：他们正在路上。归家，说明他们在此之前，曾有离家之举。而远行，则是正在进行的离家。

　　人有克制不住的离家的欲望。

　　当人类远未有家的意识与家的形式之前，祖先们是在几乎无休止的迁徙中过活的。今天，我们在电视上，总是看见美洲荒原或非洲荒原上的动物大迁徙的巨大场面：它们不停地奔跑着，翻过一道道山，穿过一片片戈壁滩，游过一条条河流。其间，不时遭到猛兽的袭击与追捕，或摔死于山崖，或淹死于巨流。然而，任何阻拦与艰险，也不能阻挡这声势浩大、撼动人心的迁徙。前方在召唤着它们，它们只有奋蹄挺进。其实，人类的祖先也在这迁徙中度过了漫长的光阴。

后来，人类有了家。然而，先前的习性与欲望依然没有寂灭。人还得离家，甚至是远行。

外面有一个广大无边的世界。这个世界充满艰辛，充满危险，然而也显得丰富多彩，富有刺激性。外面的世界能够开阔视野，能够壮大和发达自己。它总在诱惑着人走出家门。人会在闯荡世界之中获得生命的快感或满足按捺不住的虚荣心。因此，人的内心总在呐喊：走啊走！

离家也许是出自无奈。家容不得他了，或是他容不得家了。他的心或身，抑或是心和身一起皆受着家的压迫。他必须走，远走高飞，因此，人类自有历史以来，便留下了无数逃离家园、结伴上路、一路风尘、一路劳顿、一路憔悴的故事。

人的眼中、心里，总有一个前方。前方的情景并不明确，朦胧如雾中之月，闪烁如水中之屑。这种不确定性，反而助长了人们对前方的幻想。前方使他们兴奋，使他们冲动，使他们陷入如痴如醉的状态。他们仿佛从苍茫的前方，听到了呼唤他们前往的钟声和激动人心的鼓乐。他们不知疲倦地走着。

因此，这世界上就有了路。为了快速地走向前方和能走向更远的地方，就有了船，有了马车，有了我们眼前这辆破旧而简陋的汽车。

路连接着家与前方。人们借着路，向前流浪。自古以来，人类就喜欢流浪。当然也可以说，人类不得不流浪。流浪不仅是出于天性，也出于命运。是命运把人抛到了路上，是所有的人——形而上一点儿说。因为，即便是许多人终身未出家门，或未远出家门，但在他们内心深处，他们依然感到了无家可归的感觉，他们也在漫漫无头的路上。四野茫茫，八面空空，眼前与心中，只剩下一条通往前方的路。

人们早已发现，人生实质上是一场苦旅。坐在这辆车里的人们，他们将在这样一辆拥挤不堪的车里，开始他们的旅途。我们可以想象着：车吼叫着，在坑洼不平的路面上颠簸，把一车人摇得东歪西倒，使人一路受着皮肉之苦。那位男子手托下巴，望着车窗外，他的眼睛里流露着一个将要开始艰难旅程的人所有的惶惑与茫然。钱锺书先生的《围城》中也出现过这种拥挤的汽车。丰子恺先生有篇散文，也是专写这种老掉牙的汽车的。他的那辆汽车在荒郊野外的半路上抛锚了，并且总是不能修好。他把旅途的不安、无奈与焦躁不宁、索然无味细细地写了出来：真是一番苦旅。当然，在这天底下，在同一时间里，有许多人也许是坐在豪华的游艇上、舒适的飞机或火车上进行他们的旅行的。然而，他们的心情就一定要比在这种沙丁鱼罐头一样的车中的人们要好些吗？如果我们把这种具象化的旅行，抽象为人生的旅途，我们不分彼此，都是苦旅者。

人的悲剧性实质，还不完全在于总想到达目的地却总不能到达目的地，而在于走向前方、到处流浪时，又时时刻刻地惦念着正在远去和久已不见的家、家园和家乡。就如同一首歌唱的那样：回家的心思，总在心头。中国古代诗歌，有许多篇幅是交给思乡之情的："日暮乡关何处是？烟波江上使人愁。"（崔颢）"近乡情更怯，不敢问来人。"（宋之问）"还愿望旧乡，长路漫浩浩。"（《古诗十九首》之一）"家在梦中何日到，春来江上几人还？"（卢纶）"不知何处吹芦管，一夜征人尽望乡。"（李益）"未老莫还乡，还乡须断肠。"（韦庄）……悲剧的不可避免在于：人无法还家。更在于即便是还了家，依然还在无家的感觉之中。那位崔颢，本可以凑足盘缠回家一趟，用不着那样伤感。然而，他深深地知道，他在心中想念的那个家，只是由家的温馨与安宁养育起来的一种抽象的感觉罢了。那个可遮风避雨的实在的家，并不能从心灵深处抹去他无家可归的感觉。他只能望着江上烟波，在心中体味一派苍凉。

这坐在车上的人们，前方到底是家还是无边的旷野呢？

致蒙蒙

蒙蒙，我的儿子：

爸爸在给你写信。爸爸也许会在给你这封信时突然改变主意而将它压下。爸爸并不一定要让你看到这封信，爸爸只是心中有话要说——写了信，就等于和你当面说话了。也许过一些日子，我又会将它交到你手上，也许会过很久很久，也许永远尘封直到它风化成纸的碎末。

几年前，你妈妈去美国了，我们又开始了朝夕相处的生活。我们已经很久很久未能朝夕相处了。那些年，我们则是断断续续地见面，匆匆地相聚，又匆匆地离别，渐渐地，我们之间的感情变得浅淡起来，生疏起来。而我总是被千头万绪的事情纠缠着、困扰着，无法静心思考我们之间的关系。见了面我只是从物质上满足你，甚至想通过这些物质讨好你。我心里永远潜藏着内疚和不安。想到不能与你朝夕相处，想到你身边不能有爸爸的身影随时相伴，我觉得你是一个很不幸的孩子——每逢这个时候，我的心就酸酸的，眼睛会变得潮湿。然而，我没有办法改变这样的状况。因为，毁坏了的，就只能永远毁坏了。当我看着你小小的身影渐渐远去时，我只能自己安慰自己：你大了，会懂的。

没想到，事情突然改变了——你妈妈要去远方了，你必须回到我的身边。

我很欣喜。尽管我知道，我一人带你会使我的生活发生很大的改变。你从此会成为一把无形的大锁将我锁住，使我在很大程度上失去自由。我再也不可能晚上想什么时候睡就什么时候睡、早晨想什么时候起就什么时候起了，我再也不可能动不动就离开北京，更不可能随心所欲地周游世界了。但我愿意——愿意成为你锁下的"囚徒"。我精心地计划着我们两人一起生活的方案，并对我们一起生活充满了美好的想象。开始的一些天，我还对我的愿望深信不疑。我告诉远方时时刻刻思念和担忧着的你的妈妈，说我们生活得很好，让她在那边尽管放心。但不久，我就发现，事情远不如我想象的那样美好，那样充满诗情画意。你好像一只走失的羔羊，许多天后被找回，可是已经不再是那只羔羊了，仿佛在你走失的日子里你深中魔法，成了一只性情古怪、脾气恶劣、根本不可理喻的怪物。我这时才开始理解你妈妈临走时目光里流露出的忧虑和不安。她已默默一人领略了你的变化、承受了你的折磨，也不知多久了？只不过不想让我心烦罢了。我尽量学着来理解你，并反思自己的做法。但我发现，我无论怎样做都无法改变你——哪怕是一件细小的事情，比如你总是将手纸放在抽水马桶旁而不能将它放回身边的木格里——哪怕是一次！你关心的一切，都与学习无关，学习丝毫也不放在心上。你的脾气极其暴躁，动辄发作，毫无克制，发作时乌云滚滚，电闪雷鸣。最使我焦虑的就是你常常显示出的憎恨。这是我还有你妈妈双方家族的全部成员都没有的品质。你的所有亲人，都是与世为善，与人为善的。我陷入了两难困境：批评你吧，又担心你脾气发作——我不能让你这样的脾气一次又一次地发作；不批评你吧，你的这些毛病、缺点，就不会祛除，甚至会越演越烈。我几乎要崩溃了。我只好发动整个家族的力量一起参与我与你的战争。但在看似如此悬殊的力量对比中，我们感受到的却是无奈和疲倦。你没有敬畏感，没有权威意识，你有的就是一意孤行。谁的话都只不过是与你毫不相干的一缕轻风。你是一块石头，一块花岗岩。无论风吹雨打，都不能使你有什么变化——有变化也只是来自你自身的念头。我的耐心在一天一天地失去，焦虑之火却在不住地燃烧，并且愈烧愈炽。终于有一天，爆发了，我对你动粗了！事情一下子被推到了悬崖。事后，我是深深地自责与内疚——我几次于凌晨四点醒来，身上汗水不断。我在苦苦思索：我该怎么办？我都想到了放弃。在与家人和友人谈到你时，我往往苦笑：我——一个影响了成千上万的孩子的我，怎么就对我亲生儿子如此无能为力。我总不能永远不出门，许多事是需要我离开北京的。出门时，我只好让老家来人照料你。在外时，我几乎每时每刻牵挂着北京，牵挂着你。我最担心的就是忽地接到你姑姑或姐姐或老师的电话向我报告你的不当行为。那些日子，我真正懂得了"煎熬"这个字眼的确切含义。我的血压有了毛病。我向你不真不假地开过玩笑：儿子，你可能让爸爸要少活好几年。

一次，我与一个出版社的朋友聊天说到了你，没想到那个朋友听完后长长叹息了一声，说：曹老师，没有什么，与你儿子相比，我儿子以前的情况实在是有过之而无不及。他向我说起他儿子的种种"倒行逆施"。他对我说："曹老师，说了你不要笑话我，一次我与我儿子干了起来，我出门坐在外面的马路牙上哭了半天。"他安慰我："别急，一切都会过去的。"他讲起现在他儿子的情况:"读大学了,在外地,寒假回家,居然将身上所有的零用钱花光,给我买了一件棉袄。"

那次与友人的谈话给了我很大的安慰。我有与难兄难弟相遇而得到安慰的感觉,并开始畅想明天和未来。

后来,我又偶然遇到一位道行很深的心理学家,与他谈起你,求教于他。他说:"不必焦虑,他只是一个正常的孩子,只不过他的逆反有点儿超出正常值而已。他的那些在你看来简直是恶的行为,并非是他的内心流露,甚至是与内心相反的行为,不必担忧。"这位心理学家最后对我说:"这样的孩子,你也就只有哄着他长大了。"

这两次谈话很重要。还有,我自己也在与你一起成长。你让我在变得成熟。我开始教导自己:这世界上实际没有什么太严重的事情,只是事情的性质被我们放大了;我在告诫儿子学会克制时,先要自己学会克制。我开始细心检讨以往你的所作所为的原因,我发现,你的那些突然爆发的情绪与不理智的行为,其责任并不应该都由你负责——这不公平。教育制度、老师的境界与教育方式,还有我们通常流行的道德观、价值观,都要承担责任,并且要在很大程度上承担责任。这时,我发现,你的问题只是在你的性格上缺少弹性,缺少退让,缺少自我保护意识,你对一些事情的感觉和看法并没有错。比如,你以很极端的方式生气地毁掉了你的校服。难道,那个苛刻地让你整天穿着质量低下的校服的制度是合理的吗?我开始学会从另一个角度去思量问题。这时,我开始理解和体谅你的这种曾经让我感到生气、恼火甚至感到绝望的观念和行为。

我开始发现你身上的美好——那种美好甚至比其他孩子还要多。

你的姐姐冬冬向我描述了一次家长会。那次家长会正赶上我在外地,由冬冬代我去开。当时正是美国大学休假的时间,她在北京替我照料你。事后，她激动万分、绘声绘色地向我描述了当时的情景："我刚到达校门口，就有几个孩子迎上前来问：'你是曹西蒙的姐姐吗？'我说：'是呀。'其中一个孩子说：'果然是。'我问他们：'你们是怎么知道我是曹西蒙的姐姐的？'他们说：'蒙哥说了，最好看的那个女孩，就一定是我姐姐。姐姐，从这一刻起，你就尽管吩咐我们。蒙哥委托我们来照料你的，他布置会场去了。'一路上，他们就不住地向我夸奖'蒙哥'的为人和种种美德。我向他们说：'你们一定是曹西蒙的死党，就只知道给他涂脂抹粉。'他们一副受了冤枉的神态：'姐，不是啦，我们说的都是事实。'到了那儿我才知道这不是一次全体家长会，而是为解决班上一场同学之间的纷争而召开的，去的只是有关孩子的家长。我们家蒙蒙是这场纷争的主要人物。我们蒙蒙真棒！开会不久，他就第一个站起来发言，主动承担责任，并且将本不该由他承担的责任，也都揽到了自己的身上。太棒了，我们蒙蒙真是太棒了！……"冬冬对我说，"舅舅，你完全没有必要担心蒙蒙，他是一个很杰出的孩子。"我知道你冬冬姐之所以如此激动，如此不留余地地赞美你，其实正是因为她曾和爸爸一样在为你焦虑。不仅是冬冬姐，你的虎子哥哥、华子姐姐、二子哥哥、越越姐姐，都和爸爸一样曾为你焦虑过。现在，他们也开始和爸爸一样，在放松，在用另样的眼光打量你。

　　当然，你自己也在改变自己。你已经知道克制自己的脾气，已经知道在某些时候作出必要的退让。爸爸已经可以与你对话了，尽管这样的对话并不多，也不够推心置腹。但我们毕竟开始了对话。爸爸也学会了克制自己的脾气，作出必要的退让。当我们之间无时无刻不在的紧张得到缓解，当你一天天地变得快乐并在日以继夜地成长时，爸爸觉得带你来到这个世界上真是一件非常好的事情。爸爸写过很多得意的作品，也许，你才是我得意的作品。

现在，当我想起我最初接管你的时候的那种坐卧不安的焦虑，就会觉得是不必要的。我为我对你的行为总是不假思索地反感和指责，感到非常抱歉。爸爸愿意对自己的粗暴深刻反省，并愿意诚恳地向你道歉。

近来，你对自己的身体很在意。你总是不住地站到地秤上去称你的体重，每天早上你都要喝一大杯蛋白粉，每天晚上你都要反复无数次地练沉重的杠铃。每时每刻，你都在想着你身体的强壮。我能够理解，因为，爸爸有你这么大的时候也是这样。爸爸九个月就能走路了，这是爷爷奶奶曾经的骄傲，但他们那时没有想到一个小孩儿过早走路有可能会导致罗圈腿。也是在读高中的时候，我总是为我的腿长得不够直而纠结，记得在相当长的时间里，每天睡觉时，我都会用带子捆绑我的双腿。但爸爸告诉你，现在的你，真的没有必要这样去刻苦地健美你的身体。我知道，你不喜欢家里的人赞美你。用你的话说，谁家的大人不说自己的小孩儿长得好看！但我还是要赞美你的身体，不是因为你是我的儿子，爸爸真的是很客观的：你的身体实在是让人羡慕，一米八的个头，身材绝对是黄金分割，两条长腿，胳膊长长的，肩膀宽宽的。三姑曾很认真地对我说：哥，让咱蒙蒙做模特吧。

儿子，鲜亮的青春，才刚刚开始光顾你。从今以后，你生命的光彩会迷倒无数的人。长大吧，不住地长大，爸爸愿意哄着你。

2014年5月18日于北京大学蓝旗营

大学时期，与同学们一起剪贴标语和书写墙报

04

演讲风华

我与我的作品,似乎缺少足够的冷峻与悲壮的气质,缺乏严峻的山一样的沉重。容易伤感,容易软弱,不能长久地仇恨。

我是一个捕捞者

我在问我自己：我是谁？本来我有三个回答，但现在我只回答一个：我是一个捕捞者。

我就是那个古巴捕鱼老人桑提亚哥，但不同的是他已经很久没有出海捕捞了，他这一次出海，是因为他要向人们证明，他没有老，还能出海打鱼。也许，当他将一袭马林鱼的骨架拖回港湾以后，他就再也不会出海打鱼了——这是他最后一次出海。而我呢，将可能会在这辽阔无垠的大海上漂泊终生。

我得用我的眼睛、鼻子、耳朵和心灵，不分白天黑夜地捕捉着：两个恋人的小声对话、一个瘸腿小孩从小巷里跑过、一条鱼在岩石上蹦跳着、黑暗并不一定就是夜晚……所有这一切，都可能是我捕捞的对象。

捕捞既是我的兴趣，也是我的职业。我对生

活始终向往。我拥有一个很不错的对生活的态度。我曾经对我们喋喋不休地谈论着的"生活"下过一个定义：所谓"生活"，就是生机勃勃地活着。"生活"在我这里，既是一个名词，更是一个动词。我驾着小船，在这大海上游弋、漂流，从来乐此不疲。它的无法穷尽、它的波涛和细纹，它的颠覆欲望和载人去向远方的善意，我都喜欢。这片大海对我而言，不只是给我带来了喜悦，带来了生命冲动，带来了人生的启迪，还在于它能慷慨地向我呈示和奉献一个作家所需的东西：文学的素材与故事。

捕捞需要耐心和技巧，更需要一番诚意。几十年里，我一直在磨炼我的耐心，提高我的技巧，修炼我的诚意。当听说一些同行还并未老去，却已经处在山穷水尽、搜肠刮肚的状态时，我庆幸我还未与这样的尴尬和难堪相遇，我还在捕捞，并且觉得这大海越来越丰饶了。

我拥有的不只是一片海，而是两片海——还有知识的海洋。我早就意识到，一个作家如果只是拥有生活的海洋，其实是很难维系捕捞的，甚至就根本不可能发生捕捞。他如果要使创作的香火延续不断，则必须同时拥有两片海，而且从某种意义上说，后面说的这片海——知识的海洋——可能更加重要，没有这片海，生活的海其实是不存在的，或者说，它最多也就是一片海而已，是一片空海，是不能发生捕捞的。生活的海洋本身并不能给予你捕捞的本领，这一本领从根本上讲，是知识的海洋培养的。博尔赫斯讲，他的创作是依靠书本知识而进行的。我想，他是为了强调知识的至高无上才这么极而言之的。他是一个在生活的海洋中流连忘返的人，即使双目失明，依然像一面孤帆在航行。而海明威又是另一番形象，这一形象给那些初学写作的人造成一个错觉：一个人只需在生活的海洋中浸泡、畅游即可获得一切想要的东西，他们心目中的海明威整天就是养猫、泡酒吧和咖啡馆、打拳击、打猎、捕鱼、开飞机、在炮火连天的前沿阵地参加战斗，他们无法将"老狮子"与书房和书籍联系起来。殊不知，海明威对书籍的热爱丝毫不亚于对生活的热爱。他的人生时间表上，留给知识海洋的时间更多。只是因为喜欢打鱼，就能自然而然写出《老人与海》？不可能。说到底，他还是一个读书人。是知识让他成了生活海洋中一个本领高超的捕捞者。我去过他在哈瓦那郊区的别墅——别墅中有一间很大的书房。

知识的海洋不仅让我们发现了生活的海洋，它本身也可供我们捕捞。一个单词、一个短句、一个观念、一个隐藏在他人作品中未被作者感觉到的动机，都可能是难得的捕捞之物。这种从书本中获得惊喜的情景，我已无数次地经验了。所以，我必须拥有两片海洋，我要驾着我的小船，自由地出入于这两片海洋，只有这样，我才能使我的一生成为捕捞的一生。

海洋浩荡，远接天际。捕捞之物各种各样。于我而言，它们有些适合诗，有些适合散文，有些适合小说——而有些适合长篇小说，有些适合短篇小说。不知是什么原因，如今的作家，往往眼中只有长篇的素材和故事，那些适合短篇的素材和故事，他们根本无意捕捞。我不认为这是一个好的捕捞风气。所以，最近一两年我在到处宣扬"短篇意识"。因为我永远记得，我当年开始海洋之旅时，就是从捕捞短篇练起的，正是在这里练出的捕捞功夫，才使我后来较为圆满地完成了一系列的长篇捕捞。我们一定要知道，这或是狂浪大作或是风平浪静的海洋中，不只是有鲨鱼、马林鱼那样的大型鱼，也有中型的金枪鱼、马哈鱼，还有许多小型的鱼，如秋刀鱼、多春鱼。不只是大鱼才能让我们领略美味，小鱼的美味是别致的，也是无法替代的。慷慨的海洋，就是这样为我们准备下捕捞之物的，我们离不开海洋，正是因为海洋博大。

中国文学从走出去到走进去，还有漫长的路需要走。

北大上学期间郊游

因水而生
——在法兰克福书展上的演讲

我的作品的长处与短处，大概都在水。因为水——河流之水而不是大海之水，我与我的作品，似乎缺少足够的冷峻与悲壮的气质，缺乏严峻的山一样的沉重。容易伤感，容易软弱，不能长久地仇恨。水的功能之一，就是将具有浓度的东西进行稀释，将许多东西冲走，或是洗刷掉。

大约在四十岁之前，我还一直没有觉得世界上有坏人、很坏很坏的坏人。我对人只是生气，而很难达到仇恨的程度。即使生气，也绝不会生气很久，就更谈不上生气一辈子了。时间久了，那个让我生气的人或事，就会慢慢地模糊起来，一切都会慢慢地变得光溜溜起来。

一个人没有仇恨，不能记仇，这对于创作也许是有害的。

我生在水边，长在水边。那是中国大地上无边无际的水网地区。我的空间里到处流淌着水，

《草房子》《青铜葵花》以及我的其他作品大多因水而生。

"我家住在一条大河边上"——这是我最喜欢的情景，我竟然在作品中不止一次地写过这个迷人的句子。那时，我就进入了水的世界。一条大河，一条烟雨蒙蒙的大河，在飘动着。水流汩汩，我的笔下也在水流汩汩。

首先，水是流动的。你看着它，会有一种生命感。那时的河流，在你的眼中是大地上枝枝杈杈的血脉，流水之音，就是你在深夜之时所听到的脉搏之声。河流给人一种生气与神气，你会从河流这里得到启示。流动在形态上也是让人感到愉悦的。这种形态应是其他许多事物或行为的形态，比如写作——写作时我常想到水——水流动的样子，文字是水，小说是河，文字在流动，那时的感觉是一种非常惬意的感觉。水的流动还是神秘的，因为，你不清楚它流向何方，白天黑夜，它都在流动，流动就是一切。你望着它，无法不产生遐想。水培养了我日后写作所需要的想象力。回想起来，儿时，我的一个基本姿态就是坐在河边上，望着流水与天空，痴痴呆呆地遐想。其次，水是干净的。造物主造水，我想就是让它来净化这个世界的。水边人家是干净的，水边之人是干净的，我总在想，一个缺水的地方，是很难干净的。只要有了水，你没法不干净，因为你面对水时再肮脏，就会感到不安，甚至会感到羞耻。春水、夏水、秋水、冬水，一年四季，水都是干净的。我之所以不肯将肮脏之意象、肮脏之辞藻、肮脏之境界带进我的作品，可能与水在冥冥之中对我的影响有关。我的作品有一种"洁癖"。再其次，是水的弹性。我想，这个世界上再也没有比水更具弹性的事物了。遇圆则圆，遇方则方，它是最容易被塑造的。水是一种很有修养的事物。我的处世方式与美学态度里，肯定都有水的影子。水的渗透力，也是世界上任何一种物质都不可比拟的。风与微尘能通过细小的空隙，而水则能通过更为细小的空隙。如果一个物体连水都无法渗透的话，那么它就是天衣无缝了。水之细，对我写小说很有启发。小说要的就是这种无孔不入的细劲儿。水也是我小说的一个永恒的题材与主题。对水，我一辈子心存感激。

作为生命，在我理解，原本应该是水的构成。

我已经习惯了这样湿润的空间。现如今，我虽然生活在都市，但那个空间却永恒地留存在了我的记忆中。每当我开始写作，我的幻觉就立即被激活：或波光粼粼，或流水淙淙，一片水光。我必须在这样的情景中写作，一旦这样的情景不再，我就成了一条岸上的鱼。

水养育着我的灵魂，也养育着我的文字。

《草房子》《青铜葵花》等，也可以说是一些关于水的故事。

与水的话题相关的一个话题是：小说与诗性。

我一直在思考这一命题。

何为诗性？

这是一个难以回答的问题。事情就是这样：一样东西明明存在着，我们在意识中也已经认可了这样的东西，但一旦我们要对这样的东西进行叙述界定，试图作出一个所谓的科学定义时，我们便立即陷入一种困惑。我无法用准确的言词（术语）去抽象地概括它，即使勉强地概括了，也十有八九会遭质疑。造成这种状况的原因，我以为主要是因为被概括对象，它们其中的一部分处于灰色的地带——好像是我们要概括的对象，又好像不是，或者说好像是，又好像不是。正是因为有这样的事实存在，所以我们在确定一个定义时，总不免会遭到质疑。

几乎所有的定义都会遭到反驳。

这是很无奈的事情。我们大概永远也不可能找到一个绝对的、不可能引起任何非议的定义。

对"诗性"所作的定义，可能会是一个更加令人怀疑的定义。

我们索性暂时放弃作定义的念头，从直觉出发——在我们的直觉中，诗性究竟是什么？或者说诗性具有哪些品质与特征？

它是液态的，而不是固态的。它是流动的，它是水性的。"水性杨花"是个成语，通常形容某些女子的易变。这个词为什么不用来形容易变的男人？因为水性杨花还含有温柔、轻灵、飘荡等特质，而所有这些特质都属于女性所有——我说的是未被女权主义改造过的女性——古典时期的女性。

诗性也就是一种水性。它在流淌，不住地流淌。它本身没有形状——它的形状是由他者塑造出来的。河床、岔口、一块突兀的岩石、狭窄的河、开阔的水道，是所有这一切塑造出了水的形象。而固态的东西，它的形象是与它本身一起出现于我们眼前的，它是固定的，是不可改变的，如果改变了——比如用刀子削掉了它的一角，它还是固体的——又一种形象的固体。如果没有强制性的、具有力度的人工投入，它可能永远保持着一种形象。而液体——比如水，我们可以轻而易举地改变它——我们甚至能够感觉它有要让其他事物改变它的愿望。流淌是它永远的、不可衰竭的青春欲望。它喜欢被"雕刻"，面对这种雕刻，它不作任何反抗，而是极其柔和地改变自己。

从这个意义上讲，水性，也就是一种可亲近性。我喜欢水——水性。因为，当我们面对水时，我们会有一种清新的感觉。我们没有那种面对一块赫然在目的巨石时的紧张感与冲突感。它没有使我们感到压力——它不具备构成压力的能力。历代诗人歌颂与水相关的事物，也正是因为水性是可亲之性。曲牌《浣溪沙》——立即使我们眼前呈现出一幅图画：流水清澄，淙淙而流，一群迷人的女子在水边浣洗衣裳，她们的肌肤喜欢流水，她们的心灵也喜欢流水，衣裳随流水像旗子一样在空中的清风里飘荡时，她们会有一种快意，这种快意与一个具有诗性的小说家在写作时所相遇的快意没有任何差别。

我们现在来说小说——诗性/水性，表现在语言上就是去掉一些浮华、做作的辞藻，让语言变得干净、简洁，叙述时流畅自如但又韵味无穷。表现在情节上，不去营造大起大落的、锐利的、猛烈的冲突，而是和缓、悠然地推进，让张力尽量含蓄于其中。表现在人物的选择上，撇开那大红大紫的形象、内心险恶的形象、雄伟挺拔的形象，而择一些善良的、纯净的、优雅的、感伤的形象，这些形象是由水做成的。

"仁者乐山，智者乐水。"

老子将水的品质看作是最高品质："上善若水"。

但我们不可以为水性是软弱的，缺乏力量的。水性向我们讲解的是关于辩证法的奥义：世界上最有力量的物质不是重与刚，而恰恰是轻与柔。"滴水穿石"是一个关于存在奥秘的隐喻。温柔甚至埋葬了一部又一部光芒四射、活力奔放的历史。水性力量之大是出乎我们想象的。我一直以为死于大山的人要比死于大水的人少得多。固态之物其实并没有改造它周围事物的力量，因为它是固定在一个位置上的，不具流动性，因此，如果没有其他事物与它主动相撞，它便是无能的，是个废物，越大越重就越是个废物。液态之物，具有腐蚀性——水是世界上最具腐蚀性的物质。这种腐蚀是缓慢的、绵久的，但却可能是致命的。并且，液态之物具有难以抑制的流动性——它时时刻刻都有流动的冲动。难以对付的不是固态之物，而是液态之物。每年冬季，暖气试水，让各家各户留人，为的是注意"跑水"——跑水是极其可怕的。三峡工程成百上千亿的金钱对付的不是固体而是液体，是水，是水性。

当那些沉重如山的作品所给予我们的冲动，于喝尽一杯咖啡之间消退了时，一部《边城》的力量却依然活着，依然了无痕迹地震撼着我们。

现在我们来读海明威与他的《老人与海》。我们将《老人与海》说成是诗性的，没有人会有理由反对。从主题到场面，到故事与人物，它都具有我们所说的诗性。

诗性如水，或者说，如水的诗性——但，我们在海明威这里看到了诗性/水性的另一面。水是浩大的、汹涌的、壮观的、澎湃的、滔天的、恐怖的、吞噬一切的。在这里我们发现，诗性其实有两脉：一脉是柔和的，一脉是强劲的。前者如沈从文、废名、蒲宁、川端康成，后者如夏多布里昂、卡尔维诺、黑塞、海明威。决千里大堤的也是水。水是多义的、复杂的、神秘的、不可理喻的。因为有水，才有存在，才有天下，才有我们。

我写作《草房子》《青铜葵花》等就是无条件地向诗性靠拢。我的所有写作，都当向诗性靠拢。那里，才是我的港湾，我的城堡。

混乱时代的文学选择
——在威尼斯大学的演讲

何为文学？文学何为？

这是两个——其实就是一个——一个太大太大的问题，但又是一个我们大家似乎都已明白的问题，是一个无需废话的问题。这个问题似乎早已经解决了，它已经成为常识。然而，我们现在所处的这个时代是一个连常识性的问题都要遭到质疑和颠覆的时代。

它到底是一个什么样的时代呢？

美国学者哈罗德·布鲁姆[1]在他的那本著名的论著《西方正典》中直截了当地称这个时代是一个"混乱的时代"。

我是在阅读《西方正典》这本书时真正认识

---

[1] 哈罗德·布鲁姆：哈罗德·布鲁姆（Harold Bloom，1930年7月11日—2019年10月14日），出生于美国纽约，当代美国著名文学教授、"耶鲁学派"批评家、文学理论家。代表作有《影响的焦虑：一种诗歌理论》《西方正典》等。

这位著名的美国学者的。这是一位孤独的，却是有着巨大创造力与敏锐的辨析能力的学者。他的性格中有着不合流俗的品质。《西方正典》这本书是我的一个博士生让我读的。她在电话中很兴奋地向我介绍这本书，说书中的基本观点与你——老师的观点如出一辙。我将信将疑，她就在电话的那头向我朗读了书中的一些段落。布鲁姆的一连串的表述使我感到十分惊诧，因为他所说的话与我在不同场合的表述竟是如此的不谋而合，其中有许多言辞竟然如出一辙。我们两人对我们所处时代的感受、对这个社会的疑惑、疑惑之后的言语呈现，实在不分彼此。我们在不同的空间中思考着同样的处境与问题。这个我一生大概永远不会谋面的人，使我感到无比的振奋与喜悦。我一直对自己的想法有所怀疑：你与这个时代、与那么多的人持不同学见（不是政见）、不同艺见（"艺术"的"艺"），是不是由于你的错觉、无知、浅薄与平庸所导致的？我常常惶惶不安。在如此心态之下，可想而知我在相遇《西方正典》时，心情如何！

何为文学？

这个"混乱的时代"回答得非常干脆：文学什么也不是——文学是没有本质的，文学不存在什么基本面，文学也根本不存在什么恒定不变的元素。

这一回答，以历史主义包装了自己。历史主义的基本品质是：承认世界是变化的、流动的，没有一成不变的事物，我们对历史的叙述，应与历史的变迁相呼应。它的辩证性使我们接近了事物的本质，并使我们的叙述获得了优美的弹性。但真正的历史主义并没有放弃对恒定性的认可，更没有放弃对一种方向的确立，——并且这个方向是一定的。据于此，历史主义始终没有放弃对价值体系的建立，始终没有怀疑历史基本面的存在。历史主义的文学批评一直坚信不移地向我们诉说着：文学是什么，文学一定是什么。

而现在的所谓历史主义其实是相对主义，辩证性成了"世上从没有什么一成不变的东西，一切皆流，一切皆不能界定"的借口。因此，就有了一种貌似历史主义的结论：所谓文学性只是一种历史叙述而已。也就是说，从来就没有什么固定的文学性——文学性永远是一个历史性的概念，也只能是一个历史性的概念。这样，变与不变的辩证，就悄悄地、使人不知不觉地转变为"变就是一切"的相对主义。

相对主义的宽容、大度的外表姿态，还导致了我们对文学史的无原则的原谅。由于从心中祛除了一个恒定的文学标准，当我们在回顾从前的文学史时，我们似乎很成熟地说：我们不能以今天的标准来要求从前的作品。文学的标准有今天与昨天之区分吗？文学也在进化论的范畴之中吗？今天的一个意大利诗人的诗一定（至少应该）要比但丁①的诗写得好吗？但丁在1307年就写出《神曲》了，你在2018年写的诗如果不比他写得好，你还写诗干什么？你该干别的活去了，或者说你该睡觉去了。

历史是可以原谅的，但文学史却是不可以原谅的。因为历史确实是在人们的认识不断提高的状态中前进的，而文学的标准从有文学开

---

① 但丁：但丁·阿利吉耶里（意大利语：Dante Alighieri，1265年5月—1321年9月14日），文艺复兴的先驱，文艺复兴第一个代表人物，意大利中世纪诗人，现代意大利语的奠基者，以史诗《神曲》留名后世。

始的那一天就确立了，文学的基本面从来就没有改变过。

重新定义"文学"是徒劳的，因为你无法获得充足的认知力量以涵盖莎士比亚和但丁，而他们就是文学。何为文学？无需界定，它存在于我们的生命之中，存在于我们的情感之中，存在于一代又一代人的阅读而形成的共同经验之中。

文学对于我们人类来说究竟具有什么样的意义？

多少年来，我就一直喜欢这样来定义文学：它的根本意义在于为人类提供良好的人性基础。

如果这一定义可以被接受的话，那么，我们就可再作追问：这个所谓的"良好的人性基础"又究竟包含了一些什么样的内容——也就是说，它大致上都有一些什么样的维度？

至少有这样一些基本维度——

一、道义

人类社会的正常运转，必有道义的原则，必有道义的支持。而文学就具有培养人之道义的得天独厚的功能——当初文学作为一种精神形式，之所以被人类选择，就是因为人们发现它有利于人性的改造和净化。文学从开始到现在，对人性的改造和净化，起到了无法估量的作用。在现今人类的精神世界里，有许多美丽光彩的东西来自文学。在今天的人的美妙品性之中，我们只要稍加分辨，就能看到文学留下的深刻痕迹。没有文学，人类依旧还在浑茫与灰暗之中，还在愚昧的纷扰之中。没有文学，就没有今日之世界，就没有今日之人类。

世风日下，文学的力量也许不如从前了，然而，它的意义却越发的重大了——我这里说的是从前的文学，那些已经被时间所洗礼而最终被认为是经典或具有经典性的文学。而现在的文学，早已分裂，一部分还在坚守它的古典精神，一部分却与当道同流合污，成了道义的背弃者甚至掘墓者。

其实，我们今天比以往任何时候都更加需要文学（我说的是那些以道义为宗旨的文学）——文学能够与其他精神形式一起拯救我们，至少文学能够让我们保持一份对道义的神圣回忆。

二、审美

一个完人的精神世界，是由许多维度组成的。这其中，审美怎么说都是一个十分重要的维度。而文学对这一维度的生成，几乎是最有效的。文学的根本性的功能之一，就是审美。

然而，关于美的意义、美的价值，并非是谁都能认识到的。人们在意的可能是知识，可能是思想。当说到"力量"一词时，没有多少人会将它与美联系起来思量，而只会想到知识或思想——"知识就是力量""一个人有力量是因为这个人有思想"。

而我的看法一贯如此：美的力量绝不亚于思想的力量。

列夫·托尔斯泰的《战争与和平》中就有着这样一个经典的场面：主人公安德烈公爵受伤躺在战场上，当时他的心理状态可用四个字概括——万念俱灰。祖国、民族以及他的爱情都已经破碎，他觉得再活下去已实在没有什么意义。他想到了死，并且只想到了死。这个念头顽固了起来。那么，此时是什么力量拯救了他？既不是祖国的概念，也不是民族的概念，更不是什么政治制度的概念，而是俄罗斯的天空、森林、草原以及河流，是中国古代大哲庄子所讲的"天地之大美"——是这超凡脱俗的美使他获得了生的巨大勇气。

三、悲悯情怀

从某种意义上说，文学就是情感的产物。人们对文学的阅读，更多的就是寻找心灵的慰藉，并接受高尚情感的洗礼。

从文学史来看，古典形态的文学，始终将自己交给了一个核心词汇：感动。古典形态的文学作了若干世纪的文章，作的就是感动的文章。

古典形态的文学之所以让我们感动，正是在于它的悲悯精神与悲悯情怀。当慈爱的主教借宿给冉·阿让[①]，而冉·阿让却偷走了他的银烛台被警察抓住，主教却说这是他送给冉·阿让的时候，我们体会到了悲悯。当简·爱得知一切，重回双目失明、一无所有的罗切斯特身边时，我们体会到了悲悯。当祥林嫂于寒风中拄着拐棍沿街乞讨时，我们体会到了悲悯。当沈从文的《边城》中爷爷去世，只翠翠一个小人儿守着一片孤独时，我们体会到了悲悯。我们在一切古典形态的作品中，都体会到了这种悲悯。

文学进入现代形态之后，在许多方面发生了根本性的变化，其一就是它不再作感动的文章了，非但不作，而且还在排斥这样的文章。

我对现代形态的文学深表好感。因为，是它们看到了古典形态之下的文学的种种限制，甚至是种种浅薄之处。现代派文学决心结束

[①] 冉·阿让：冉·阿让（Jean Valjean），维克多·雨果创作的长篇小说《悲惨世界》及其衍生作品中的男主角。

巴尔扎克[1]、狄更斯[2]的时代，自然有着极大的合理性与历史必然性。是现代形态的文学，大大地扩展了文学的主题领域，甚至可以说，是现代形态的文学，帮助我们获得了更深的思想深度。我们从对一般社会问题、人生问题、伦理问题的关注，走向了较为形而上的层面。我们开始通过文学来观看人类存在的基本状态——这些状态是从人类开始了自己的历史的那一天就已存在了的，而且必将继续存在。正是与哲学交汇的现代形态的文学帮我们脱离了许多实用主义的纠缠，而在苍茫深处，看到了这一切永在，看到了我们的宿命、我们的悲剧性的历史。然而，我们又会常常在内心诅咒现代形态的文学，因为，是它将文学带进了冷漠甚至是冷酷。也许，这并不是它的本意。我们在那些目光呆滞、行动孤僻、木讷的、冷漠的、对周围世界无动于衷的形象面前，以及直接面对那些阴暗潮湿、肮脏不堪的生存环境时，我们所能有的是一种地老天荒的凄清与情感的枯寂。

这里，我们不想过多地去责怪现代形态的文学。我们承认，它的动机是人道的、是善的。它确实如我们在上面所分析的那样，是想揭露这个使人变得冷漠、变得无情、变得冷酷的社会与时代的，它大概想唤起的正是人们的悲悯情怀，但，它在效果上是绝对地失败了。

我们如此断言过：文学在于为人类社会的存在提供和创造一个良好的人性基础。而这一"基础"中理所当然地应包含一个最重要的因

---

[1] 巴尔扎克：奥诺雷·德·巴尔扎克（Honoré de Balzac，1799年5月20日—1850年8月18日），法国小说家，被称为"现代法国小说之父"，生于法国中部图尔城一个中产家庭。代表作有《人间喜剧》等。
[2] 狄更斯：查尔斯·狄更斯，原名查尔斯·约翰·赫法姆·狄更斯（Charles John Huffam Dickens，1812年2月7日—1870年6月9日），英国皇家学会工艺院院士，英国作家。代表作有《雾都孤儿》《双城记》等。

素：悲悯情怀。

我们一般只注意到思想对人类进程的作用。其实，情感的作用与审美的作用一样，也绝不亚于思想的作用。情感生活是人类生活的最基本的部分。一个人如果仅仅只有思想——深刻的思想，而没有情感或情感世界比较荒凉，是不可爱的。如果有人问我，你喜欢康德[①]还是歌德[②]，我的回答是：

我喜欢康德，但我更喜欢歌德。

[①]康德：伊曼努尔·康德（德文：Immanuel Kant，1724年4月22日—1804年2月12日），出生和逝世于德国柯尼斯堡（现俄罗斯加里宁格勒），德国哲学家、作家，德国古典哲学创始人。康德是启蒙运动时期最后一位主要哲学家，是德国思想界的代表人物。他调和了勒内·笛卡尔的理性主义与弗朗西斯·培根的经验主义，被认为是继苏格拉底、柏拉图和亚里士多德后西方最具影响力的思想家之一。其学说深深影响近代西方哲学，并开启了德国古典哲学和康德主义等诸多流派。

[②]歌德：约翰·沃尔夫冈·冯·歌德（Johann Wolfgang von Goethe，1749年8月28日—1832年3月22日），出生于美因河畔法兰克福，德国著名思想家、作家、科学家，他是魏玛的古典主义最著名的代表。代表作有《少年维特之烦恼》《浮士德》等。

美国布里利演讲现场

德国慕尼黑当地幼儿园孩子参加《第八号街灯》互动读书会活动现场

至高无上的辩证法
——在北京大学文学讲习所成立大会上的演讲

你可以什么都不信，但你却不能不信辩证法。这里头有关于这个世界的法则，关于这个世界的奥秘，还有智慧。

我有我心中的真文学——真正的文学。几十年时间过去了，我一直坚信，它是存在的。它是我梦寐以求的，值得我一辈子依托的。几十年对经典的阅读和求教，几十年的独立创作，我相信了我曾经相信的。

所谓辩证法，就是所谓的范畴，一对一对的范畴。我从哲学那里得知，这个世界就是由无数的范畴组成的，就看你偏向哪一方，你若选对了，就往艺术的秘境进了一步。有时，两方面都可以偏向——偏向哪一方都没有错，剩下的事情就是你如何在你选择的方向上走下去，而在走下去的漫长道路上，依然存在辩证法——无处不在的辩证法。

正常与异常

我要从陀思妥耶夫斯基①说起——

我们将陀氏看成是现代主义文学的开创者,当然是有道理的。

陀氏之小说,乍看上去,与托尔斯泰②、屠格涅夫③等人的作品并无泾渭分明的差异,总以为差不多是一道的。但仔细辨析,就会觉察出差异来——越辨析,就越觉察出其差异深不可测。

差异之一,便是:托尔斯泰们一般只将文字交给"正常"二字,而陀氏则将文字差不多都倾斜到"异常"二字之上。

而若要走进现代主义文学的暗门,则必须以"异常"二字为开启的钥匙。

就反映世界之力度,《城堡》《白痴》《魔山》《乞力马扎罗的雪》并未高出《战争与和平》《静静的顿河》《双城记》或《红楼梦》。但现代主义文学的贡献却又是必须要加以肯定的,因为是它收复了它之前的文学闭目不见、撒手不管的一片广阔时空——处于异常状态的经验领域与精神世界。

说到现代主义、现代派,我们往往会从写作手法入手,这是不对

---

① 陀思妥耶夫斯基:费奥多尔·米哈伊洛维奇·陀思妥耶夫斯基(俄文:Фёдор Михайлович Достоевский,1821年11月11日—1881年2月9日),俄国作家,是19世纪俄罗斯最重要的文学家之一,就国际影响力而言与列夫·托尔斯泰难分轩轾。代表作有《罪与罚》等。
② 托尔斯泰:列夫·尼古拉耶维奇·托尔斯泰(俄文:Лев Николаевич Толстой,1828年9月9日—1910年11月20日),19世纪中期俄国批判现实主义作家、政治思想家、哲学家,代表作有《战争与和平》《安娜·卡列尼娜》《复活》等。
③ 屠格涅夫:伊凡·谢尔盖耶维奇·屠格涅夫(俄文:Иван Сергеевич Тургенев,1818年11月9日—1883年9月3日),19世纪俄国批判现实主义作家。代表作有《前夜》《父与子》等。

的、无效的。现代主义、现代派，最重要的——最值得我们关注的，就是它发现了新的主题领域。比如卡夫卡[1]的《变形记》。它的主题，是关于人类存在的某一基本状态的，在托尔斯泰、鲁迅他们的作品中是不涉及的。还有博尔赫斯[2]、米兰·昆德拉[3]——昆德拉把主题押在了一个字上：轻。托尔斯泰、鲁迅会涉及这样的主题吗？不会。在他们那里，是另一套主题系统：阶级、民族、战争与和平、国民性和改造国民性等。在完成这些主题时，他们的目光更多的是投入正常的领域、正常的状态。而陀思妥耶夫斯基、卡夫卡他们发现，若要完成他们的那些主题时，则需要将目光转向异常领域、异常状态。

其实，正常与异常，都是相对性的概念。回溯历史，这对概念一直在岁月的流转中不时地互换位置：原先正常的，被视为不正常了，而原先异常的，却被视为正常了。鲁迅笔下的狂人以及他周围的所谓正常人，究竟谁是正常的呢？屠格涅夫说陀氏简直是个疯子，但以陀的观念来判断，屠才是真正的不可理喻的疯子。何谓正常？何谓异常？全看你用什么样的眼光来看。

如果在平原与高山之间选择，陀氏将选择高山；如果在大厅与过

---

[1] 卡夫卡：弗兰兹·卡夫卡(Franz Kafka，1883年7月3日—1924年6月3日)，奥匈帝国(奥地利帝国和匈牙利组成的政合国)捷克德语小说家，本职为保险业职员。主要作品有《审判》《城堡》《变形记》等。

[2] 博尔赫斯：豪尔赫·路易斯·博尔赫斯(Jorge Luis Borges，1899年8月24日—1986年6月14日)，阿根廷诗人、小说家、散文家兼翻译家，被誉为作家中的考古学家。代表作有《老虎的金黄》《小径分岔的花园》等。

[3] 米兰·昆德拉：米兰·昆德拉(Milan Kundera，1929年4月1日—2023年7月11日)，出生于捷克斯洛伐克布尔诺，毕业于布拉格查理大学，捷克裔法国籍小说家，代表作有《不能承受的生命之轻》等。

道之间选择，陀氏将选择过道。陀氏与托尔斯泰大不相同，他喜欢注意的是那些不容易到达和容易被忽略的空间，然后在这些空间里展开他的故事。巴赫金①说，陀氏总让他的人物站在边沿和临界线上，这些空间是偏离中心的。

现代主义文学疯魔似的痴迷着异常。它穿过汪洋大海般的正常，而去寻觅显然远远少于正常的异常。在它看来，正常是乏味的、苍白的，是经不起解读的，是没有多少说头的，因此，文学是不必要关注的，更不必要特殊关注了。正常是贫油地带——没有多大价值，用不着开采。而异常之下却有汹涌的油脉，才是值得开采的。文学的素材、文学的主题全隐藏在异常之下——只有异常才可使文学实现深度地表现存在的愿望。

评价旷世奇才陀氏，得换另样的尺度。这是茨威格②的观点，也是陀氏作品令人困惑乃至流行于世界之后，许多批评家们提出的观点。因为，以往的那个尺度是用于描写正常之境与正常之人的。陀氏之后的若干现代主义文学家们，通过各自的艺术实践，已为批评家们制作新的尺度提供了大量文本。时至今日，我们实际上已经看到，评价文学的尺度已有了两个严密的系统——专注于异常的现代主义文学已经从理论乃至技术方面，都得到了高度确认。

---

① 巴赫金：米哈伊尔·巴赫金（Михаил Михайлович Бахтин，1895年11月17日—1975年3月7日[2])，苏联文艺学家、文学理论家、批评家、世界知名的符号学家，苏联结构主义符号学的代表人物之一，其理论对文艺学、民俗学、人类学、心理学都有巨大影响。
② 茨威格：斯蒂芬·茨威格（Stefan Zweig，1881年11月28日—1942年2月22日），奥地利小说家、诗人、剧作家、传记作家。代表作有《一个陌生女人的来信》《象棋的故事》等。

我说上面一番话，并非提倡我们只需关心现代主义作品，都去写现代主义作品。其实，无论古典主义还是现代主义，就选材而言，都会在意异常状态——虽然这并不是必然的做法。我之所以说这一通话，是因为我们看到了一个事实：我们的目光在大部分时间里只是在正常状态中流连——流连得实在太久了。

轻与重

卡尔维诺[1]颇为欣赏下面这一段文字：

她的车辐是用蜘蛛的长脚做成的，车篷是蚱蜢的翅膀；挽索是小蜘蛛线，颈带是如水的月光；马鞭是蟋蟀的骨头；缰绳是天际的游丝。

这段文字出自莎翁戏剧《罗密欧与朱丽叶》。卡尔维诺是要用这段文字说出一个单词来：轻。

他说："我写了四十年小说，探索过各种道路，进行过各种实验，现在该对我的工作下个定义了。我建议这样来定义：'我的工作常常是为了减轻分量，有时尽力减轻人物的分量，有时尽力减轻天体的分量，有时尽力减轻城市的分量，首先是尽力减轻小说结构与语言的分量。'"他对"轻"欣赏备至，就他的阅读记忆，向我们滔滔不绝地叙述着那些有关"轻"的史料：

希腊神话中珀尔修斯割下女妖美杜莎的头颅，依靠的是世界上的

---

[1] 卡尔维诺：伊塔洛·卡尔维诺（Italo Calvino，1923年10月15日—1985年9月19日），意大利当代作家。主要作品有《分成两半的子爵》《树上的男爵》《不存在的骑士》等。

最轻物质——风和云；十八世纪的文艺创作中有许多在空间飘浮的形象，《一千零一夜》差不多写尽了天下的轻之物象——飞毯、飞马、灯火中飞出的神；意大利著名诗人乌杰尼奥·蒙塔莱在他的《短遗嘱》中写道：蜗牛爬过留下的晶莹的痕迹/玻璃破碎变成的闪光的碎屑；意大利浪漫主义诗人的笔下则有一长串轻的意象：飞鸟，在窗前歌唱的妇女，透明的空气，轻盈、悬浮、静谧而诱人的月亮……

同样，我们在卡尔维诺本人的小说中也看到了这样的文字："……两个人静悄悄的，一动不动，注视着烟斗冒出的烟慢慢上升。那小片云，有时被一阵风吹散，有时一直悬浮在空中。答案就在那片云中。马可看着风吹云散，就想到那笼罩着高山大海的雾气，一旦消散，空气变得干爽，遥远的城市就会显现。"

"轻"是卡尔维诺打开世界之门与打开文学之门的钥匙。他十分自信地以为，这个词是他在经历了漫长的人生与漫长的创作生涯之后而悟出的真谛。他对我们说，他找到了关于这个世界、关于文学的解。

我们也可以拿着这把钥匙打开卡尔维诺的文学世界——卡尔维诺将几乎全部文字都交给了幻想，而幻想是什么？幻想就是一种轻。

一个人坐在大树下或躺在草地上或坐在大海边幻想，此时，他的身体会失重，变得轻如薄纸，或者干脆，就完全失去重量。他会觉得，世界上的一切都是轻的，包括大山与河流。一切都可能飘动起来。这就是人们为什么常作这样一个比喻：张开幻想的翅膀。

幻想而产生的飞翔感，是令人心醉神迷的。

在卡尔维诺看来，文学的本质就是一种幻想，因此，也就是一种轻。他很少面对现实，进行依样画葫芦式的描摹。他的世界是在大胆地编织、大胆地演绎中形成的。当批评家们称《通向蜘蛛巢的小径》为写实主义作品时，我想，大概是从作品的精神而言，而不是从作品的情境与故事而言的。在幻想中，子爵被分成了两半而依然活在人世，成群涌动的蚂蚁在阿根廷横行肆虐，一座座不可思议的城市不可思议地出现在了云端。

幻想的背后是经验，是知识。但一旦进入幻想状态，我们似乎就并不能直接地具体地感受到经验与知识。它们是在那里自然而然地发生作用的，我们仿佛觉得自己有凭空创造的能力。先是一点，随即，不知于何时，这一点扩大了。幻想似乎有一种自在的繁殖能力。繁殖频率短促，一生二，二生三，三生无其数，一个个崭新的世界，就在一番轻盈之中出现了。

"轻"是卡尔维诺打开世界之门与打开文学之门的钥匙，也是我们打开卡尔维诺的文学世界的钥匙。

其实那些文学的巅峰性作家，其兴趣点、兴奋点差不多都是与我们一般人的兴趣点、兴奋点区别开来的。我读《契诃夫手记》，深有体会。你看他随手记下一个个词，一个个短句，就知道他看到的是什么——什么才是他以为重要的事情，而这些事情在我们一般人或一般作家的眼中是无足轻重的，我们甚至连看都没有看到，因为它们没有分量——它们实在太轻。记得这本书里头有一句没有上下文的话："一条小猎狗走在大街上，它为它的罗圈腿而感到害羞。"这些就是被常人忽略不计的轻，而卡尔维诺他们看我们之非看，叹息、微光、羽毛、飞絮，这一切微小细弱的事物，在他们看来恰恰包容着最深厚的意义。

"世界正在变成石头"。卡尔维诺说，世界正在"石头化"。我们不能将石头化的世界搬进我们的作品。我们无力搬动。文学家不是比力气，而是比潇洒，比智慧，而潇洒与智慧，都是轻。

卡尔维诺说："如果我要为自己走向2000年选择一个吉祥物的话，我便选择哲学家诗人卡瓦尔坎蒂从沉重的大地上轻巧而突然跃起这个形象。"令人遗憾的是，他未能活到2000年。

大与小

我们现在来读鲁迅——

在《高老夫子》中，鲁迅写道："不多久，每一个桌角上都点起一枝细瘦的洋烛来，他们四人便入座了。"

描写洋烛的颜色，这不新鲜；描写洋烛的亮光，这也不新鲜。新鲜的是描写洋烛的样子：细瘦的。这是一个很有耐心的人的观察。鲁迅小说被人谈得最多的当然是它的那些"宏大思想"，而鲁迅作为一个作家所特有的艺术品质，一般是不太被人关注的。这是一个缺憾，这个缺憾是我们在潜意识中只将鲁迅看成是一个伟大的思想家而不太在意他是一个伟大的文学家所导致的。我们很少想起：鲁迅若不是以他炉火纯青的艺术向我们展示了他的文字，他还是鲁迅吗？

作为作家，鲁迅几乎具有一个作家应具有的所有品质。而其中，他的那份耐心是很少有的。

他的目光横扫一切，并极具穿透力。对于整体性的存在，鲁迅有超出常人的概括能力。鲁迅的小说并不多，但视野之开阔，在现代文学史上却无人能望其项背，这一点早成定论。但鲁迅的目光绝非仅仅只知横扫。我们还当注意到他在横扫之间隙中或横扫之后的凝眸，即将目光高度聚焦，察究细部。此时此刻，那个敢于与整个世界为敌的鲁迅完全失去了一个思想家的焦灼、冲动与惶惶不安，而显得耐心备至、沉着备至、冷静备至。他的目光细读着一个个极容易被忽略的小小的点或是局部，看出了匆匆之目光不能看到的情状以及无穷的意味。这种时刻，他的目光会锋利地将猎物死死咬住，绝不轻易松口，直到读尽读透那个细部。因有了这种目光，我们才读到了这样的文字：

> 四铭尽量的睁大了细眼睛瞪着看得她要哭，这才收回眼光，伸筷自去夹那早先看中了的一个菜心去。可是菜心已经不见了，他左右一瞥，就发现学程（他儿子）刚刚夹着塞进他张得很大的嘴里去，他于是只好无聊的吃了一筷黄菜叶。（《肥皂》）

> 马路上就很清闲，有几只狗伸出了舌头喘气；胖大汉就在槐阴下看那很快地一起一落的狗肚皮。（《示众》）

鲁迅在好几篇作品中都写到了人的汗。他将其中的一种汗称为"油汗"。这"油汗"二字来之不易，是一个耐心观察的结果。这些描写来自目光的凝视，而又一些描写则来自心灵的精细想象：

……一支箭忽地向他飞来。

羿并不勒住马，任它跑着，一面却也拈弓搭箭，只一发，只听得铮的一声，箭尖正触着箭尖，在空中发出几点火花，两支箭便向上挤成一个"人"字，又翻身落在地上了。

（《奔月》）

小说企图显示整体，然而，存在着但仿佛又是无形的整体是难以被言说的。我们在说《故乡》或《非攻》时，能说得出它的整体吗？当你试图进行描述时，只能一点一点地说出，而此时，你会有一种深切的感受：一部优秀的小说的那一点一点，都是十分讲究的。那一点一点都显得非同一般、绝妙无比时，那个所谓的整体才会活生生地得以显示，也才会显得非同寻常。这里的一点一点又并非仓库里的简单堆积，它们之间的关系、互相照应等，也是有无穷讲究的。在它们的背后有一个共同的基本原则、基本美学设定和一个基本目的。它们被有机地统一起来，犹如一树藏于绿叶间的果子——它们各自皆令人赏心悦目，但它们又同属于同一棵树——一树的果子，或长了一树果子的树，我们既可以有细部的欣赏，也可以有整体的欣赏。但这整体的欣赏，不管怎么样，都离不开细部的欣赏。

就人的记忆而言，他所能记住的只能是细部。当我们在说孔乙己时，我们的头脑一片空白，我们若要使孔乙己这个形象鲜活起来，我们必须借助于那些细节，比如"窃书不能算偷……窃书！……读书人的事，能算偷么"；比如孔乙己伸开五指将装有茴香豆的碟子罩住，对那些要讨豆吃的孩子说"不多不多！多乎哉？不多也"；再比如孔乙己对掌柜说"温碗酒，要一碟茴香豆"，便"排出九文大钱"。"排"这动作很小，几乎微不足道，可这一小小动作背后，却含义无穷：它意味着孔乙己的经济地位与能力，他很穷，贫穷到寒酸，他不可能做出一掷千金的派头，而只能算好了一个钱一个钱地去花；可他又是一个小知识分子，小知识分子有小知识分子的尊严和必要的体面，他不可能与同样是贫者的普通劳动阶级一样，他不能粗野，他的动作应当是文雅的、精致的，所以是"排"出几文大钱而不是"扔"出几文大钱。

人的性格、精神，就是出自这一个一个的细节，那些美妙的思想与境界，也是出自这一个一个的细节。

鲁迅小说的妙处之一，就在于我们阅读了他的那些作品之后，都能说出一两个、三四个细节来。这些细节将形象雕刻在我们的记忆里。

在小说创作中，大与小之关系，永远是一个作家所面对的课题。大包含了小，又出自小；大大于小，又小于小……若要将这里的文章做好，并非易事。

（"大与小"这部分文字与后面"细瘦的洋烛"及其他中部分文字重合，为保持本篇文章完整性，特此说明。）

正面与侧面

博尔赫斯的视角永远是出人意料的。他一生中，从未选择过大众的视角——正面打量这个世界的视角。当人们人头攒动地挤向一处，去共视同一景观时，他总是闪在一个冷僻的无人问津的角度，去用那双视力单薄却又极其敏锐的眼睛去凝视另样的景观。他去看别人不看的、看出别人看不出的。他总有他自己的一套——一套观察方式、一套理念、一套词汇、一套主题……

在他所青睐的意象中，"镜子"则是最富有个性化的意象。镜子几乎是这个世界之本性的全部隐喻。博尔赫斯看出镜子的恐怖，是在童年时代。他从家中光泽闪闪的红木家具上，看到了自己朦胧的面庞与身影。他望着"红木镜"中的影子，心如寒水中的水草微微颤索。

他一生都在想摆脱镜子，然而他终于发现，他就像无法摆脱自己的影子一样无法摆脱它。闪亮的家具、平静的河水、光洁的石头、蓝色的寒冰、他人的双眼、阳光下的瓦片、打磨过后的金属……所有这一切都可成为镜子，映照出他的尊容甚至内心，也映照出这个世界上的所有。宇宙就仿佛是个周围嵌满镜子的玻璃宫殿。人在其间，无时无刻不在受着镜子的揭露与嘲弄。

镜子还是污秽的，因为它具有生殖、繁衍的功能。

博尔赫斯一向害怕镜子，还因为它的生殖只是一种僵死的复制——他"害怕自己遭到复制"。在镜子中，他倘若能看到一个与自己有差异的形象，也许他对镜子就并不怎么感到可怕了，使他感到可怕的是那个镜子中的形象居然就是他自己的纯粹翻版。博尔赫斯也许是世界上最早的对"克隆"提出哲学上的、伦理学上的疑义的人之一。"复制""重复""循环""对称"，这些单词总是像枯藤一般纠缠着他的思绪与灵魂，使他不能安宁。他希望博尔赫斯永远只能有一个，就像造物主只有一位一样，而不想看到"分裂"，看到无数的"同样"。

说到博尔赫斯，我就要说他的眼睛。因家族遗传，他失明了。坐在椅子上的博尔赫斯，身着西装，面孔微微上扬——这是一个安静的盲人形象。他的眼睛曾有过十分明亮的时候，但他看到的不是这个世界的正面——就他没有看到正面而言，其实他的眼睛早就瞎了。他的心灵之光，却一直亮着，但这束心灵之光所投射之物，往往是这个世界的侧面和背面（"嫦娥四号"探测器登陆的是月球的背面——听说登陆月球背面的难度要比登陆月球的正面大得多）。与博尔赫斯相反，我们面对正面的眼睛也许是雪亮的，而面对侧面或背面，只是瞎子。说到这里，自然联想到帕慕克[1]的《我的名字叫红》。这部帕慕克的代表作，是围绕穆斯林的特有艺术——细密画而展开的。其中有一个见解在该书中反复出现，即：一个真正的细密画大师，往往都要等到他双目失明、成为一个瞎子之后才能抵达艺术的最高境界。比如画马，真正的艺术之马，是心灵世界的马。这一见解十分有趣，也非常智慧、富有哲理。我们的目光是不是过于明亮了？我们就是用这样的目光看这个世界的，但遗憾地是我们看到的只是正前方的庞然大物。它构成了强大的吸引力，一下子吸引了我们明亮的目光，以至于使我们无法转移视线再看到其他什么。

我们都有这样的经验：正前方矗立的事物，都具有方正、笨重、体积巨大、难以推动等特性。大，但并不一定就有内容，并可能相反，

---

[1] 帕慕克：费利特·奥尔罕·帕慕克（Ferit Orhan Pamuk），1952年6月7日生于伊斯坦布尔，土耳其当代最著名的小说家，西方文学评论家将他与马塞尔·普鲁斯特、托马斯·曼、卡尔维诺、博尔赫斯、安伯托·艾柯等相提并论，称他为当代欧洲最核心的三位文学家之一。

它们是空洞的,并且是僵直的,甚至是正在死亡或已经死亡了的。

所以卡尔维诺在分析传说中的珀尔修斯时说,他的力量就正在于"始终拒绝正面观察"。

我对这句话的理解是,他并非在否定正面观察,而是在告诉我们一个秘密:对正面的有效书写,恰恰需要从侧面或背面加以观察。

我们是否也会像常人一样,非常容易地站在大路中央而不太容易站在一个偏僻的,甚至刁钻的、难以想到的角度去看这个世界呢?比如站在风车上?比如站在大河中央的一根废弃的桥桩上?比如坐到井里去——坐井观天?我在讲"小说的艺术"这门课时,曾问我的学生们:你有过爬到未名湖边博雅塔的塔尖上一览天下的念头吗?

2019年3月在剑桥大学演讲

05

经典赏析

人屡经挫折,却又为什么能够继续保持生存的欲望?那是因为造物主在设计「扑空」这一存在形式时,又同时在人的身上设计了憧憬的机制。

回到『婴儿状态』
——读沈从文

◆一

　　沈从文似乎很可笑。初恋时，他向恋人频频献上赶制的旧诗，即便是小城被土匪围困，空中飞着流弹，他也不能放下这种事情，而那个恋人的弟弟在他昏头昏脑的恋爱季节，巧妙地弄去他不少钱，他竟然迟迟不能发觉。他第一次上讲台，竟然发懵十分钟，说不出一句话来。勉强讲了一阵儿又终于无话可说，在黑板上写了一行字："我第一次上课，见你们人多，怕了。"在向他的学生张兆和求爱时，他竟然对他的教员身份毫无顾忌，正处懵懂的张兆和把他的信交给了校长胡适，他也未能放弃他的追求……面对这些故事，我觉得沈从文是个呆子，是个孩子。

　　初读他的小说时，最使我着迷的，就是他的那份呆劲和孩子的单纯。近来读沈从文的文论，觉得他的一句话为我们说出了一句可概括他之小说艺术的最恰当的术语："我到北京城将近六十年，生命已濒于衰老迟暮，情绪却始终若停顿在一种婴儿状态中。"这"婴儿状态"四字逼真而传神，真是不错。

婴儿状态是人的原生状态。它尚未被污浊的世俗所浸染。与那烂熟的成年状态相比，它更多一些朴质无华的天性，更多一些可爱的稚拙和迷人的纯情。当一个婴儿用了他清澈的目光看这个世界时，他必定要省略掉复杂、丑陋、仇恨、恶毒、心术、计谋、倾轧、尔虞我诈……而在目光里剩下的，只是一个蓝晶晶的世界，这个世界十分的清明，充满温馨。与如今的"现代主义"的文学作品（这路作品的全部心思是用在揭示与夸大世界的卑鄙与无耻、阴暗与凶残、肮脏与下作上的）相比较，沈从文小说的婴儿状态便像一颗水晶在动人地闪烁着。沈从文写道，这是一个"安静和平"的世界。在这个世界里，人人都有一副好脾气，好心肠，很少横眉怒对，剑拔弩张，绝无"一个个像乌眼鸡，恨不得你啄了我，我啄了你"的紧张与恐怖。"有人心中不安，抓了一把钱掷到船板上"，而"管渡船的必为一一拾起，依然塞到那人手里去，俨然吵嘴时的认真神气：'我有了口粮，三斗米，七百钱，够了！谁要你这个?！'"老船夫请人喝酒，能把酒葫芦喝丢了。这边地即便是做妓女的，都"永远那么深厚""守信自约"。早在《边城》发表时，就有人怀疑过它的真实性。可是，我们想过没有，一个婴儿的真实与一个成年人的真实能一致吗？成年人看到的是恶，婴儿看到的是善，但都是看到的，都是真实的。孩子的善良，会使他去帮助一个卖掉他的人贩子数钱，这还有假吗？这婴儿的目光，注定了他要少看到许多，又要多看到许多（有一些，是婴儿状态下的心灵所希望、所幻化出的，婴儿的特性之一便是充满稚气的如诗如梦的幻想）。

婴儿的目光看到的实际上是一个人类的婴儿阶段——这个阶段实际上已经沦丧了。沈从文喜欢这个阶段，这种心情竟然到了在谈论城里的公鸡与乡村（沈从文的"乡村"实际是人类的婴儿阶段）的公鸡时，都偏执地认为城里的公鸡不及乡下的公鸡。

抓住了"婴儿状态"这一点，我们就能很自然地理解沈从文为什么喜欢写那些孩子气的、尚未成熟的（他似乎不太喜欢成熟）小女人。萧萧（《萧萧》）、三三（《三三》）、翠翠（《边城》）……写起这些形象来，沈从文一往情深，并且得心应手（沈从文的小说人物形象参差不齐，一些小说中的人物很无神气）。这些小女人，为完成沈从文的社会理想与艺术情趣，起了极大的作用。当我们说沈从文是一个具有特色的小说家时，是断然离不开这些小女人给我们造成的那种非同寻常的印象的——我们一提到沈从文的小说，马上想起的就是萧萧、三三、翠翠。这些情窦欲开未开的小女人，皆有纯真、乖巧、心绪朦胧、让人怜爱之特性。最使人印象深刻的自然还是那股孩子气——女孩儿家的孩子气。

《边城》等将这些孩子气写来又写去。

这些女孩儿似乎永远也不会成为成熟的妇人。她们将那份可爱的孩子气显示于与亲人之间，显示于与外人之间，或显示于与自然之间。她们令人难以忘怀之处，就在于她们是女人，却又是未长成的女人——孩子——女孩子。女性是可爱的，尚未成熟的带着婴儿气息的女性更是可爱的。因为，她们通体流露着人心所向往所喜欢的温柔、天真与纯情。她们之不成熟，她们之婴儿气息，还抑制了我们的邪恶欲念。世界仿佛因有了她们，也变得宁静了许多，圣洁了许多。

沈从文的婴儿状态，使他自然而然地选择了女孩儿。她们在沈从文小说中的存在，将"婴儿状态"这样一个题目显示于我们，令我们去做。

二

话题要转到柔情上来，那些女孩儿，都是些柔情的女孩儿。但沈从文未将这份柔情仅仅用在女孩儿的身上。柔情含在他的整个处世态度之中，含在作品的一切关系之中。因此，我把在上一部分中该说的柔情分离出来，放到这一部分里一并来说。

沈从文曾写过一篇题为《我的写作与水的关系》的文章。文中说道："我学会用小小脑子去思索一切，全亏得是水。我对于宇宙认识得深一点，也亏得是水。"他所写的故事，也多数是水边的故事。他最满意的文章是常用船上、水上作为背景的文章。他说："我文字风格，假若还有些值得注意处，那只是因为我记得水上人的言语太多了。"沈从文爱水，而水的一大特点就是它具有柔性（遇圆则圆，遇方则方，顺其自然。故老子用水来比喻最高的品质：上善若水）。这水上的人与事，便也都有了水一般的柔情。一部《边城》，把这柔情足足体现出来的，自然是翠翠：

翠翠在风日里长养着，把皮肤变得黑黑的，触目为青山绿水，一对眸子清明如水晶。自然既长养她且教育她，为人天真活泼，处处俨然如一只小兽物。人又那么乖，如山头黄麂一样，从不想到残忍事情，从不发愁，从不动气。平时在渡船上遇陌生人对她有所注意时，便把光光的眼睛瞅着那陌生人，作成随时都可举步逃入深山的神气，但明白了面前的人无机心后,就又从从容容地在水边玩耍了。

翠翠对老船夫的昵近,与水与船与一草一木的亲切,一举一动,都显出一番柔情来。一段对狗的小小批评,都能使我们将一种柔情极舒服地领略:

> 翠翠带点儿嗔恼地跺脚嚷着:"狗,狗,你狂什么? 还有事情做,你就跑呀!"于是这黄狗赶快跑回船上来,且依然满船闻嗅不已。翠翠说:"这算什么轻狂举动! 跟谁学得的! 还不好好蹲到那边去!"

在沈从文这里,柔情是一种最高贵也最高雅的情感。他用最细腻的心灵体味着它,又用最出神的笔墨将它写出,让我们一起去感应,去享受。这种情感导致了三三、翠翠以及翠翠的母亲这样一些女性形象。这些形象,都不能让人产生强烈的如痴如醉的爱,而只能产生怜爱。

对这种情感的认定,自然会使沈从文放弃"热情的自炫",而对一切采取"安详的注意"。翠翠她们的柔情似水,来自沈从文观察之时的平静如水。他用了一种不焦躁、不张狂、不亢奋的目光去看那个世界——世界不再那么糟糕那么坏了。"黄昏照样的温柔、美丽和平静","身边草丛中虫声繁密如雨,间或不知道从什么地方,忽然会有一只草莺'落落落落嘘'啭着它的喉咙,不久之间,这小鸟又好像明白这是半夜,不应当那么吵闹,便仍然闭着小小的眼睛安睡了"……自然界如此幽静迷人,人世间也非充斥着恶声恶气,人们互助着,各自尽着一份人的情义。

　　表现在语言上，沈从文去掉了喧嚣的词藻，去掉了色彩强烈的句子，只求"言语的亲切"。那些看来不用心修饰而却又是很考究的句子，以自然为最高修辞原则，以恬静之美为最高美学风范，构成了沈从文的叙事风格。这语言的神韵倾倒了20世纪80年代一批年轻小说家。

　　这份柔情是浪漫主义的。人们一般不会将《边城》一类的作品当浪漫主义的作品来读。因为在一般人的心目中，浪漫主义是热烈浓艳、情感奔放的，殊不知还有一种淡雅的浪漫主义。前种浪漫主义倾注于浓烈的情感（爱得要死，恨得要命），而后一种浪漫主义则喜欢淡然写出一份柔情。不管是哪一种，一个共同的特点就是理想化，都要对现实进行过滤或裁剪，或根据心的幻想去营造一个世界。这"边城"或者没有，或者有过，但已消失在遥远的昨天了。

二

　　说了"婴儿状态"与"柔情"的话题，一个疑问也便出现了：这沈从文目睹了"人头如山，血流成河"的屠杀场面以及诸多丑恶的人与事，他一生坎坷，常在贫困流浪之窘境中，且又不时被小人戏弄与中伤，是是非非，在人际之间行走如履薄冰……这世界呈现于他的分明是暴虐，是凶残，是种种令人所不齿的勾当，而他却何以总是处在婴儿状态之中，又何以将世界看得如此柔情动人？他的沉重呢？他的大悲与慨叹呢？因为沈从文不能被准确地理解，早在当年就遭到人的质疑。

　　沈从文也没得遗忘症，怎么能忘掉这一切？我们何以不能换一种思路去追究一下？他并非遗忘，而只是不说而已（"文革"之后，当一些人不免夸大地向人诉说自己的遭遇时，他却很少去向人诉说这场苦难）。他在《丈夫》中曾概括过一个水保："但一上年纪，世界成天变，变来变去这人有了钱，成过家，喝过酒，生儿育女，生活安舒，慢慢地转成一个平和正直的人了。"这段话实际上是说一个人在这个世界上好好经历过了，便会起一种精神上的转折。沈从文将这世界看多了，便也变得心胸豁达，去尽了火气。他不再会大惊小怪了，能用冷静的目光看待一切了。他已完成了一个从婴儿状态过渡到成人状态、又过渡到婴儿状态（当然不是原先的婴儿状态）的过程。这种不成熟，实际上是一种超出成熟的成熟。"仁者乐山，智者乐水"。那如水的品质，是智者的品质。

谁要以为沈从文是个呆子，那他可才是个呆子。他的一生，曾被人理解为软弱，其实并非软弱，而是一片参透世界、达观而又淡泊的心境。所以，沈从文才说："但是我为自己，除了我的软弱之外，我并不夸口。"大智若愚，他的呆，已是进入了一种高境界的呆。

对于他对柔情的偏爱，我们何不作这样的解释：世界既日益缺少这些，文学何不给人们创造这些？与其将文学当成杠杆、火炬、炸药去轰毁一个世界，倒不如将文学当成驿站、港湾、锚地去构筑一个世界。

再说了，沈从文的所谓遗忘，也仅仅是表面的。他深深感受到的东西，竟如刻骨铭心一般并且顽强地渗透在他的《边城》等作品之中。他对那些不能真正体味他作品的"城里人"说："你们能欣赏我故事的清新，照例那背后蕴藏的热情却忽略了；你们能欣赏我文字的朴实，照例那作品背后隐伏的悲痛也忽略了。"他的作品背后有着极现实又极恒定的东西。这些东西，是一些人生的基本形式和人类的基本生存状态。比如说隔膜，沈从文小说的表面生活是平和的、温情脉脉的（《边城》始终处在一派淳朴之气中）。然而这淳朴之气下面，却是深深的隔膜（几乎是"存在主义"的隔膜）。顺顺与二老的隔膜，二老与大老的隔膜，二老与翠翠的隔膜，二老与老船夫的隔膜，老船夫与顺顺的隔膜，老船夫与翠翠的隔膜，翠翠与整个世界的隔膜（甚至与她自己都有隔膜）……注定了一切都将在悲剧中了结（一种比啼哭与嚎叫深刻得多的悲剧）。

沈从文以为朱光潜先生对他所作的断语最在本质上：深心里，是个孤独者。

这种孤独感散发在《边城》的字里行间。《边城》——这"边"字，就有了一丝孤独。作品一开头："塔下住了一户单独的人家。这人家只一个老人，一个女孩子，一只黄狗。"这孤独便又深了点。那独立山头的白塔，那类似于"野渡无人舟自横"的渡口景象，那一幅幅黄昏与夜晚的凄清幽远的景色……无一莫把孤独托现出来。作品最后，是一个无底的企盼（张得蒂的雕塑《边城》以翠翠的盼望做画面，极传《边城》之神），回顾了这一切，谁还能说沈从文轻呢？

四

但，沈从文对我们目力所及的世界确实做了淡化处理。他省略掉或虚写了一般意义上的灾难与痛苦，每写到这些地方都是轻描淡写地交代一下，一滑而过，从不滞留于这些地方，更不铺陈其事，做煽情的把戏。对此，我更愿从艺术上来分析。

我以为艺术——至少有一路艺术，必须对生活进行降格处理。当生活中的人处在悲苦中时，艺术中的人却只应该处于忧伤中。在生活中，这个人可号啕，而在艺术中，这个人却只应该啜泣。一些港台影视使人感到浅薄与肉麻，其原因正在于它们不谙艺术之道，对生活非但没做降格处理，也不是同格复印，却做了升格处理。生活中那个人都未达到大放悲声之地步，艺术倒让他泪雨滂沱，哭得不成体统。这就毁了艺术。中国当代文学性格浮躁之根本原因，也正在于此。它恣意渲染苦难，并夸大其词，甚至虚幻出各种强烈的情感。这种放纵情感而不加节制的做法，使它永不能摆脱掉轻佻与做作的样子。

不免又要提莱辛[1]的《拉奥孔》。此书解读了古希腊的"冲淡"美学观。莱辛总结道，造型艺术只能选用某一顷刻，而这一顷刻最好是燃烧或熄灭前的顷刻。因为"在一种激情的过程中，最不能显出这种好处的莫过于它的顶点。到了顶点就到了止境，眼睛就不能朝更远的地方去看，想象就捆住了翅膀……"莱辛是针对造型艺术说的。其实语言艺术何尝不需如此？几年前，我曾对沈从文的门徒汪曾祺的小说做过概括：怒不写到怒不可遏，悲不写到悲不欲生，乐不写到乐不可支。我以为汪曾祺的意义，正在于他晓得了艺术。从前，我们总以为，艺术要比生活更强烈，殊不知，真正的艺术恰恰是比生活更浅淡。

《边城》是降格之艺术的一个经典。

---

[1] 莱辛：戈特霍尔德·埃夫莱姆·莱辛（Gotthold Ephraim Lessing，1729年1月22日—1781年2月15日），是德国启蒙运动时期最重要的作家和文艺理论家之一，他的剧作和理论著作对后世德语文学的发展产生了极其重要的影响。主要作品有《年轻的学者》《犹太人》《拉奥孔》。

多田和麦德忽然时时同一齐苍茫处眺望。这时，他们又会想起奶奶，心里不免一阵忧愁……奶奶在哪儿呢？这方无边无际，这不世界太大太大。

他们就会赶紧将屋脊弱的目光从苍茫中收回，看眼前的，在身旁的野花，在身边的树上，飞翔的松鼠，还有在首下地上摇曳摆动的马，要么就去看那些跟在着的，肥大的三叶风这的马。

他们不约地见到远处白色的风车，天（天）空地，在高高宽宽的山坡上，安静地转动着……再不身旁到处是城市和寂寞了。

外头条路好像是昨晚上才刚经铺就，黑黑的，亮闪闪的。经中间的那道黄线，更像是金无度是他才向上去的。麦德开始都不敢将脚踩在上面，直到用脚试了试，见没有留下脚印，才放心地走上去。终于几乎没有人，只偶尔有一辆车开去。

苹原空旷，他们一点儿也不害怕，因为，他们会不时地看见一个小小的村庄，人在高处走，看到的是红瓦直戊的屋顶，眼看定们，觉得很温暖。

——摘自「樱桃小庄」

唐文郎

二○二○年五月二十八日

面对微妙
——读钱锺书《围城》

由于意识形态方面的原因，钱锺书的《围城》在过去各种各样的关于中国现代文学史的著作中，几乎没有被给予位置，甚至被忽略不计（同样影响了当代许多作家的沈从文先生居然也只是被轻描淡写地提及），而一些现在看来无论在思想上还是在艺术上都无太大说头的作家，却被抬到了吓人的位置上。如果就从这一点而言，"重写文学史"又何以不可呢？《围城》固然不像夏志清教授推崇的那样"空前绝后"，但，不能不说它确实是中国现代文学史上的一个奇迹。它的不可忽略之处，首先在于它与那个时代的不计其数的文学作品鲜明地区别开来，而成为一个极其特殊的现象——从思想到叙事，皆是一种空前的风格，我们很难从那个时代找出其他作品与之相类比。

在《围城》走俏的那段时间里，出来了许多关于《围城》的文章，但大多数是谈《围城》的那个所谓"鸟笼子"或"城堡"主题的。人们对这样一个主题如此在意（似乎《围城》的性命一大半是因为这个主题所作的担保），仔细分析下来，并不奇怪。中国当代作家与中国当代读者都写惯了、读惯了那些形而下的主题，突然面对这样一个如此形而上的主题，自然会产生新鲜感，并为它的深刻性而惊叹。况且，这部作品早在几十年前就问世了——几十年前，就能把握和品味这样一个充满现代哲学意味的主题，便又让人在惊叹之上加了一层惊叹（一些新时期的作家还对这一主题作了生硬而拙劣的套用）。而我看，《围城》之生命与这一主题当然有关，但这种关系并非像众多评论者所强调的那样不得了的重要。且不说这一主题是舶来品，就说《围城》的真正魅力，我看也不在这一主题上。若不是读书家们一再提醒，一般读者甚至都读不出这一主题来。《围城》最吸引人的一点——如果有什么说什么，不去故作高深的话——就是它写出了一些人物来。我们的阅读始终是被那些人物牵引着的。

其实，钱锺书本人的写作初衷也是很清楚的："在这本书里，我想写出现代中国某一部分社会，某一类人物。写这类人，我没忘记他们是人类，只是人类，具有无毛两足动物的基本根性。"

这些年，中国的现代派小说家们横竖不大瞧得起"小说是写人的"这一传统定义了。他们更热衷于现代主题、叙事和感觉方面的探索。他们的小说再也不能像从前的小说那样，在你阅读之后一些人物永存记忆而拂之不去了（记住的只是一些零碎的奇异的感觉和一些玄学性的主题）。把"小说是写人的"作为全称判断和金科玉律，恐怕不太合适。但，完全不承认"小说是写人的"，恐怕也不合适。依我看，写人大概还是小说这样一种文学样式的一个很重要的选择。创新并不意味着抛弃从前的一切。有些东西，是抛弃不掉的，就像人不能因为要创新而把饮食也废除掉一样（不能说饮食是一种陈旧的习惯）。"创新之狗"已撵得中国的作家停顿不下，失却了应有的冷静。这样下去，恐怕要被累坏的。

人还是很有魅力的，并且人类社会也最能体现这个世界的复杂难读。不能全体反戈一击，都将人打出它的领域。毋庸置疑，《围城》的生命，主要是依赖方鸿渐一伙人而得以存在的。钱锺书苦心设置并认真地对付着书中的任何一个人（真是一丝不苟）。方鸿渐、赵辛楣、苏文纨、孙柔嘉几个主要人物如网中欲出水却又未出水的鱼一般鲜活，自不必说，即使一些过场的、瞬间就去的人物，也一个个刻画得很地道（如鲍小姐、曹元朗、褚慎明等）。就刻画这些人物而言，钱锺书的功夫已修炼得很到家了。

钱锺书对人这种"无毛两足动物"，是不乐观的。他宁愿相信荀子而不相信孟子。《围城》将"人性恶"这一基本事实，通过那么多人物的刻画，指点给我们。凡从他笔下经过的人物，无一幸免，一个个皆被无情地揭露了。但，他未像今天的小说家们一写起人性恶来就将其写得那么残忍，那么恶毒，那么令人绝望。他的那种既尖刻又冷酷的刻画，似乎更接近事实，也更容易让人接受。写什么，一旦写绝了，失却弹性，总是一件不太理想的事情。写人更不能写绝了。一写绝了，也就没有琢磨的味道了。《围城》中人，至今还使人觉得依然游动于身旁，并且为外国人所理解，原因不外乎有二：一，写了人性；二，写的是人类的共同人性。我们有些小说家也写人，但却总抵达不到人性的层面，仅将人写成是一个社会时尚的行动实体（比如柳青笔下的梁生宝）。结果，人物仅有考证历史的意义（我曾称这些人物为"人物化石"）。即使写了，又往往不能抵达人类共同人性的层面，结果成为只有中国人能理解的人。

这种人性，如果称作民族性格可能更为准确。《围城》妙就妙在这两个层面都占，并且又把民族特有的性格与人类的共同人性和谐地糅在了一块儿。中国读《围城》，觉得《围城》是中国的。世界读《围城》，又觉得《围城》是世界的。

二

《围城》是一部反映高级知识分子生活的长篇小说。

近几年，常听朋友们说：中国当代小说家，写了那么多关于农民和市民的长篇小说，并且有很成功的（主要是新时期的小说），为什么却没有一部很像样的写高级知识分子的长篇小说？（本人就不止一次地被人问过：你为什么不写一部反映大学教授生活的作品？）也有回答，但这些回答似是而非。照我的朴素之见：形成如此事实，乃是当代小说家们自知笔力薄弱所致。农民和市民总容易把握一些，而知识分子——特别是高级知识分子太难以把握了。

道理很简单，知识分子因为文化的作用，有了很大的隐蔽性。他们比一般乡下人和一般市民复杂多了。他们总是极婉转极有欺骗性地流露着人性，你洞察力稍微虚弱一些，就不能觉察到他们的那些细微的心态和动作。另外，用来叙述这个世界的话语，也是很难把握的。一个小说家的文化修养如未到达一定限度，是很难找到一套用以叙述这个世界的话语的。而那种乡土的以及胡同的话语，如你有一定的生活经验，相对而言，就容易掌握多了。《围城》似乎也只有出自一个学贯中西的学人之手。

米兰·昆德拉总写那些文化人。对此，他有一个很清醒的认识：因为这些人更具有人类的复杂性。世界的复杂性，得由这些具有复杂性的人物呈现。中国当代小说的弱点，却正在于几乎把全部的篇幅交给了农民和市民（主要是农民）。有人以"中国本是农业国"来为这一现象进行辩解，一部分是出于事实，一部分却是出于掩饰自己不胜写文化人生活的虚弱。《围城》这种如此深透并驾驭自如地写文化人生活的长篇小说，几乎是绝无仅有。方鸿渐比陈奂生难研究，又比陈奂生有研究头，这大概是推翻不了的事实。

二

连续不断地扑空，构成了一部《围城》。所谓扑空，就是一种努力归于无用，一个希望突然破灭，一件十拿九稳的事情在你洋洋得意之时，倏忽间成为逝去的幻景。打开《围城》，我们可以看到一个又一个的扑空圈套。就方鸿渐而言，他的全部故事就是一个又一个扑空的呈示：海轮上，他与鲍小姐相逢，并有暧昧关系，然而那鲍小姐登岸后，居然不再回头瞧他一眼；大上海，他全心全意爱恋唐晓芙，结果却是遭唐晓芙一顿奚落和指责，只留下心头长久隐痛；他与孙柔嘉的结合，只是陷入一种绝望和失落；他原以为要做教授，结果只勉强做了个副教授；他准备好了一大套言辞，决心在高松年续聘他时，好好报复一下高松年，然而那高松年却像忘了他似的并不将他续聘……其他一些人物，也不过是扑空游戏中的一个个角色而已：赵辛楣紧追苏文纨，半道上，苏文纨突然闪到一旁跟了曹元朗；李梅亭来了三闾大学，春风得意，但很快得知，他的文学主任之位子已被人抢先一步占了……

那个所谓的"鸟笼子"和"城堡"主题，实际上也就是一个关于扑空的主题。

"理想不仅是个引诱，并且是个讽刺。在未做以前，它是美丽的对象；在做成之后，它变为惨酷的对照。"（《围城》）说到底，扑空是人类的一种存在形式，《围城》则是对这一存在形式的缩影。人屡经挫折，却又为什么能够继续保持生存的欲望？那是因为造物主在设计"扑空"这一存在形式时，又同时在人的身上设计了憧憬的机制。人有远眺的本能。当一个目标成为泡影时，人又会眺望下一个目标。憧憬与扑空构成一对永恒的矛盾，在它们之间产生了一种张力，这种张力推动着生命。憧憬—扑空—再憧憬—再扑空……这便是人的生命的线索。如果让人放弃憧憬，除非有一次过于"惨酷"的扑空，使人完全失去心理平衡。方鸿渐的最后一次扑空似乎已达到了摧毁他的力量，以至于他在扑空之后，万念俱灰，陷入死一般的沉睡之中，对未来不再作任何憧憬了。

扑空似乎又是长篇小说推进叙事的一个经常性的动力。从某种意义上讲，长篇小说的结构就是扑空圈套的联结。长篇小说不停地叙述着一个比一个大的扑空，我们的阅读过程抽象出来就是：期待—消解—再期待—再消解……而这种结构又如我们上面所说，是存在使然。长篇小说对存在的隐喻能力，自然要强于短篇小说。

四

读《围城》，你会引申出一个概念：小说是一种智慧。

熟读《围城》之后，你会记住很多议论生活、议论政治、议论时尚、议论风俗人情等的话语和段子。这些话语和段子，自然地镶嵌于叙述与对话之中，从而创造了一个夹叙夹议的经典的小说文本。有一种小说理论，是反对小说有议论的。这种理论认为，小说的责任就是描述——小说的全部文字的性质，都只能是描述性的，而不能是判断性的。眼下，一些批评家借用叙事学理论所阐发的观点似乎又有这样一条：夹叙夹议是一种全知全能的叙述，而全知全能的叙述，是权威主义所导致的。这种理论认为，这样一种叙述，多多少少地表明了叙述者对存在之认识的肤浅——存在是不确定的，一切皆不可测，而这种叙述居然用了万能的上帝的口吻！这种理论似乎暗含这样的意思：权威话语的放弃，是小说的历史进步。对这种理论，我一直觉得它不太可靠，甚至觉得它多少有点故作深刻。什么叫小说？我极而言之说一句：小说就是一种没有一定规定的自由的文学样式。对上面那样一种小说理论，只需抬出一个小说家来，就能将其击溃：米兰·昆德拉。他的全部小说，都是夹叙夹议的（其中还掺进许多几乎是学术论文那样的大段子），都是用了权威的口吻（他大谈特谈"轻""媚俗"之类的话题），他的形象就是一个俯瞰一切、洞察一切的上帝形象。其实，人读小说，都是求得一种精神享受，鬼才去考究你的叙述为哪一种叙述、叙述者又是以何种姿态进入文本的。鬼才会觉得那种权威话语对他不尊重而非要所谓的"对话"。再说，人总是要去说明和理解这个世界的，这是任何人也不可阻挡的欲念。在这种情况之下，有着米兰·昆德拉创作的这些智慧型小说，难道不是件很叫人愉快的事情吗？他的那些形象化的抽象议论，常如醍醐灌顶，叫人惊愕，叫人觉醒，叫人产生思想上的莫大快感，那些批评家们不也连连称颂吗？

我认为，小说之中，就该有《生命中不能承受之轻》《围城》一路的小说。

如果说米兰·昆德拉的小说所呈现的是一种纯粹的西方智慧，那么，钱锺书的小说所呈现的则是一种东西方杂糅的智慧。那些话语和段落（关于哲学、关于政治家、关于不言与多言、关于文凭的意义、关于女人如何贴近男人等），闪现着作者学贯中西之后的一种潇洒和居高临下的姿态。与那些近乎于书呆子、只有一些来自书本上的智慧的学者相比，钱锺书又有着令人惊叹的生活经验。他的那些智慧染上了浓重的生活色彩（关于女人的欲望，关于女人喜欢死人，关于旅行的意义等）。

不少人对钱锺书在《围城》中掉书袋子颇有微词，对此，我倒不大以为然。问题应当这样提出：掉了什么样的书袋子？又是如何掉书袋子的？如果书袋子中装的是一些智慧，而这些智慧又是那样恰到好处、自然而然地出现于故事中间，耀起一片片光辉，又为何不能呢？学人小说，是必然要掉书袋子的。

掉书袋子反而是学人小说的一个特色。我倒很喜欢他的咬文嚼字，觉得这本身就是一种智慧。他把一个一个字、一个一个句子、一个一个典故拿来分析，使我们从中看出许多有趣的问题来。阅读《围城》，常使我想到米兰·昆德拉。他的小说中，就有许多词解。一个个词解，便是一个个智慧。

钱锺书叫人不大受用的一点，大概是他让人觉得他感觉到自己太智慧了。那种高人一等的心理优越感，让人觉得有点过分。他对人和世界的指指点点，也使人觉得太尖刻——尖刻得近乎于刻薄了。不过，对《围城》全在什么人看，不同的人会有不同的感觉。

《围城》最让我欣赏的还是它的微妙精神。我高看《围城》，很大程度上就是因为这一点。写小说的能把让人觉察到了却不能找到适当言辞表达的微妙情绪、微妙情感、微妙关系……一切微妙之处写出来，这是很需要功夫的。

小说家的感应能力和深刻性达不到一定份上，是绝对写不出这一切的。而一旦写出了，就意味着这位小说家已经进入很高的小说境界了。《红楼梦》之所以百读不厌，越读越觉精湛，其奥秘有一半在于它的微妙。我几次重复过我曾下过的一个结论：一个艺术家的本领不在于他对生活的强信号的接收，而在于他能接收到生活的微弱信号。中国当代小说家的薄弱之处，就正在于他们感觉的粗糙，而缺乏细微的感觉。他们忙于对大事件、大波动的描述，而注意不到那些似乎平常的生活状态和生存状态，注意不到那些似乎没有声响、没有运动的事物和人情。而事实上，往往正是这些细微之处藏着大主题、大精神和深刻的人性以及人的最基本的生存方式。

钱锺书写微妙的意识很执着。《围城》选择的不是什么重大题材，也无浓重的历史感。它选择的是最生活化的人与事。在写这些人与事时，钱锺书写微妙的意识一刻不肯松弛，紧紧盯住那些最容易在一般小说家眼中滑脱掉的微妙之处。他要的就是这些——"这些"之中有魂儿。苏文纨不叫"方先生"而改叫"鸿渐"这一变化，他捕捉住了。褚慎明泼了牛奶，深为在女士面前的粗手笨脚而懊恼自己时，方鸿渐开始呕吐，于是褚心上高兴起来，因为他泼的牛奶给方的呕吐在同席者的记忆里冲掉了。江轮上，孙柔嘉一派无知和天真，因为她知道无知与天真对一个男人来说是有很大魅力的。过桥时，孙柔嘉对方鸿渐表现出了一种女人的体贴，但这种体贴极有分寸，也极自然，以至于仿佛这又不是一种女人的体贴，而仅仅是一种无性别色彩的人的心意。方鸿渐说他梦中梦见小孩，孙柔嘉说她也梦见了。方鸿渐对他与孙柔嘉之间的关系尚无意识时，孙柔嘉就说有人在议论她和他。方鸿渐得知韩学愈也有假博士文凭时，觉得自己的欺骗罪名减轻了……所有这一切，都被钱锺书捕捉住了。而这些地方，确实是最有神的地方。

《围城》中有数百个比喻句（"像"字句占大多数）。这些比喻句精彩绝伦。苏文纨将自己的爱情看得太名贵，不肯随便施予，钱锺书写道："现在呢，宛如做了好衣服，舍不得穿，锁在箱子里，过了一两年忽然发现这衣服的样子和花色都不时髦了，有些自怅自悔。"张先生附庸风雅，喜欢在中国话里夹无谓的英文字，钱锺书说这"还比不得嘴里嵌的金牙，因为金牙不仅妆点，尚可使用，只好比牙缝里嵌的肉屑，表示饭菜吃得好，此外全无用处"。形容天黑的程度，钱锺书说像在"墨水瓶里赶路"。……夸大地说一句：《围城》的一半生命系于这几百个比喻句上，若将这几百个比喻句一撤精光，《围城》便会在顷刻间黯然失色，对于《围城》的这一种修辞，不少人已注意到，也对其做过分析，指出了它的特色以及它所产生的讽刺性等效果。而我以为，钱锺书对这一修辞手段的选择，是他在叙述过程中，竭力要写出那些微妙感觉时的一种自然选择。这些比喻句最根本性的功能也在于使我们忽然一下子把那些微妙的感觉找到了。当我们面对微妙时，我们深感人类创造的语言的无能。我们常常不能直接用言辞去进行最充分、最贴切、最淋漓尽致的表述，为此，我们常在焦躁不宁之中。一种语言的痛苦会袭往我们，比喻便在此时产生了。但不是所有比喻都可以疗治这种痛苦的，只有那些高明的比喻才有这样的能力。

钱锺书的比喻，都是些令人叫绝的比喻。读《围城》时觉得痛快，就正在于它让那些恍惚如梦的微妙感觉肯定和明确起来了，并让我们从欲说无辞的压抑中一跃而出，为终于能够恰如其分地去表述那些微妙的感觉而感到轻松。

圈子里的美文

——读废名《桥》

一

作家自然算是文化人，但一般作家在写作品时，并没有很在意他是一个文化人而在作品中时不时地显示自己作为一个文化人应有的品质与情调。他们无论是持客观的姿态还是持主观的姿态，都很少使人想起他们是文化人，是一些不同于其他阶层的人。人们最多想到他们是作家，是一些知识分子。作家虽说是文化人，但，在我们的感觉里，在我们约定俗成的理解上，他们还是不太一样的。当我们说到作家时，我们所呈现的形象是五花八门的：冲动的，平和的，抒情的，叙事的，神经质的，能说会道的，风流倜傥的……而当我们说到知识分子时，我们就更难固定住一个形象了。因为知识分子实在包括了太多的人，太多格调的人。而当我们说到文化人时，似乎这个形象就比较稳定：儒雅的、斯文的、颇有气质的、情感细腻而又很特别的，有着许多雅趣，还有几分清高的人。他们较和善地与一般人相处，但又与一般人有很多差异。依这样的形象，我们就会觉得有些作家虽也算是文化人，可又不大像文化人，如现在被称为"痞子作家"的那些作家。你不能不承认他们是作家，但你很难将他们与"文化人"重叠起来。

废名写《桥》，写的不是一般情趣，而是一个文化人才有的情趣。这种小说在现代文学史上并不多见，在当代文学史上则几乎没有。这是我们在阅读《桥》时先要看清楚的一点。

废名不将自己看成是一个作家，只将自己看成是一个文化人。作家要写非作家本人所有的一些大众化的情调。他要做一次身份的消解，消解得不给人还剩下一个作家的印象，而只使人觉得那作品是一段生活，不是由谁写出的，分明就是看到或经过的生活。这些情调，人们都能够较容易地接受或理解。废名偏不想到是一个作家在写作，不想到拿他的作品去给一般人阅读，而把他的文字看成了是一个文化人的心性、美学趣味的流露，是写给他自己看的，最多是写给一些也可算得上是"文化人"的人看的。

文化人的情趣与别人不同之处就在于别人很不以为然的东西，在他这里，却进入意识，并对此产生了一种很雅致、很有意境的审美。与他们相比，芸芸众生，都是一些感觉粗糙的粗人，大千世界在他们的眼中与心里被略过了许多。小林看见姐姐在井旁洗菜，"连忙跑近去，取水在他是怎样欢喜的事！替姐姐拉绳子。深深的、圆圆的水面，映出姐弟两个，连姐姐的头发也看得清楚。姐姐暂时真在看，而他把吊桶使劲一撞——影子随着水摇个不住了"。在有情趣的文化人看来，这世界上的所有一切，皆是可值得注目与用情的。天下雨了，就是那样一种我们司空见惯的甚至是让人讨厌的雨。但废名却写道："这也是从古以今的一个诗材料，清明时节。""下雨我们就在这里看雨境，看雨往麦田上落。"这既是文化人的闲情逸致，也是文化人才会有的境界。这个境界是完满的，充满了审美的。

有一些情趣也许常人看来显得有些做作，但它确实是一个文化人的情趣。文化人的许多情趣，可能确实不够朴实，有点"酸腐"。但，它们又确实是雅致的。不知是小林还是废名，称自己的生地为"第一的哭处"："这五个字也是借他自己的，我曾经觅得的他的信札，有一封信，早年他写给他的姐姐，这样称呼生地。人生下地是哭的。"我们一般人是不会这样来称呼我们的生地的。我们的作家也不会这样去说。但废名——始终的文化人，却就这样生硬地说。当我们想到作品一开始他就给我们的"文化人"的印象，我们原谅了废名的"矫揉造作"，甚至觉得这也是一种情调，一种不一般的、是我们想要达到还不能达到的情调。

《桥》中有一个琴子与细竹在野外望春的情景。当琴子见细竹穿了红衣服，便笑道："红争暖树归。"细竹便冲琴子道："掉书袋，讨厌。"掉书袋子的当然不是琴子，而是废名。他在《桥》一书中是很掉书袋子的。《桥》中用古人诗词曲赋不下几十处。至于说古人诗文中的种种意境又被他再现了多少次，就更多得无法统计。但废名掉书袋子，并不令人讨厌。就像那个琴子掉书袋子并不真正叫细竹讨厌一样。因为废名在《桥》中所任的角色是个文化人。文化人爱掉书袋子——没有一个文化人不爱掉书袋子的。一旦不掉书袋子，他也就让人看不出是个文化人了。掉书袋子既是文化人的一个徽记，更是文化人的一种情趣。他们爱在人多的或人少的或无人的诸种环境与氛围中吟诵先人们的那些句子。因为那些句子能够帮助他们将自己感觉到的微妙的情绪以及不可言说的意境得以形成一个明确的能够清晰地进行享受的意识，并还可能使那眼前的或心中本来一般的景象得以升华，而成为上好的审美对象。另外，我们还得看掉书袋子的功夫。这书袋子并非是什么人都能掉得了——都能掉得不让人讨厌的。掉就必须掉得恰到好处，掉得自然，与整体格调毫无冲突，并且一脉流转。《桥》的基本意境是"一去二三里，烟村四五家。亭台六七座，八九十枝花"。废名将这一意境由始至终地贯彻下来了。这中间的多次掉书袋子，其效果是从多方扩大了这个意境，而却未脱滑出去。

琴子与细竹走在草地上时，废名就顿生出一个"美人芳草"的短句。这些书袋子莫一不掉在时候上，掉在分寸上，掉得让人喜欢。这《桥》若不是一次又一次地掉书袋子，《桥》也就不是《桥》了。

二

周作人在给《桥》所作的序中，有这样一段话："我觉得废名君的著作在现代中国小说界有他独特的价值者，其第一的原因是其文章之美。"

周作人是废名的知己。他大概最能把握废名小说的价值，也最能看出废名在现代文学史上的特别意义。

"文章之美"是一总体印象，还可细分——

废名对自然并不是崇拜，而是依恋，采取一种审美姿态。这是现代文学史上少有的一个迷恋风景的作家。从某种意义上讲，《桥》不太像小说。通常意义上的小说，那里头的人物性格的发展与转变，故事的发生、拓进乃至高潮、衰落，大多是在一个又一个社会性的场景中进行的。而《桥》则几乎没有社会性场景，而只有自然场景。小林、琴子、细竹出现时，差不多都在一处又一处的风景之中。在风景之中，人物进行着心灵显示、情感流动以及语言交流。而这一切得以进行又都是因为受了风景的感染乃至受了风景对人生的启悟。《桥》上下篇，共四十三个标题，而这四十三个标题差不多都是一处（个）风景：井、落日、芭茅、洲、松树脚下、花、棕榈、河滩、杨柳、黄昏、枫树、梨花白、塔、桃林……而这些风景在人物面前出现时，无一不具美感。这些美感，是我们在阅读唐诗宋词以及曲赋小品时所不时领略到的。废名不放过一草一木，因为在他看来，这一切，都是含了美的精神的。人可从中得其美的享受与感化，从而使自己能从世俗里得以拔脱。一头牛碰了石榴树，石榴的花叶撒下一阵来，落到了牛背上。废名说："好看极了。""一匹白马，好天气，仰天打滚，草色青青。"常人并不留意，但废名分明却看出了一幅画。《桥》还有大段的风景描写。这些描写都可成为风景描写方面的优美段子，成为经典。

因为自然是如此美好，因此，废名对自然总是含着感情——这种感情甚至不免有点女性化了。对着芭茅，他写道："城墙耸立，我举头而看，伸手而摸，芭茅擦着我的衣袖，又好像说我忘记了它，招引我，——是的，我哪里会忘记它呢……"

废名的人类世界，是没有龌龊丑恶，更无现代主义的阴毒与残忍的。在这里，人用不着去叹息人际关系的复杂与难以把握，无由发出"做人难"的叹息。《桥》将人际关系看成是世界上最值得人去留恋的一种关系。正是这种关系，构成了生命存在的理由与价值。如果我们将萨特的"他人即地狱"的句子改写一下，《桥》对人所写的定义则是

"他人即天堂"。一个人对于另一个人，绝不是一种障碍，一种威胁，而是一份温馨，一份诱惑你活于人世的力量。

每一个人，都可能以纯化的心灵导你走上天路神阶。那小林与琴子、细竹之间说不清道不明的恋情，纯真得就如在天国。在这里，男女之间的恋情，成了诗与童话，没有妒忌，没有伤害，没有任何卑俗的念头，有的只不过是一些淡然无名的忧伤，而这忧伤又是很有美感的。《桥》中有支颇具意味的箫，大概最能象征这样的忧伤。

读《桥》若觉察不出意境，就不算读通了《桥》。《桥》乃是中国美学的一大范畴——意境的成功产物。当一个作家意识到世界有意境存在时，一切物象皆不是刻板的、物质的了。刻板的、物质的实境皆被一颗富有美感的心灵重新创造了。"一片风景是一个心灵的世界"。实际上，一切都是心灵的世界。

说起意境，不太容易给它的意义作一个边缘清晰的界定。因为，它真正是中国美学的一个独特的范畴，而中国美学总带着一些神秘、玄学以及禅意的色彩。扩而言之，整个中国文化都有这样的色彩。中国文化是很不符合西方的所谓科学精神的。科学精神实际上是一种数学精神。它要求一切都是可说、可界定的，是一听就清楚的。而中国文化，尤其是中国美学，讲究的是一种微妙精神。它是不宜被言说，甚至是不能被言说的。道家的"道"，究竟是什么？

大概谁也不能像说尼采的"权力意志"和康德的"二律背反"是什么那样容易说得清楚。中国人喜欢一种美感上的乃至思想意识上的朦胧。若一定要论"意境"到底是什么，硬说也未尝不可。它大概有遥远、空灵、静谧、纯净、朦胧等特性。古人倒有若干对"意境"的论说，但这些论说很情绪化、形象化，比"意境"一说本身还要来得神秘，根本不可用科学术语和概念来加以说明。但，不宜言不可言并不妨碍我们对意境的心领神会。我们完全能够领略"明月松间照，清泉石上流""烟村南北黄鹂语，麦垄高低紫燕飞""商气洗声瘦，晚阴驱景芳""池塘生春草，园柳变鸣禽"……这样一些诗句所含的意境。废名的《桥》是对古典意境的妙用，又呈现出许多受了现代美学精神教化之后而生成的新意境。小林看见琴子与细竹披着头发立在棕榈树前，便对细竹说："你们的窗子内也应该长草，因为你们的头发拖得快要近地。"又说："我几时引你们到高山上去挂发，教你们的头发成了人间的瀑布。"天下雨了，两个女孩禁不住雨丝的诱惑，举了伞到了天空下。小林说："我告诉你们，我常常喜欢想象雨，想象雨中女人美——雨是一件袈裟。"无论是小林对琴子、细竹，还是琴子、细竹对小林，这些小人儿之所以能互相吸引，皆因他们总是达到一种意境——美而诱人的意境。即使是和尚的道袍在被山风掀起"好比一阵云"时，也都有个意境存在着。一句"女孩子应该长在花园里"，也让人觉到了意境。我曾把《桥》分成"惜荫""雨梳""望山""品花""看雨""听铃"等若干个单元，而这一个又一个单元都可被立成散文的意境。

读《桥》，则是在意境里浮动。

二

说《桥》，不可忽略了废名的语言，因为废名的语言太可以作为一个话题来说了。他在现代文学史上，算得上是最有语言个性的一个作家。废名的语言有这样那样的特色,但最有特色、最属他个人所有又最使人对他语言产生印象的却是一个字:涩。卞之琳比较徐志摩与废名的语言时,有一段话:徐、冯(废名原名冯文炳)"同是南中水乡产物,诗如其人,文如其人,徐善操普通话(旧称'官话'和'国语'),甚至试用些北京土白,虽然也还常带吴(越)方言土音,口齿伶俐、流畅、活棁,笔下也就不出白话'文'。冯操普通话也明显带湖北口音,说话讷讷,不甚畅达,笔下也就带涩味而耐人寻味。"卞的这段话说得很内行。他把废名的语言特色归结为他的方言,也有一定的道理。但,认真分析起来看,废名语言之涩,还不仅仅是因其操方言叙事之缘故。重要的原因大概还是因为他对一种格调、一种趣味的追求,而最最重要的一个原因是他对禅宗的言语方式的认同。这里,我们暂且不去说明这一层关系,留到下面的文章再作理会,只先说他语言之涩的涩处以及这涩所产生的奇妙的语言效果。

习惯了正规或正常的语言叙述,再读废名的作品,就会觉得他的语言磕磕巴巴,一路障碍。由于思绪常常被莫名其妙的语言打断,阅读就变成了一个忽行忽驻、忽畅忽堵的过程,使人很不习惯,甚至使人感到很不耐烦。造成这种状况,第一的原因是他的语言不合语法常规。若依了现代汉语的专家们的那些规则,废名的文字则是需要作很多修改的。"'呀!'抬起头来稀罕一声了"。这句话是说小林看到一株缠满金银花的树而感到惊讶。"抬起头来稀罕一声了",此句似乎不通,而应改成:"抬起头来稀罕了一声。""琴儿一手也牵祖母,那手是小林给她的花"一句似乎也不够通顺,若改成"琴儿一手牵着祖母,另一只手拿着小林给她的花……"就觉得顺当了,可以被接受了。"不时又偷着眼睛看地下的草，草是那么吞着阳光绿，疑心它在那里慢慢的闪跳，或者数也数不清的唧咕。"这段话很成问题，正常的说法应是："不时地又拿眼睛偷看地上的草。草吞着阳光而长得很绿。阳光照着它晃动的叶子，使人疑心它在那里闪跳。叶子的互相摩擦，又使人疑心它在那里数也数不清地唧咕着。"……分析下来看，我们发现，废名的语言使人感到涩而不畅，是因为他没有将话说全。他像现在的朦胧诗人，省略了许多关系、许多转折，而这些做法，是违背语法常规的。人们要求正常的书面叙述（这里指小说）不能有这些省略。习惯了工整的、合乎规范的语言，自然不能习惯废名这种丢三落四缺胳膊少腿的语言。废名的语言之所以如此，当然不能归结为他的语文水平的低下。对他的语文水平，我们毋庸置疑。因为我们并不能从他的学术性文章中也看出这样的"缺陷"。他之所以如此修辞，实在是因为他就要这样做。

他在叙述时，常被一些感觉打扰着，使他顾不得去讲究语言的清晰以及什么语法。他甚至认为，语言的清晰、合法，都将有损于他欲要捉住的感觉。事实上，当我们不再对他的语言斤斤计较，也不再一定求个明白，而只是随意地看下去时，我们也便习惯了。并且不得不承认这种修辞所造成的一种特殊味道，觉得"草是那么吞着阳光绿""真正的要了她樱桃小口"这些句子实在是一些很有意味的句子。

涩的印象还因为废名语言的节奏感。他似乎不善于把握语言的节奏，常有突兀的句子，把正在进行着的节奏打断。"说着这东西就动了绿意，而且仿佛这一阵之雨下完，雨滴绿，不一定是那一块儿——普天之下一定都在那里下雨才行！"这"雨滴绿"三字很冒失，节奏与前面的句子两样，加之"不一定是那一块儿"与破折号后面的"普天之下一定都在那里下雨才行"不很连贯，使人感到这一段文字很不流畅。废名还喜爱在叙述过程中忽然断了叙述，用引号插上一句人物忽有的或他本人的心理潜语后，接着再叙述，仿佛一条溪水忽然地遇到了一个堤坝，使流淌受到了阻隔。虽然如此，当我们渐渐习惯了这种不时打断节奏的叙述之后，觉得节奏的突然改变再又重续从前也能产生一种不错的阅读感觉，觉得叙述中忽然插上人物或他本人的心理潜语，是顺其自然、合乎实际情况的——人在讲述什么事时，忽然在讲述过程中顿生一个与讲述的内容不相干的念头，不也很真实吗？

久读废名的作品，我们居然觉得，涩竟构成了他作品的一大魅力。

四

朱光潜先生说《桥》有一段直达作品根底的话："（《桥》里的）主要人物都没有鲜明的个性，他们都是参禅悟道的废名先生。"此言能助我们彻底打开废名艺术世界的"黑匣子"——要真正使废名的作品得以较确切的解读，就必须看明白废名与禅血脉相通的关系。

废名讲："中国文章，以六朝人文章为最不可及。""中国文章里简直没有厌世派的文章，这是很可惜的事。""我尝想，中国后来如果不受了一点佛教影响，文艺里的空气恐怕更陈腐，文章里恐怕要损失好些好看的字面。"废名的这些观念，是经过深思熟虑，被他的灵魂认可的。废名对禅的入神，到了后来，已不是作为一个研究者而对其加以研究了，而是全心全意地投入了那个境界。面对存在，他照禅的那些观念去体悟领略，从表到里整个浸泡于其中，在那里领教别具一格的到达事物本质的思维方式以及对存在的种种见解，从而获得了一种特别的审美法则和审美情趣。他没有一点私心与杂念地在这个世界沉浮，以为他得了人生的真谛，以为他的人生可达一个圆满的境界，自得其乐。据周作人说，后来的废名都有点神神叨叨，他"喜静坐深思，不知何时乃忽得特殊经验，趺坐少顷，便两手自动，做种种姿态，有如体操，不能自已，仿佛自成一套，演毕乃复能活动"。周说："鄙人少信，颇疑是一种自己催眠，而废名则不以为然。其中学同窗有僧者，甚加赞叹，以为道行之果，自己坐禅修道若干年，尚未能至，而废名偶尔得之，可谓幸矣。"

知道有这样一个废名，我们再来看《桥》，我们发现了一切，一切曾使我们感到疑惑的东西也都可得到解释。事实上，我们以上分析到的那些方面，也都是一些禅的投影。就说语言之涩，当我们去重读那些关于禅宗的故事以及禅语小品，我们马上就能懂得废名在语言上的心机。禅宗里的机锋相对以及谜语般的叙述、黑话暗语样的对答都可作为《桥》语言作风的源流。

读《桥》，没有浮躁感，没有灼热与冲动，而只觉得存在于一种恬静安宁的氛围里。这里没有什么了不得的大事件发生，更无如火如荼的宏大场面。人与人和睦相处，而那些温暖的人情又不是刻意为之，只是平淡而自然的流露。

人们生活在生活里，日出而作，日落而息，呼鸡唤狗，放牛牧羊。即使是情感上有所失落，抑或是有什么灾难降临，人们也都没有跌落于疯狂的绝大的伤悲，而是以无声的眼泪或目光或以无语的姿态，让人觉察出一种空虚。世界在废名眼中形成的这一大的印象，乃是因为他用了一颗平常心。这平常心是禅很在意的：人有一颗平常心，才能活得自如。有了平常心，就不会那么感情浓得化不开地待人接物，就不会把事情的实质夸张了看，就不会把天灾人祸看得多么了不得。

禅将静奉为最上等的品质。静是禅的一个核心，因为，只有一个静的姿态，才是走入存在、窥其内容的姿态，也只有这个姿态，才能获得万古不变的"真"。因此，坐禅就成了一个必需的功夫。废名在《桥》中最喜爱做的一件事，就是让他的小林独在一处凝视大千世界。每写到这种场景，废名就很入神，用了很好的文字去写："冬天，万寿宫连草也没有了，风是特别起的，小林放了学一个人进来看铃，他立在殿前的石台上，用了他那黑黑的眼睛望着它们。"小林就在这种静观中得以除去人性的杂质与轻浮。其实，不是小林喜欢静观，而是废名喜欢，是废名把静观看得如此重要，又把静观看得如此可以经得起审美。

人静观世界，而这世界也以静穆的形象供人去观察。废名有几处用了一个"哑"字："奇怪它倒哑着绿。""也都在那里哑着不动。"而无言，正是禅宗的最高境界。哑才含了无穷的底蕴。一部《桥》，有着许多静物画，虽然那些并非是静物，但在废名眼中却成了永恒的静物，沙洲上的鹭鸶是静的，连栖于岩石上的鹞鹰也是静的——"静物很多"。在这里，废名把"静物"这个词存心理解错了。因为"静物"一词本是指一只花瓶、一只苹果而言的。但废名却看出流动的河水、飘动的浮云、在草坡上移动的羊群，是和一只阳光下的玻璃器皿具有同等性质的：静。整个世界，就是一个静物。在静与静的对望与交流之中，我们领略到了一种芜杂心灵受其净化走向圣境的宗教般的感觉。

静观才能发现存在的层次以及奥妙的区别，也才能让世界变得无穷地丰富起来。浮躁不宁的心与神不守舍的眼，不能领会也不能看到一个意义无处不在、美感无处不存的世界，而只有一个大略的皮毛的印象。偌大一个世界，意象寥寥，精神平平，竟没有足以叫人感到富有的东西。正因为如此，禅才卖力地讲静观，将静观的姿态看成优雅的、超凡脱俗的、仙人化的姿态。废名很喜欢这个姿态。于是废名发现被露水打湿的拐杖，也不是无话可说的。"琴子拿起了拐杖。'你看，几天的工夫就露湿了。''奶奶的拐杖见太阳多，怕只今天才见露水。''你这话叫人伤心。'"两个女孩儿竟为一支拐杖，起了莫名的情绪与感觉，让人觉得这里也深藏着一种神秘的意味。废名的世界不再是囫囵一个了。他发现："草上的雨也实在同水上的雨不同，或者没有声音，因为鼓动不起来。"他实在不是像周作人说的"转入神秘不可解的一路去了"，而是他觉察到了我们没有心思也没有耐心觉察的世界所默默呈示出的微弱却是很有重量的意义。我们只不过是一些没有悟性的俗人罢了。

《桥》对禅出神入化的理解，最显明地表现在物我相融与物我两忘上。在禅宗，在废名这里，存在的一切是无差别的，大如日月江河，小如草芥尘末都是一样的造化。它们无一不能给人以启示以审美。而人不再是万物之灵，与那些飞禽走兽、草木花卉以及被认为是物质的东西是同等的，并且不是各自孤在一处不相交流的，更不是势不两立的，而恰恰相反，是浑然一起，相互渗透的。物就是我，我就是物，物中有我，我中有物，这世界不是能划分与界别的。姑娘们看花，那不是花红，"只在姑娘眼里红"。这里取消了主客观的分界。"花红山是在那里夕阳西下了。"这自然不是一个病句，而是在废名看来，从前的因果关系，时空关系，都是人为的关系。我们的世界本没有这些关系。

说"夕阳在花红山那里西下"也行，说"花红山是在那里夕阳西下"也行。这是说不清楚的事，也不该去说清楚。琴子照镜子，想起辛酸事，"不由己的又滚了两颗泪儿了。这时是镜子寂寞，因为姑娘忘了自己，记起妈妈来了。"琴子另有所思，忘了镜子中的自己，这就等于说忘了镜子，于是镜子竟也觉得寂寞了。细竹"破口一声笑，笑完了本应该就了事，一个人的声音算得什么？在小林则有弥满于大空之慨，远远的池岸一棵柳树都与这一笑有关系"。人是草本，草本却也是人。这里的一切都有灵性，都是人化了的。因此，才有了"燕子是飞来说绿的"的句子，才有了蝉声与叶子声无法分辨的情状，才有了"白辫子黑辫子在夜里都是黑辫子"那样的玄学思辨。物我相融，最后达抵物我两忘，这就到了最高境界。

《桥》的世界，是一个入禅人的世界。废名不仅是在外表上接受禅的思想，更是用心与灵魂，领悟了禅意。因此，废名的世界，是一个具有特殊价值的世界。

五

周作人曾说："废名君的文章近一二年是很被人称为晦涩。据友人在河北某女校询问学生的结果，废名君的文章是第一名的难懂……"

这是个事实。然而，我们不能以难与易、清楚与晦涩去判定废名作品价值的大小与有无。《桥》是长篇美文。但这美文并不是为大众而写的。它是部分人甚至是很少一部分人才能欣赏的美文——是圈子里的美文。事实上，世界上有许多被称为名著的作品，都不是大众的读物。我们甚至怀疑那些被人到处去说的一些作家，是否就是大众的？卡夫卡的《城堡》《变形记》《地洞》究竟有多少人能读懂和喜欢？它们首先就要阅读者预先准备好一套现代哲学的存在观念以及现代艺术的观念，而这些准备又谈何容易？它们至今，也不过是专家们、教授与学者们所研究、揣摩的文本。文学的价值大小，不能简单地以读者的众多与稀少为依据。这就如同商品，有些商品是供一般百姓消费的，而有些商品是供特殊阶层的人消费的。而且，我们还应看到，这个社会的方向总是要让一般老百姓也逐步过渡到高级消费。因为倘若达到了这种消费水平，它就可向世人证明着这个社会已在很高的物质水平上了。

废名的小说有人看得明白，并喜欢，甚至非常喜欢，这就足够了。

樱桃园的凋零
——读契诃夫

一

一九〇四年七月十五日深夜，德国疗养地巴登韦勒。

与死亡之神已打了数次交道的契诃夫，躺在柔软舒适的病榻上，听着窗外潮湿的空气流过树林时发出的细弱声响。"德意志的寂静"浓厚地包围着这位异乡客。他终于听到了生命乐章的最后一个音符，正从黑暗的远方飘忽而来。他将脸侧过来，以极其平静而严肃的语调对他的德国医生说：我要死了。

医生让人打开了一瓶香槟酒。

契诃夫接过杯子，望着妻子——莫斯科艺术剧院最出色的演员克尼碧尔，微笑道："我好久没有喝香槟酒了……"说罢，将杯中酒慢慢饮尽，然后侧身躺了下去……

天还未放亮,一只精灵似的黑蛾从窗外飞进屋里,然后在契诃夫遗体的周围,没有一丝声息地飞动着……

几天后,他的遗体运回莫斯科。

遗体运回时的情状,就像是一篇绝妙的"契诃夫式"的小说:到火车站去迎接他灵柩的亲朋好友,在一个军乐队的演奏声中,却竟然找不到他的灵柩——那个庄严肃穆的军乐队,原来是用来迎接同车到达的一个将军的灵柩的。一阵忙乱之后,人们才好不容易地找到了契诃夫的灵柩——他的灵柩居然混放在一节赫然写着"牡蛎"的车厢里。事后,高尔基愤怒地写道:"车厢上肮脏的绿色字迹,就像那些得意洋洋的凡夫俗子在精疲力竭的敌人面前放声狂笑。"

这最终一幕,再度印证了契诃夫的那些讽刺性作品所具有的极度真实性。

二

我们必须记住契诃夫是个医生。正是因为这个世界上有一个叫契诃夫的医生,才会有这样一个叫契诃夫的作家。

许多作家都曾与医学有过关系。中国的鲁迅就是一例。"医学与文学"应当是一个有趣的题目。然而很少有人意识到这是一个题目——这也是可以作为一个题目的。契诃夫的文学肯定与医学有某些隐秘的关系。这倒不是因为他的不少作品写了与医生、医院、病人有关的故事,而是他在从事文学创作时,显示了他从医时养就的品质、习气以及如何看待、对付这个世界的方式。

契诃夫还是一个很有声誉的医生。那座设在巴勃金诺、挂有"契诃夫医师"招牌的诊所,曾在"至少十五俄里"的范围内,家喻户晓。

他一生都似乎很热爱他的这份职业。他愿意聆听病人的连绵不断的呻吟。他闻惯了苦涩的药香。他对自己开出的别出心裁的药方，其洋洋得意的程度并不在他写出一篇不同凡响的小说之下。而一个病人痛苦的解除给他所带来的快意，也绝不在一篇作品发表后而广受赞誉所带来的快意之下。对于医学，他一生钟爱。

出于一个医生的职业眼光，契诃夫面对社会时，极容易将其看成是一个"病者"。他一生的文学创作，可以说，几乎都是揭露性与批判性的。他的手指似乎时刻扣在扳机上。今天的学者们在分析契诃夫作品时，都显出一番驾轻就熟的神气，毫不迟疑地将契诃夫作品的这些精神归结为他所处的那个俄国社会是一个病入膏肓、不可救药的社会。他们从不作假设：如果这个当医生的契诃夫生活在当下随便哪一个社会，还会不会是那样一个锐利的、刻薄的、无情的作家契诃夫？而我的回答是十分肯定的：契诃夫即使在当下，也还是那样一个契诃夫。

医生的职业，无形之中帮他完成了对"作家"这一概念最本质之含义的理解：作家，从根本上来说，就是批判性的。一部世界文学史，我们看得再明白不过了：那些被我们所推崇、所敬仰、被我们冠以"伟大"字眼的作家，都不是社会的颂者。他们所承担的角色是尴尬的、孤独的、充满了挑战意味的。他们送走了一个又一个他们所不喜欢的时代，迎来了一个又一个他们所希望的时代。而这一个又一个的"希望的时代"，其实并不是他们的时代，因为新的一代作家很快替代了他们而成为主流。事情意味深长：新一代作家，又宿命般地接受了先人的命运，又成了尴尬的、孤独的、充满了挑战意味的角色。他们依然又将社会看成了一个病者。社会在文学中总是一个病者。

契诃夫是非要将社会看成病者不可的,因为他是个医生。医生眼里只有病者。从某种意义上讲,医学与文学的职能是一致的。鲁迅当年弃医从文,但在实质性的一点上,二者却有着相同的本意:疗治。

契诃夫还看出了这个社会具有反讽意味的一点:病者将非病者看成为病者。他在他的《第六病室》中向我们揭示了这一点。那个有良心的医生拉庚,看出了被关在第六病室中的"疯子"恰恰是一个具有理想的人,而与他开始了一种越来越亲密的关系。结局却是他也被当成疯子送进了第六病室。当一个社会已分不清谁是真正的病者时,那么,这个社会也就确实病得不轻了。

我们在阅读契诃夫的作品时,总要不时地想到一个词:耐心。

像契诃夫这样有耐心的作家,我以为是不多的。他在面对世界时,总要比我们多获得若干信息。我们与他相比,一个个都显得粗枝大叶。我们对世界的观察,总是显得有点不耐烦,只满足于一个大概的印象。世界在我们的视野中一滑而过,我们总是说不出太多的关于这个世界的细节。契诃夫的耐心是无限度的,因此契诃夫的世界,是一个被得到充分阅读的世界。而这份耐心的生成,同样与他的医生职业有关。

作为医生,他必须拥有两大品质:胆大、心细。若胆大,不心细,则会出大差错,而人命关天的事是不可出一点差错的。心细,胆不大,则又不会在医术上有大手笔。作为医生的契诃夫,似乎一生都在为这两大品质而修炼自己。

耐心,成了他职业的习惯。

他的这一习惯,很自然地流注到了文学对存在的观察与描写上。他的马车行走在草原上,远远地见到了一架风车。那风车越来越大,他看到了两个翼片。他居然注意到了,一个翼片旧了,打了补丁,而另一个是前不久用新木料做成的,在太阳底下亮闪闪的。他注视着一个女人,发现这个女人脸上的皮肤竟然不够用,睁眼的时候必须把嘴闭上,而张嘴的时候必须将眼睛闭上。他一旁打量着一个"留着胡子的"中学生,发现他为了炫耀自己,很可笑地跛着一只脚走路。……契诃夫的作品给后世的作家留下一个宝贵的观察方式:凝视。

凝视之后,再凝思,这就有了契诃夫,就有了世界文学史上的华彩一章。

中医讲"望、闻、问、切","望"为首,凝视就是"望"。

文学界的高手,高就高在他比一般人有耐心。文学中的那些好看的字面,好看也就好看在由那份耐心而获得的细微描写上。在鲁迅写阿Q与王胡比赛捉虱子时,我们见到了这份耐心:"他很想寻一两个大的,然而竟没有,好容易才捉到一个中的,恨恨的塞在厚嘴唇里,狠命一咬,劈的一声,又不及王胡响。"在加缪去写一只苍蝇时,我们又见到了这份耐心:"长途汽车的窗户关着,一只瘦小的苍蝇在里面飞来飞去,已经有一会工夫了。……每当有一阵风挟着沙子打得窗子沙沙响时,那只苍蝇就打一个哆嗦。"……

契诃夫绝对是一个高手。

"冷酷无情",这是我们在阅读契诃夫作品时会经常有的感觉。伟大的医生,必定是伟大的人道主义者,必定有着一番博大的悲悯情怀。然而,这种职业又造就了一种不动声色、不感情用事的"冷漠"态度。后来的人谈到契诃夫的叙事态度,十有八九都会提到契诃夫的冷峻,殊不知,这份冷峻绝对是一种医生式的冷峻——这种文学态度,与从医养就的心性有关。他让高尔基少用一些感情色彩浓厚的形容词，而对与他关系有点暧昧的一位女作家，他说得更为具体："当你描写不幸的、倒霉的人们，并想打动读者时，你应当表现得冷静一些。这样才能勾画出不幸的背景，从而更好地突出这种不幸。而你却在主人公们流泪的时候，跟着他们一起叹息。是的，应该冷静些。"

契诃夫也曾对他的医生职业有过疑惑。他对一位羡慕他一身二任的作家说："相反，医学妨碍了我醉心于自由艺术……"

然而，从现在看，这种妨碍却是成全了作家契诃夫。冷静、节制、犀利、入木三分的透视……所有这一切，反而比冲动、散漫、无边无际的自由，更容易成为造就一个伟大作家的条件。

最终，契诃夫说，医学是他的"发妻"，而文学则是他的"情妇"。

二

选择契诃夫来作为话题，似乎有点不合时宜。因为今日之文学界，全心全意要昵近的是现代形态的文学——那些从事现代形态文学写作的大师们。

从作家到读者，谈论得最多的是卡夫卡、博尔赫斯、米兰·昆德拉、胡安·鲁尔福等，还有几个人愿意去谈论巴尔扎克、狄更斯和契诃夫呢？即使偶尔提到这些名字，也只是知道世界上曾经有过这些作家，而他们的作品却是很少有人读过。我曾连续几年在研究生面试时，都试着问考生们阅读过契诃夫的作品没有，被问者差不多都支支吾吾，而一谈到几位现代大师，则一副"门儿清"的样子，侃侃而谈，有时几乎能说得天花乱坠。

人们相信：契诃夫时代的文学早已经过时了。

人们居然在无形之中承认了一个事实：文学是有时间性的，文学有先进与落后之分，文学史是文学的进化史。这未免有点荒唐。世界上，即便是所有的东西都会成为过去，唯独文学艺术却不是。文学艺术没有时间性。它是恒定的。我们可以面对从前的与现在的作品评头论足，但你就是不能笼统地说：现在的就一定比从前的好，因为是从前的，它就肯定要比现在的幼稚与落后。文学艺术不是鸡蛋与蔬菜，越新鲜越好。文学艺术固然有高下之分，但这高下却与时间无关。今天的诗歌水平并不一定就能超出古代的诗歌水平——这在中国，已成为有目共睹的事实。

古典形态的文学与现代形态的文学，是两种形态的文学，它们是各自都有着足够的存在理由、关系并列的文学。

现代形态的文学确实功德无量。它以全新的姿态与古典形态的文学分道扬镳。它从一开始就决心将自己塑造成一副空前绝后的形象。它要创建一整套新颖的理论，这些理论不是脱胎于从前，而是要"横空出世"。它抛开了古典形态的文学所把持了千百年的观察事物的视角。这些视角在古典形态的文学看来，是黄金视角，只要把持住这些视角，就能窥见无限的风光。而现代形态的文学摆出一副不稀罕这些视角的神态。它发现，还有许多妙不可言的视角，而只有这些视角才能真正窥到人类最后的风景。它的主题是全新的，它在叙事方面也一刻不停地寻找着最称心如意的方式。多少年风雨过后，现代形态的文学早从初时的被人怀疑、责难的窘境中一跃而出。现如今，它羽翼丰满，一副青春气盛的样子。它成为让学者专家以及新生作家们倾倒的文学样式。其势几乎给人这样一个印象：只有现代形态的文学才是值得我们去一看的文学。

然而，我们忘记了一个事实：世界是无限的，世界是可以进行多种解说的，谁也没有这个能耐去穷尽这个世界，当谁以为整个世界都已经成为它的殖民地时，殊不知，无边的世界才仅仅被它割去弹丸一隅。当现代形态文学瞧着自己一望无际的田野而自鸣得意时，它绝没有想到，已经被古典形态的文学耕耘了若干年的辽阔田野，依然土地肥沃、蕴藏着一股经久不衰的地力。

尽管，许多人不再去看那片田野了，但它依然在阳光下默默无声地呈示着自己的一派丰饶。

现代形态的文学与古典形态的文学无非是各占了一块地而已。文学史运行的方式，不像是登山，越爬越高，而倒像是渡海——广袤无垠的大海上，会有无数的不同高度的浪峰。古典形态的文学与现代形态的文学，其实是两座不同时间里的浪峰。

这就是我选择契诃夫作为话题的背景与理由。

契诃夫代表着古典形态的文学。我们既然没有理由忘记古典形态的文学，也就没有理由忘记契诃夫。

契诃夫的名字，绝不应只是在我们回顾文学史、要列举出每一段历史中的名人时才提到的。我们应当有这样一种见识：所有伟大的文学家，都不是在历史意义上才有他们的位置的，而是，他们就活在现在，与当下的那些伟大作家一起，"共时性"地矗立在我们面前。

卡夫卡是伟大的，但绝不能因为卡夫卡是现代形态文学的大师，就一定要高于契诃夫。契诃夫、卡夫卡，卡夫卡、契诃夫，对我们而言，没有轻重、厚薄之区别，这两个名字其实是难分彼此的。

我们只需比较一下契诃夫的《一个文官的死》和卡夫卡的《变形记》，就可看出这两个作家的名字根本没有本质性的差异——

《一个文官的死》是契诃夫若干精彩短篇中的一篇。作品写了一个看似荒诞（其荒诞性绝不亚于卡夫卡的《变形记》）的故事：一个"挺好的庶务官"一不小心打了一个喷嚏，将唾沫星子喷到了一个将军的身上（是否真的喷到，大概还是个疑问），从此坐卧不宁、心思重重。后来，他终因恐惧而心力交瘁，死掉了。《变形记》是现代形态文学的经典。作品写了一个不可理喻的故事：推销员格里高尔·萨姆沙一觉醒来，发现自己变成了一只有无数条细腿的甲虫。卡夫卡使我们的阅读变成了对一种感觉的体悟。这种感觉与我们在阅读《一个文官的死》时的感觉是一致的：惶惶不安。这一感觉是后来的存在主义哲学的核心问题。它是人类存在的一个"基本感觉"。

在这里，我们一方面感觉到《一个文官的死》是一篇典型的古典形态的作品，而《变形记》则是一篇典型的现代形态的作品，另一方面又感觉到，现代形态的作品与古典形态的作品之间的差异并不像我们印象中的那样有天壤之别、两者已被万丈鸿沟所界定。将古典形态的文学与现代形态的文学截然分开，未必是符合实情的——这可能更多的是一种理论上的倾向，一种有意为之的强调。人类的一些基本命题，可能是古典形态的文学与现代形态的文学都乐意观照的。契诃夫的作品，使我们有足够的根据说：他的作品里已经蕴含了现代意识。他在他的作品中不时地写到牢笼、高墙、大楼、樊篱、箱笼、病室，已足足地使我们感受到了在卡夫卡的作品中所感觉到的东西。契诃夫所呈现的那个纳博科夫称之为"鸽灰色的世界",与《城堡》中的世界、《百年孤独》中的世界、《圆形废墟》中的世界,是相似的。

《一个文官的死》与《变形记》证实:只要是深刻的文学艺术,它们的深刻程度并不会因为时间上的"过去"与"现在"而有所不同。我们有什么理由说卡夫卡的《变形记》就一定要高出契诃夫的《一个文官的死》呢,《变形记》就一定要比《一个文官的死》多出一些什么呢?

我们这些本性喜新厌旧的人,何不再去走近契诃夫?

你也许会发现,古典形态的文学还有种种它特有的魅力。至少,它会让你感觉到阅读不是一个枯燥的求索过程,而是一个轻松的、诙谐的、平易近人的、顺流而下的过程。

我更愿意将契诃夫看成是一个当代作家。

四

我不知道中国当代作家,假如今天再去阅读契诃夫这样的古典作家的作品时,会对"作家"这一职业产生何种感觉。还能唤起神圣感吗?

"神圣"这个字眼,在被现代主义浸润之后的中国,已成了一个令人尴尬的矫情字眼。今日之中国,在某些领域,特别是在文学圈内,谁再去提及这个字眼,不遭到怀疑与嘲弄,已几乎不再可能。"神圣"这个字眼,已与"虚伪""矫饰"这些字眼有了说不清的关系。文学甚至公开嘲讽这个字眼,继而嘲讽一切与这个字眼曾有过联系的东西,比如说文学艺术。从前,文学艺术这个行当是光彩的、令人仰慕的。

人们谈及文学艺术，总有一种站立于圣殿大门前的感觉。那时的文学艺术被理解为是黑暗的人类社会中的明灯、火把，是陶冶人的性情、导人拾级而上去入优雅境界的。文学艺术被定义为：为人类提供良好的人性基础。而如今的中国，没有几个人再这样来看待文学艺术了。非但漠视，甚至还起了要耍笑、挖苦的念头。何为文学？文学不过是上帝在厕上无聊，写在手纸上的一些同样无聊的文字。泼污早已开始了，现如今，这座殿堂早已污迹斑斑，怕是连洗刷也洗刷不净了。

我不知道我们站立在契诃夫面前，我们究竟该说些什么？

我从斯坦尼斯拉夫斯基[1]的文集中读到了大量关于契诃夫的文字。这些文字只是一些琐碎的记录，显然是客观的。这里没有涂脂抹粉的痕迹。斯坦尼斯拉夫斯基也没有这个必要为契诃夫笼上光环。这些文字其实只向我们说明一点：艺术在契诃夫眼中是神圣的、至高无上的。他愿意为艺术而生，也愿意为艺术而死。艺术如同洛蒂笔下的大海一样，契诃夫愿像那个冰岛渔夫欲与大海同在并心甘情愿地葬身于大海一样，愿与文学艺术生死与共。除了艺术，四大皆空。

艺术是一门宗教，一门最高级的宗教。

一八九八年，契诃夫为莫斯科艺术剧院写了《海鸥》。这个剧本的美妙之处在于它的非同凡响的精神都隐藏在台词的枝叶背后。"契诃夫剧本的深刻诗意从来不是一览无余的。"斯坦尼斯拉夫斯基说，"谁要是只表演契诃夫剧本中的情节本身，只在表面滑行，做角色的外部形象，而不去创造内部形象和内在生活，那他就犯错误了。"然而，《海

---

[1] 斯坦尼斯拉夫斯基：斯坦尼斯拉夫斯基(俄文：Stanislavski，1863—1938)，出生于莫斯科，演员，导演，戏剧教育家、理论家。名言：没有小角色，只有小演员。

鸥》的演出，是非要犯这个错误不可的，包括斯坦尼斯拉夫斯基他本人。因为《海鸥》的深邃之处超出了契诃夫以往的任何一部戏剧。剧本中的所有一切，哪怕是海鸥的一声凄厉叫声，都是有着寓意的。演员们一时来不及领会这个剧本，总是在它的外围徘徊，因此，演出连连失败。而那时的契诃夫已经重病在身，失败，是契诃夫无法容忍的。

他太在意自己的艺术了。每一次的失败，都逼着他向死亡迈进一步。莫斯科艺术剧院的全体演职人员都意识到了这一点：契诃夫已经再也经不起《海鸥》的再次失败了——再失败，就有可能夺去他的生命。斯坦尼斯拉夫斯基一次又一次地告诫自己，也告诫他的同仁："要演契诃夫的戏，首先必须挖掘到他的金矿的所在地，听受他那与众不同的真实感和魅人的魔力的支配，相信一切，然后和诗人一起，沿着他的作品的精神路线，走向自己艺术的超意识的秘密大门。就在这些神秘的心灵工场里创造出了'契诃夫的情绪'——这是一个容器，契诃夫心灵的一切看不见的而且往往是意识不到的财富，便收藏在这里。"顺着斯坦尼斯拉夫斯基的指引，演员们在竭尽全力地逼近契诃夫。

又一次演出。

契诃夫的妹妹来到剧院，双眼噙满泪水。她警告并央求莫斯科艺术剧院：你们要成功，不然我哥哥就会死掉的。

契诃夫不敢再看这次演出，远远地躲开了。

怀着如履薄冰的感觉，《海鸥》的演出终于开始。斯坦尼斯拉夫斯基回忆道："我们站在舞台上，倾听自己内心的声音，它向我们低语：'要演好呀，要演得特别好，一定要得到成功，胜利。要是没有得到成功，你们知道，一接到电报，你们热爱的作家就会死去，是由你们亲手杀死的。你们就会成为他的刽子手了。'"

第一幕结束时，剧场坟墓一般寂静。一个女演员昏倒了。斯坦尼斯拉夫斯基本人也由于绝望几乎再也无法站立。他们以为又一次失败，但错了：掌声先是一声两声，随即如春天的暴雨，霎时间掌声哗哗作响，其间还夹杂着吼叫声。幕动了……拉开来……又合上……演员们站在那儿发呆。

一幕比一幕成功。

彻底的胜利。深夜，一份电报发给了"逃离"他乡的契诃夫。面对这样的历史记录，我真的不知道我们应该说些什么。我们哪怕只有十分之一的对艺术的真诚呢？ 我们不必像契诃夫那样对艺术顶礼膜拜、将艺术看做是自己的身家性命，哪怕仅仅回到一个最起码的要求——敬业——之上呢？ 哪怕有那么一点点的认真，一点点的庄严，一点点的职业道德……一点点也是好的。

倒是常见到：文学是一条狗，一只破鞋，一只用来呕吐的器皿，一只会根据时尚而改变自己颜色的变色龙。

我们怕是将西方的现代派文学误读了，也怕是将西方的现代主义生存方式误读了，八成！ 卡夫卡这个人身上以及这个人所写的文字里，丝毫没有我们欣赏的玩世不恭、嬉皮笑脸、一点正经没有。没有喧嚣，没有媚俗，没有秽言污语，没有种种卑下而恶俗的念头。卡夫卡以及卡夫卡的作品，是忧郁的、沉重的、肃穆的、令人灵魂不得有一刻安宁的。谁要是以为西方现代派就是好端端一个大姑娘家脱掉鞋子双腿盘坐在椅子上而在嘴中连声喊"爽"，怕是错了。谁要是以为西方现代派就是将头发染成麦色、将裤子无端地掏一个洞、一头乱发、目光呆滞、不言则已一言则满口狂言浪语，怕也是错了。这个样子，成不了卡夫卡。不信就走近卡夫卡好好瞧瞧。卡夫卡最终被这个"正常"的社会看成了"另类"，但卡夫卡并没有意识到自己是"另类"，更没有将自己有意打扮成"另类"。一门心思想成"另类"的人，是成不了"另类"的。契诃夫、卡夫卡，卡夫卡、契诃夫最起码对文学艺术是尊敬的，对生活也是尊敬的。

五

契诃夫只活了四十四岁，但契诃夫用一杆鹅毛管笔写了那么多的剧本与小说。我百思不解：从前的人为什么那么早就已成材？他们在二十岁、三十岁、四十岁出头时，就已经在事业上登峰造极。徐志摩只活到三十四岁，但无论是个人生活还是事业，都已轰轰烈烈。而如今，船也快了，车也快了，通讯工具也发达了，连用钢笔写字都嫌慢而争先恐后地改用了电脑（配置正越来越高），但我们在二十岁、三十岁、四十岁出头时又做出了些什么？都行将就木了，也还是没有什么大名堂。人类仿佛越来越衰老、越钝化，生长得越来越迟缓了。

契诃夫虽然只活了四十四岁，但他是戏剧大师，是小说大师。

我们来说他的小说——短篇小说。

在短篇小说的写作方面，我以为能与契诃夫叫板的小说家，几乎找不出一个。如果说博尔赫斯代表了现代形态的短篇小说的高峰，那么契诃夫则代表了古典形态的短篇小说的高峰。英国著名的小说家凯瑟琳·曼斯菲尔德说，她愿意拿莫泊桑的全部的小说去换取契诃夫的一个短篇。托尔斯泰老挑契诃夫的毛病，但他在内心深处十分钦佩这个比他年轻、擅长写短篇小说的同胞：契诃夫的短篇小说无与伦比。

契诃夫使全世界的小说家们懂得了何为短篇小说。

短篇小说不单是一个文学门类，而是一种思维方式，一种认识世界、解读世界的方式，一种另样的美学形态，一种特别的智慧。短篇与长篇的差异，绝不是一个篇幅长短上的差异。它们分别代表了两种观念，两种情趣，两种叙述。

短篇小说只写短篇小说应该写的——这是契诃夫最基本的认识。这一认识意味着他不能像托尔斯泰、果戈理、巴尔扎克这样的擅长于鸿篇巨制、热衷于宏大叙事的小说家们那样去观察世界、发现世界。短篇小说家们的世界是特定的，并且肯定是在长篇小说家视野之外的。这些东西——就契诃夫的短篇小说呈现出的状况而言——是一些看似琐碎而无用的东西。短篇小说家常从被长篇小说家忽略的事物中发现有价值的东西——那些东西在被发现具有价值之前，谁也不能想到它们可以成为小说。托尔斯泰说，契诃夫这个人很怪，他将文字随便丢来丢去地就写成了一篇小说。"随便"，再加上"丢来丢去"，也许就是短篇小说的本质。这里，与其说是文字随便丢来丢去，倒不如理解为契诃夫的短篇小说将我们平时随便丢来丢去的事物、事情当作了短篇小说取之不尽、用之不竭的资源。短篇小说的重量恰恰来自无足轻重——这是契诃夫的一个独特发现。纳博科夫[1]在高度赞赏了契诃夫的

---

[1] 纳博科夫：弗拉基米尔·纳博科夫（俄语：Владимир Владимирович Набоков；英语：Vladimir Vladimirovich Nabokov，1899—1977），出生于俄罗斯圣彼得堡，俄裔美籍作家。他在美国创作了文学作品《洛丽塔》。

短篇小说《带叭儿狗的女人》之后说："正是那意外的微小波折、轻巧精美的笔触使契诃夫能与果戈理和托尔斯泰肩并肩地在所有俄国小说家中占据最高的位置。"

契诃夫小说的意义在于，它使我们明白了一点：世界上的一切，其意义的大小与事物的大小并无关系；一切默默无闻的细小事物，都一样蕴含着世间最伟大的道理。他在解放物象、使一切物象获得平等地位方面，是一个伟大的民主主义者。

在如何处理短篇小说的材料方面，契诃夫将"简练"当作短篇小说的最高美学原则。他的本领在于"长事短叙"。他要练就的功夫是：那些形象"必须一下子，在一秒钟里，印进人的脑筋"。他对短篇小说的写作发表了许多看法，而这些看法基本上只围绕一个意思：简练是短篇小说的特性，简练才使短篇小说变得像短篇小说。他的写作，就是洗濯，使一切变得干净利落；他的写作就是雕刻，将一切多余的东西剔除掉。他潜心制作他的作品，使它们变成一个个构思巧妙的艺术品。

在中国当下的小说中，契诃夫式的短小精湛的短篇已几乎销声匿迹。四五千字的短篇则已成了凤毛麟角，而绝大部分短篇都在万字以上——即使如此篇幅，仍觉不够得劲，因此，中篇小说主打天下竟成了中国当下小说的一大风景——中国是这个世界上独一无二的中篇王国。这难道是因为中国的小说家们思想庞大厚重、经验博大深厚而一发不可收、不得不如此跑马占地吗？

我看不见得。恐怕是不知世界上还有"简练"二字的缘故吧？简练，当是短篇的美德。

六

契诃夫写完了最后一部作品《樱桃园》。

樱桃园是一个象征。樱桃园具有诗意的美。但它所代表的一个时代终将结束。即便是不被庸人毁坏，它自己也必将会凋零。这是最后的樱桃园。

契诃夫在四十四岁那年，看到了它的凋零——悲壮的、凄美的凋零。

他必须走了。

上帝似乎并没有将契诃夫的归去看成是多么重大的事情。那天，他听到了契诃夫跨过天堂之门的脚步声，问："你来了？"

契诃夫说："我来了。"

上帝只说了一句："你来了，短篇小说怎么办？"

2000年5月5日

（引文取自满涛编写《契诃夫画传》、亨利·特罗亚《契诃夫传》《契诃夫手记》、汝龙译《套中人》《斯坦尼斯拉夫斯基全集》等）。

2018年3月29日在威尼斯大学演讲

『细瘦的洋烛』及其他
——读鲁迅

细瘦的洋烛

在《高老夫子》中,鲁迅写道:"不多久,每一个桌角上都点起一枝细瘦的洋烛来,他们四人便入座了。"

描写洋烛的颜色,这不新鲜;描写洋烛的亮光,这也不新鲜。新鲜的是描写洋烛的样子:细瘦的。这是一个很有耐心的人的观察。鲁迅小说被人谈得最多的当然是它的思想意义,而鲁迅作为一个作家所特有的艺术品质,一般是不太被人关注的。这是一个缺憾,这个缺憾是我们在潜意识中只将鲁迅看成是一个思想家所导致的。我们很少想起:鲁迅若不是以他炉火纯青的艺术向我们展示了他的文字,我们还可能如此亲近他吗?

作为作家,鲁迅几乎具有一个作家应具有的所有品质。而其中,他的那份耐心是最为出色的。

  他的目光横扫着一切，并极具穿透力。对于整体性的存在，鲁迅有超出常人的概括能力。鲁迅小说视野之开阔，在现代文学史上无一人能望其项背，这一点早成定论。但鲁迅的目光绝非仅仅只知横扫。我们必须注意到横扫间隙中或横扫之后的凝眸：即将目光高度聚焦，察究细部。此时此刻，鲁迅完全失去了一个思想家的焦灼、冲动与惶惶不安，而是显得耐心备至、沉着备至、冷静备至。他的目光细读着一个个小小的点或局部，看出了匆匆目光不能看到的情状以及意味。这种时刻，他的目光会锋利地将猎物死死咬住，绝不轻易松口，直到读尽那个细部。因有了这种目光，我们才读到了这样的文字：

  四铭尽量的睁大了细眼睛瞪着看得她要哭，这才收回眼光，伸筷自去夹那早先看中了的一个菜心去。可是菜心已经不见了，他左右一瞥，就发现学程（他儿子）刚刚夹着塞进他张得很大的嘴里去，他于是只好无聊地吃了一筷黄菜叶。（《肥皂》）

  马路上就很清闲，有几只狗伸出了舌头喘气；胖大汉就在槐阴下看那很快地一起一落的狗肚皮。（《示众》）

  他刚要跨进大门，低头看看挂在腰间的满壶的簇新的箭和网里的三匹乌老鸦和一匹射碎了的小麻雀。（《奔月》）

  鲁迅在好几篇作品中都写到了人的汗。他将其中的一种汗称为

"油汗"。这"油汗"二字来之不易，是一个耐心观察的结果。这些描写来自目光的凝视，而有一些描写则来自心灵的精细想象：

……一支箭忽地向他飞来。

羿并不勒住马，任它跑着，一面却也拈弓搭箭，只一发，只听得铮的一声，箭尖正触着箭尖，在空中发出几点火花，两支箭便向上挤成一个"人"字，又翻身落在地上了。

（《奔月》）

小说企图显示整体，然而，仿佛存在又仿佛无形的整体是难以被言说的。我们在说《故乡》或《非攻》时，能说得出它的整体吗？当你试图进行描述时，只能一点一点地说出，而此时，你会有一种深切的感受：一部优秀的小说的那一点一滴，都是十分讲究的。那一点一滴都显得非同一般、绝妙无比时，那个所谓的整体才会活生生地得以显示，也才会显得非同寻常。这里的一点一滴又并非仓库里的简单堆积，它们之间的关系、互相照应等，也是有无穷讲究的。在它们的背后有一个共同的基本原则、基本美学设定和一个基本目的。它们被有机地统一起来，犹如一树藏于绿叶间的果子——它们各自皆令人赏心悦目，但它们又同属于同一棵树——一树的果子，或长了一树果子的树，我们既可以有细部的欣赏，也可以有整体的欣赏。但这整体的欣赏，不管怎么样，都离不开细部的欣赏。

就人的记忆而言，他所能记住的只能是细部。当我们在说孔乙己时，我们的头脑一片空白，我们若要使孔乙己这个形象鲜活起来，我们必须借助于那些细节："窃书不能算偷……窃书！……读书人的事，能算偷么？"孔乙己伸开五指将装有茴香豆的碟子罩住，对那些要讨豆吃的孩子说："不多不多！多乎哉？不多也。"……人的性格、精神，就是出自这一个一个的细节，那些美妙的思想与境界，也是出自这一个一个的细节。

鲁迅小说的妙处之一，就在于我们阅读了他的那些作品之后，都能说出一两个、三四个细节来。这些细节将形象雕刻在我们的记忆里。

在小说创作中，大与小之关系，永远是一个作家所面对的课题。大包含了小，又出自小，大大于小，又小于小……若要将这里的文章做好，并非易事。

屁塞

何为屁塞？

《离婚》注释作解：人死后常用小型的玉、石等塞在死者的口、耳、鼻、肛门等处，据说可以保持尸体长久不烂，塞在肛门的叫"屁塞"。

《离婚》中，地方权威人士七大人手中总拿"一条烂石"，并不时地在自己的鼻旁擦拭几下。那劳什子就是"死人大殓的时候塞在屁股眼里的"屁塞。

只可惜七大人手中所拿的屁塞刚出土不久，乃是"新坑"。这屁塞是七大人的一个道具，一个符号，它是与七大人的形象联系在一起的，没有这一屁塞，七大人也就不是七大人，其情形犹如某位政界名人手中的烟斗或是衔在嘴角的一支粗硕的雪茄。不同的只是，后者之符号、之装饰，是对那个形象的美化——因有那支烟斗和雪茄，从而使他们变得风度翩翩、光彩照人，并显出一番独特的个人魅力，而屁塞在手，则是对那个形象的丑化。

丑化——这是鲁迅小说的笔法之一。

除子君等少数几个形象鲁迅用了审美的视角（子君之美也还是病态之美：带着笑窝的苍白圆脸、苍白的瘦的臂膊，配有条纹的衫子、玄色的裙），一般情况之下，鲁迅少有审美之心态。与爱写山清水秀、纯情少女与朴质生活的沈从文、废名相比，鲁迅笔下少有纯净的人物和充满诗情画意的场景。这也许不是丑化，生活原本如此。秃子、癞子、肥胖如汤圆的男子或是瘦高如圆规的女人……鲁迅笔下有不少丑人。在鲁迅的笔下，是绝对走不出翠翠（《边城》）、萧萧（《萧萧》）、细竹（《桥》）这样的形象来的，他的笔下甚至都出不了这些漂亮而水灵的人名。这里也没有太多漂亮或壮丽的事情，大多为一些庸碌、无趣，甚至显得有点恶俗的事情。虽有闰土（"深蓝的天空中挂着一轮金黄的圆月，下面是海边的沙地，都种着一望无际的碧绿的西瓜，其间有一个十一二岁的少年，项带银圈，手捏一柄钢叉，向一匹猹尽力的刺去，那猹却将身一扭，反从他的胯下逃走了。"），但到底难保这份"月下持叉"的图画，岁月流转，那英俊少年闰土的"紫色的圆脸，已经变作灰黄，而且加上了很深的皱纹"，并且由活泼转变为木讷与迟钝。

除《社戏》几篇，鲁迅的大部分小说是不以追求意境为目的的。中国古代的"意境"之说，只存在于沈从文、废名以及郁达夫的一些作品，而未被鲁迅广泛接纳。不是鲁迅没有领会"意境"之神髓，只是因为他觉得这一美学思想与他胸中的念头、他的切身感受冲突太甚，若顺了意境，他就无法揭露这个他认为应该被揭露的社会之阴暗、人性之卑下、存在之丑恶。若沉湎于意境，他会感到有点虚弱，心中难得痛快。他似乎更倾向于文学的认识价值——为了这份认识价值，他宁愿冷淡甚至放弃美学价值。当然，放弃美学价值，不等于放弃艺术。我们这里所说的"美学价值"是从狭义上说的，大约等同于"美感"，而与"艺术"并不同义。

从文学史来看，两者兼而有之相当困难，因为它们似乎是对立的。沈从文、蒲宁在创造了意境时，确实丢失了鲁迅、陀思妥耶夫斯基的锐利、深切、苍郁与沉重，而鲁迅、陀思妥耶夫斯基在获得这一切时，又确实使我们再也无法享受意境所给予我们的陶醉。后来的现代派为什么将笔墨全都倾注于不雅之物以至于使人"恶心"，也正在于它是以追求认识价值为唯一目的。美似乎与深度相悖、相克，是无法统一的，尽管事实并不尽然，但，人们感觉上认可了这一点。当下的中国作家虽然并未从理性上看出这一点，但他们已本能地觉察出这其中的奥妙，因此，在"深刻"二字为主要取向的当下，他们不得不将所有可能产生诗情画意的境界一律加以清除，而将目光停留在丑陋的物象之上。鲁迅与他们的区别是，鲁迅是有度的，而他们是无度的。鲁迅的笔下是丑，而他们的笔下是脏。丑不等于脏，这一点不用多说。

鲁迅也许还是从现实中看出了一些诗情画意，这从他的一些散文以及小说中的一些描写上可以看出，但，像他这样一个思想家、这样一个要与他所在的社会决裂、与他所在的文化环境对峙的"战士"，他会不得不舍弃这些，而将人们的目光引向存在着的丑陋，为了加深人们的印象，他甚至要对丑陋程度不够的物象加以丑化。这大概就是鲁迅的小说中有那么多秃头和癞头疮的潜在原因。

乌鸦肉的炸酱面

羿，传说中古代的善射英雄；嫦娥，美女，盗用丈夫不死之药而奔月，成为广袖舒飘、裙带如云的月精。但鲁迅却不顾人们心中的习惯印象，一下将他俩放入了世俗化生活图景中：天色已晚，"暮霭笼罩了大宅"，打猎的羿才疲惫而归，今日运气依然不佳，还是只打了只乌鸦，嫦娥全无美人的举止与心态，嘴中咕哝不已："又是乌鸦的炸酱面，又是乌鸦的炸酱面！"炸酱，北方的一种平民化的调料；炸酱面，北方的一种平民化的食品。这类食品一旦放到餐桌上，立即注定我们再也无法与贵族生活相遇，也再难高雅。而且糟糕的是，还是乌鸦肉的炸酱面——不是草莓冰激凌，不是奶油蛋糕，不是普鲁斯特[1]笔下精美的"小马特莱娜"点心，而是乌鸦肉的炸酱面！当看到"乌鸦肉的炸酱面"这样的字眼以及这几个字的声音仿佛响起，再以及我们仿佛看到了这样的食品并闻到了乌鸦肉的炸酱面的气味（尽管我们谁也没有吃过乌鸦肉的炸酱面）时，羿和嫦娥就永远也不可能再是英雄与美人了。

我们发现了一个不可思议的现象：英雄、美人竟与食品有关。夏多布里昂[2]笔下的美人阿达拉以及文学作品中的其他全部的美人（自然包括林黛玉），是不可能让她们吃炸酱面的，尤其不能吃乌鸦肉的炸酱面或乌鸦肉的炸酱面之类的食品。这些人必须饮用琼浆玉液，若无处觅得琼浆玉液，文学作品就得巧妙回避，不谈吃喝。红楼四大家族中的美人们，倒是经常要吃的，但吃的都非寻常百姓家的食品。红楼食谱，早已是学者与烹调专家们研究的对象。我们无法设想林黛玉去吃

---

[1] 普鲁斯特：马塞尔·普鲁斯特（Marcel Proust, 1871—1922年）是20世纪法国的小说家，意识流文学的先驱与大师，也是20世纪世界文学史上最伟大的小说家之一。代表作有《追忆逝水年华》。

[2] 夏多布里昂：弗朗索瓦-勒内·德·夏多布里昂（法语：François-René de Chateaubriand, 1768年9月4日—1848年7月4日），法国十八至十九世纪的作家，政治家，外交家，法兰西学院院士。著有小说《阿达拉》《勒内》《基督教真谛》等，是法国早期浪漫主义的代表作家。

乌鸦肉的炸酱面，尽管这一点是毫无道理的——实际生活中的林黛玉兴许就喜欢吃呢，但你就是不能从生活出发。其实，人们不仅如此看待文学作品中的人物，即便是生活中的人，你一旦将谁视为英雄与美人时，也会在潜意识里忽略他们的吃喝拉撒之类的生活行为。记得小时读书，父亲的学校来了一位漂亮的女教师，围一条白围巾，并且会吹笛子，皮肤是城里人的皮肤，头发很黑，眼睛细长，嘴角总有一丝微笑，爱羞涩，是我儿时心目中的美人，也是我们全体孩子——男孩子、女孩子心目中的美人。但有一天，当我们早晨正在课堂里早读时，一个女孩跑进教室，神秘而失望地小声告诉大家：姜老师也上厕所，我看见了！从此，我们就不觉她美了——至少大打折扣。

　　人会在心目中纯化一个形象，就像他会在心目中丑化一个人物形象一样。前者是省略，后者是增加。前者是将形象与俗众分离，是一种提高式的分离，后者也是将形象与俗众分离，但却是一种打压式的分离。人们看文学作品中的英雄与美人，比看生活中的英雄与美人更愿意纯化。文学家深谙此道，因此一写到英雄与美人，往往都要避开那些俗人的日常行为和生物性行为。沈从文永远也不会写翠翠上厕所。其实，你可以设想：生活在乡野、生活在大河边的翠翠，很可能是要随地大小便的——该掌嘴，因为你玷污了、毁掉了一个优美的形象。我们如此恶作剧，只是提示一个事实：文学中的高雅、雅致、高贵，是以牺牲（必须牺牲）粗鄙的一面为代价的。

　　理论道：源于生活，高于生活。然而，鲁迅可以完全不忌讳这一切，因为鲁迅心中无美人，也无英雄。非但如此，鲁迅还要将那些已经在人们心目中定型的英雄与美人还原到庸常的生活情景中。

　　俗化——又是鲁迅的笔法之一。

收在《呐喊》与《彷徨》中的作品自不必说，那些人物，大多本就是世俗中人，本就没有什么好忌讳的。而《故事新编》中的全部故事，几乎涉及的都是传说中或古代的英雄、大哲、圣人与美人。流传几千年，这些人物高大如山，都是我们必须仰视的。而鲁迅大概是开天辟地第一遭，给他们撤掉了高高的台阶，使他们纷纷坠落到尘世中，坠落到芸芸众生中间。他们仿佛来自一个驴喊马叫的村庄，来自一个空气浑浊、散发着烟草味的荒野客栈，一个个灰头土脸，一个个都遮不住地露出一副迂腐与寒酸之相。这里没有崇敬，更无崇拜，只有嘲弄与嬉笑，他们与当代作家笔下的一个叫王老五的人或一个叫李有才的人别无两样，是俗人，而非哲人、圣人、美人。禹的妻子（鲁迅戏称禹太太）竟大骂我们心中的禹："这杀千刀的！奔什么丧！走过自家的门口，看也不进来看一下，就奔你的丧！做官做官，做官有什么好处，仔细像你的老子，做到充军，还掉到池子里变大忘八！这没良心的杀千刀！……"（《理水》）

那位"三过家门而不入"的伟大的禹呢？

周文王伐纣，伯夷、叔齐兄弟愤愤然："老子死了不葬，倒来动兵，说得上'孝'吗？臣子想要杀主子，说得上'仁'吗？……"不愿再做周朝食客，"一径走出善老堂的大门"，直往首阳山而去，然而这里却无茯苓，亦无苍术可供兄弟二人食用，饥不择食，采松针研面而食，结果呕吐不止，其状惨不忍睹。后终于发现山中有"薇菜"可食，并渐渐摸索出若干薇菜的做法：薇汤、薇羹、薇酱、清炖薇、原汤焖薇芽、生晒嫩薇叶……烤薇菜时，伯夷以大哥自居，还比兄弟"多吃了两撮"。（《采薇》）

"不食周粟"的义士呢？

墨子告别家人，带上窝窝头，穿过宋国，一路风尘来到楚国的郢城，此时"旧衣破裳，布包着的两只脚，真好像一个老牌的乞丐了"。找到了设计云梯、欲怂恿楚王攻打宋国的公输般，颇费心机地展开了他的话题。"北方有人侮辱了我"，墨子很沉静地说，"想托你去杀掉他……"公输般不高兴了。墨子又接着说："我送你十块钱！"这一句话，使主人真的忍不住发怒了，沉着脸，冷冷地回答道："我是义不杀人的！"墨子说："那你为什么要去无缘无故地攻打宋国呢？"公输般终于被说服了，还将墨子介绍给楚王。去见楚王前，公输般取了衣服让墨子换上，墨子还死要面子："我其实也并非爱穿破衣服的……只因为实在没有工夫换……"还是换上了，但太短，显得像"高脚鹭鸶似的"。墨子最终如愿以偿，以他的"非攻"思想劝阻了楚攻打宋的念头，踏上了归国之途，然而经过宋国时，却被执矛的巡逻兵赶到雨地里，"淋了一身湿，从此鼻子塞了十多天"。（《非攻》）

这便是创造了墨家学说而被后人顶礼膜拜的墨子。

而那位漆园的庄周、梦蝶的庄周又如何？

路过一坟场，欲在水溜中喝水，被鬼魂所缠，幸亏记得一套呼风唤雨的口诀，便念念有词：天地玄黄，宇宙洪荒。日月盈昃，辰宿列张。太上老君急急如律令！敕！敕！敕！司命大神飘然而至，鬼魂不得不四处逃散，但司命见了庄周也老大不高兴："庄周，你找我，又要闹什么玩意儿了？喝够了水，不安分起来了吗？"庄周与司命谈起生死：生就是死，死就是生……又是庄周梦蝶、是庄周做梦成蝶还是蝶做梦成庄周那一套。司命不耐烦，决心戏弄一番庄周，马鞭朝草蓬中一点，一具骷髅变成一个汉子跑了出来，而司命搁下庄周一人，自己隐去了。那汉子赤条条一丝不挂，见庄周竟一口咬定庄周偷了他的包裹和伞，无论庄周怎么辩解，汉子就是不依，庄周说："慢慢的，慢慢的，我的衣服旧了，很脆，拉不得。你且听我说几句话：你先不要专想衣服罢，衣服是可有可无的，也许是有衣服对，也许是没有衣服对。鸟有羽，兽有毛，然而王瓜茄子赤条条。……"云云，不知胡诌一些什么。汉子根本不承认自己已死了数百年——这绝不可能，故当庄周说让司命还他一个死时，他竟说："好，你还我一个死罢。要不然，我就要你还我的衣服，伞子和包裹，里面有五十二个圜钱，斤半白糖，二斤南枣……"庄子说："你不反悔？""小舅子才反悔！"——注意这一句，这大概是一句北方话，其世俗气息、生活气息浓郁到无以复加。（《起死》）令我们仰止的精神之山、之父，只这一句话——虽还不是出自他口，但因他是与说这种语言的人（鬼）对话，也就一下被打落到平庸的日常情景中而顿时成了一大俗人，并且还是一个颇为可悲的俗人。

中国文学关心世俗、好写世俗当然不是从鲁迅开始的——小说本出自市井，胎里就带有世俗之痕迹、之欲望，但将神圣加以俗化，不知在鲁迅先生之前是否还有别人，即使有，大概也不会像鲁迅写得如此到位，又如此非同一般的。

鲁迅无论是写《故乡》《祝福》《阿Q正传》《肥皂》《兄弟》之类，还是写《非攻》《采薇》《奔月》《理水》《起死》之类，都以俗作为一种氛围，一种格调。俗人、俗事，即便是不俗之人，也尽其所能将他转变为俗人——越是不俗之人，鲁迅就越有要将他转变为俗人的欲望。俗人、俗事，离不开俗物。因此，鲁迅常将炸酱面、辣椒酱、大葱、蒸干菜这些平民百姓的食品写入作品。

这些食品之作用，绝不可以小觑，乌鸦肉的炸酱面一旦被提及，我们就再也无法进入"红楼"的高雅与托尔斯泰笔下的高贵了。一碗炸酱面从何而来的改变雅俗的力量？食色，性也，食是人的生活的一个基本面，这个基本面反映着人的生存状态。这就是好莱坞的电影在呈现贵族生活时为什么总是要将许多镜头留给豪华大厅中的早餐或葡萄美酒夜光杯之晚宴的原因。

鲁迅的行为，用今日之说法，就是解构神圣——用调侃的方式解构。中国20世纪八九十年代文学的某些品质，在鲁迅那里就已经存在着了，只不过当时的批评家未能找到恰当的批评言辞罢了。需指出的是，鲁迅之作与今日之痞文在实质上是很不相同的。首先，鲁迅在将一切俗化时，骨子里却有着一股清冷与傲慢。他是一种居高临下的俯视，俗在他而言，并非一种品质，而是一种兴趣，更确切的说法是，俗是他的一种对象——被嘲弄的对象。通过嘲弄，他达到了一种优越感流过心头乃至流遍全部肉身的愉悦。俗不是他融入其中——更不是他乐于融入其中的状态，而是他所看到的、激起了他嘲弄之欲望的状态。在看这些作品时，我们总能隐隐觉得，鲁迅抽着烟，安坐一旁，目光中满是智慧与悲凉。

中国当下文学的俗化（痞化），则是作者本身的俗化（痞化）作用的结果。而在构思之巧妙、语言之精绝、趣味之老到等艺术方面，当下文学与鲁迅之间就更见距离之遥遥了。鲁迅为什么将一切俗化？可从鲁迅对现实、对传统文化的态度等方面找到解释，但还应该加上一条：鲁迅出身于一方富庶人家，但他从小所在，却是在汪洋大海般的俗生活图景之中。此种情景，周家大院外无处不在，甚至也随着家佣们带进大院，鲁迅熟悉这一切，甚至在情调上也有所熏染。

鸟头先生

《理水》中有一个滑稽可笑的人物，鲁迅未给他名字，只叫他"鸟头先生"。知情人一眼便能看出，这是鲁迅在影射顾颉刚。"鸟头"二字来自"顾"一字。《说文解字》："雇"，鸟名；"頁"本义为头。就单在《理水》一篇中，鲁迅就影射了潘光旦（"一个拿拄杖的学者"）、林语堂、杜衡、陈西滢等，《奔月》影射了高长虹，《起死》又再度影射了林语堂。《采薇》中有："他也喜欢弄文学，村中都是文盲，不懂得文学概论，气闷已久，便叫家丁打轿，找那两个老头子，谈谈文学去了；尤其是诗歌，因为他也是诗人，已经做好一本诗集子。"又有："做诗倒也罢了，可是还要发感慨，不肯安分守己，'为艺术而艺术'。"这样的话总让人生疑：又是在影射谁呢？至于说鲁迅在杂文中影射或干脆指名道姓地骂了多少人，大概得有几打了。当年，顾颉刚受不了，要向法律讨一个说法。其时，鲁迅在广州，致函鲁迅："拟于九月中回粤后提起诉讼，听候法律解决。"望鲁迅"暂勿离粤，以俟开审"。鲁迅却迅速答复：请就近在浙起诉，不必打老远跑到广东来，我随时奔赴杭州。鲁迅之手法，曾遭许多人抨击，但他最终也未放弃这一手法。甚至在小说中，也经常使用这一手法。说鲁迅的小说是又一种杂文，多少也有点道理。然而，我们却很少想到：鲁迅的影射手法，却也助长了他小说的魅力。

"春秋笔法"，这是中国特有的笔法。借文字，曲折迂回地表达对时政的看法，或是影射他人，甚至是置人于死地，这方面，我们通过千百年的实践积累了丰厚的经验，甚至摸索出和创建了许多技巧（有些技巧与中国的文字有关，它们还是那些以其他文字写作的人学不来的)。这一历史既久,影射就成了一种代代相传的惯用武器。在人们看来,这一武器面对中国特有的社会体制,面对特有的道德观念和特有的民族性,是行之有效并且是很有杀伤力的武器。"旁敲侧击""含沙射影""指桑骂槐"……一部成语词典,竟有一串成语是用来概括这种战术的,久而久之,这一战术成了普通百姓日常行为的一部分。若为某种说话不便的原因所制约,两个中国人会在一种看上去毫无障碍的情况之下,依然畅达对话,一切的一切都不会明确指出,只是云山雾罩,用的是代称、黑话之类的修辞方式。不在语境中的人听了,直觉得一头雾水,但对话的双方却心领神会。只可惜中国人说话的技巧,没有用到外交事务上,却用在了日常生活以及政治斗争上。正是因为这样一个文字上的传统,所以到了"文革",才会有将一切文学作品都看成是影射之作而大加挞伐、直至使许多人亡命的悲剧。

影射之法,自有它的历史原因,也就是说,当初是因社会情势逼出来的。但,后来,它演变成了中国人的一种攻击方式、话语方式乃至一种心理欲求,影射竟成了一种生存艺术。

影射的最高境界自然是:似是非是。具体说,被影射者明知道这就是在攻击他,但却不能对号入座。若要达到这样的效果,就要讲隐蔽——越隐蔽就越地道;就要讲巧妙——越巧妙就越老到。这曲笔的运用,可以在前人的文字中找到无穷尽的例子。影射之法,若从伦理角度而言,当然不可给予褒义,更不可给予激赏,但要看到它在艺术方面却于无形之中创造了一番不俗的业绩:它的隐晦(不得不具有的隐晦),恰恰暗合了艺术之含蓄特性。又因作者既要保持被影射者之形状又要力图拂去其特征、为自己悄悄预备下退路,自然就会有许多独到而绝妙的创造,作品中就会生出许多东西并隐含了许多东西。鲁迅将顾颉刚的"顾"一字拆解开来，演化为"鸟头先生"，既别出心裁，又使人觉得"鸟头先生"这一称呼颇有趣味，若不是鲁迅要影射一下顾颉刚，兴许也就很难有这种创造。而有时因硬要在故事中影射一下什么，便会使读者产生一种突兀和怪异：这文章里怎么忽然出来这样一个念头？便觉蹊跷，而一觉蹊跷，就被文字拴住了心思。

影射又契合了人窥探与观斗的欲望。我们倘若去回忆我们对鲁迅作品的阅读体会，你得承认：他作品中的影射始终是牵着你注意、使你发生好奇心的一种吸引力。

时过境迁，我们不必再去责备鲁迅当年的手段了——他使用这一手段，有时也是出于需要与无奈。更要紧的是，他将"影射"纳入了艺术之道——也许是无意的，但在客观效果上，它与艺术之道同工合流，竟在某些方面成全了他的小说。

从某种意义上讲，凡小说都是影射——整体性的影射。故此，"影射"一词，也可以被当作一个褒义词看。

我们先前——比你阔的多啦！

"我们先前——比你阔的多啦！"不用说明，我们都知道这句"名言"出自何处。

我们记住了许多出自鲁迅小说的言辞："妈妈的……""儿子打老子""那赵家的狗，何以看我两眼呢？我怕得有理""救救孩子""多乎哉？不多也"……还有一些话，被人稍稍做了改动："都说冬天的狼吃人，哪晓得春天的狼也吃人。"……

这些言辞可以在不同场合、从多种角度被我们引用，那一刻我们会觉得这些言辞在表达自己的意念方面皆准确无误，并意味无穷，而听者也无不会心。在引用这些言辞时，我们有时可能会想到它们是出自鲁迅的小说，有时干脆就记不起来，将它们当成了是自己的语言。

回首中国小说史，将小说写到这个份上的大概只有两人，一是曹雪芹，再一就是鲁迅。《红楼梦》中的生活离我们已经十分遥远，但我们仍然记着焦大的那句话：这里，除了门口那两尊石狮子，没有一个干净的。被我们记住的还有其他许多。而其他小说家，即便是被我们推崇的，其小说也都没有如此效应。沈从文的小说自然写得很好，在夏志清、朱光潜眼里，唯有他才是真正的小说家。然而，我们即使记住了他笔下那些优美的句子，也是无法将它们取出用于我们的对话的——你在对话中说出一句"翠翠在风日里长养着，触目为青山绿水"，总会让人觉得奇怪——那是另一种语言，是无法进入我们对话的语言，这种语言只有在特别的语境中才能被引用。

世界上有不少作家，他们作品中的一些言辞，都在后来被人传诵与引用。但这些言辞十有八九都是格言性质的。诗不用说，小说的情况也大致如此。

而这些出自《红楼梦》与鲁迅小说中的言辞，却都不是格言，而就是一些看上去极为普通的日常语言。此种语言何以有如此能量？对此，我们从未有过追问。鲁迅小说提供的事实未能得到理论上的阐明从而使其转化为经验，这是件很可惜的事情。

这些言辞，其中的一部分，也许是鲁迅无意识采用的，但有一部分肯定是鲁迅很理性地看出了它的意义。他在这些极其日常化的语言背后一定看到了什么——它们的背后沉淀着一个民族的根性、一个阶级的态度甚至是一种超越民族与阶级的属于人类的精神与心态。"儿子打老子"，不再是某一具体行为。鲁迅看出了"儿子打老子"背后的一种心理，而这种心理是可以被引申的。最终，他看出了这句话背后的精神胜利法的心理机制，而这种机制并非为一人所有，而是为一群人乃至整体意义上的人所有。同样，"我们先前——比你阔的多啦"的背后，也藏着巨大的可被挖掘的潜力。鲁迅发现了一个重大的秘密，人或一个民族就藏匿在一些其貌不扬的日常语言的背后——不是每一句话，而只是其中的一小部分。这一小部分混杂于其中，犹如沙子混杂在沙子中间。要发现它们是一些金子，这就牵涉到一个作家的眼力了。

鲁迅是有眼力的。

这些言辞作为符号，它代表着一种普遍性的意义或者说代表着一种基本性的状态。它们具有很强的涵盖能力与囊括能力。这些言辞看似形象，但在功能方面却具有高度的抽象性。因为这些言辞是饶有意味的，因此，我们就像感受一句包含了普遍性意义的成语一样感受了这些言辞。当我们再面对某一种现象或某一种状态而又深知若要将它们表述出来则是件很麻烦的事情时，我们立即就想到了"我们先前——比你阔的多啦"之类的言辞，只要一经说出，我们就再也无需多说，因为这个句子就代表着那个你欲言但难言的意思。

小说能在生长它的土地上达到这样的效果，自然是不易的。仅此一点，鲁迅就是难以越过的高峰。

咯支咯支

鲁迅自然是严肃的。那副清癯的面孔，给我们的唯一感觉就是庄严、冷峻、穿透一切的尖刻。然而，他的小说却始终活跃在严肃与不严肃之间。我读《肥皂》——严格来说，不是读，而是听，听我父亲读，那时我十岁——

四铭从外面回来了，向太太说起他在街上看到了一个十八九岁的姑娘，是个孝女，只要讨得一点什么，便都献给祖母吃。围着的人很多，但竟无一个肯施舍的，不但不给一点同情，倒反打趣。有两个光棍，竟肆无忌惮地说："阿发，你不要看这货色脏。你只要去买两块肥皂来，咯支咯支遍身洗一洗，好得很哩！"四铭太太听罢，"哼"了一声，久之，才又懒懒地问："你给了钱么？""我么？——没有。一两个钱，是不好意思拿出去的。她不是平常的讨饭，总得……。""噢。"四铭太太不等四铭将话说完，便慢慢地站了起来，走到厨下去了。后来，在四铭与四铭太太吵架时，四铭太太又总提这"咯支咯支"："我们女人怎么样？ 我们女人，比你们男人好得多。你们男人不是骂十八九岁的女学生，就是称赞十八九岁的女讨饭：都不是什么好心思。'咯支咯支'，简直是不要脸。"

"咯支咯支"这个象声词，在《肥皂》中多次出现。它第一次出现时，我就禁不住笑了。我的笑声鼓舞了父亲，再读到"咯支咯支"时，他就在音量与声调上特别强调它，让我一次又一次地去笑。几十年来，这个象声词一直以特别的意思储存在我的记忆里。这绝对是一个米兰·昆德拉所言的不朽的笑声。在这个笑声中，我领略到了鲁迅骨子里的幽默品质，同时，我也在这笑声中感受到了一种小市民的无趣的生活氛围，并为鲁迅那种捕捉具有大含量的细节的能力深感敬佩。

在现代文学史上，具有幽默品质的作家并不多，而像鲁迅这一路的幽默，大概找不出第二人。这种幽默也没有传至当代——当代有学鲁迅也想幽默一把的，但往往走样，不是失之油滑，就是失之阴冷。

鲁迅的幽默有点不"友善"。他的幽默甚至就没有给你带来笑声的动机。他不想通过幽默来搞笑。他没有将幽默与笑联系起来——尽管它在实际上会产生不朽的笑声。他的幽默不是出于快乐心情，而是出于心中的极大不满。他的幽默有点冷，是那种属于挖苦的幽默。鲁迅的心胸既是宽广的（忧民族之忧、愁民族之愁，很少计较个人得失，当然算得宽广），又是不豁达的（他一生横眉冷对、郁闷不乐、难得容人，当然算不得豁达）。他的幽默自然不可能是那种轻松的、温馨的幽默。也不是那种一笑泯恩仇的幽默。是他横竖过不去了，从而产生了那样一种要狠狠刺你一下的欲望。即使平和一些的幽默，也是一副看穿了这个世界之后的那种具有心智、精神优越的幽默。他在《孔乙己》《阿Q正传》中以及收在《故事新编》里的那些小说中，都是这样一副姿态。那时的鲁迅，是"高人一等"的，他将这个世界都看明白了，并看出了这个世界的许多的可笑之处，虽然有着对弱小的同情，但他是高高在上的，是大人物对小人物的同情。

鲁迅的幽默是学不来的，因为那种幽默出自一颗痛苦而尖刻的灵魂。

2001年4月10日

扫码获取专属数字人